МАЄСТАТ МС СЛОВА

Рей Бредбері

УСМІШКА

ТЕРНОПІЛЬ
БОГДАН

УДК 82/89
ББК 84.7 США
Б87

Серію «Маєстат слова»засновано 2004 року

Друкується з дозволу правовласника
The Ray Bradbury Literary Works LLC,
c/o Don Congdon Associates, Inc.

Примітки Богдана Стасюка
та Бориса Щавурського

Бредбері Р.

Б87   Усмішка : оповідання / Р. Бредбері ; пер. з
англ. – Тернопіль : Навчальна книга–Богдан,
2016. – 368 с. – (Серія «Маєстат слова»).

ISBN 966-692-431-5 (серія)
ISBN 978-966-10-4450-9

УДК 82/89
ББК 84.7 США

ISBN 966-692-431-5 (серія)   © Навчальна книга – Богдан, 2016
ISBN 978-966-10-4450-9

Усмішка

На головному майдані черга постала ще о п'ятій годині, коли за вибіленими інеєм полями співали далекі півні та ніде не було вогнів. Тоді довкола, серед розбитих будівель, пасмами висів туман, але тепер, о сьомій ранку, розвиднілось, і він почав танути. Уздовж дороги по двоє, по троє підшиковувалися до черги ще люди, яких привабило до міста свято та базарний день.

Хлопчисько стояв одразу за двома чоловіками, які гучно розмовляли між собою, але у чистім холоднім повітрі звук голосів здавався удвічі гучнішим. Хлопчисько притупцьовував на місці і дмухав на свої червоні, у саднах, руки, позираючи то на брудну, з грубої мішковини, одежу сусідів, то на довгий ряд чоловіків та жінок попереду.

– Чуєш, хлопче, а ти що тут робиш так рано? – мовив чоловік за його спиною.

– Це моє місце, я тут чергу зайняв, – відповів хлопчик.

– Біг би ти, хлопче, звідси та поступився своїм місцем тому, хто знається на цій справі!

3

– Облиш хлопця, – втрутився, різко обернувшись, один із чоловіків, які стояли попереду.

– Я ж жартую, – задній поклав руку на голову хлопчиська. Хлопчик похмуро скинув її. – Просто зважив: дивно це – дитина, так рано, а він не спить.

– Цей хлопець знається на мистецтві, зрозуміло? – сказав захисник, його прізвище було Ґріґсбі. – А як тебе звуть, хлопче?

– Том.

– Наш Том, вже він плюне як слід, вцілить, правда, Томе?

– Авжеж!

Сміх покотився людською шеренгою.

Попереду хтось продавав гарячу каву у тріснутих чашках. Глянувши туди, Том побачив маленьке жарке вогнище та юшку, що булькотіла в іржавій каструлі. Це була не справжня кава. Її заварили з якихось ягід, зібраних на ланах за містом, та продавали по пенні за чашку зігріти шлунок, але мало хто купував – мало кому дозволяла кишеня.

Том кинув погляд туди, де черга зникала за зруйнованою вибухом кам'яною стіною.

— Кажуть, вона *усміхається*, — сказав хлопчик.

— Еге ж, усміхається, — відповів Ґріґсбі.

— Кажуть, вона зроблена з фарби та полотна.

— Правильно. Саме тому і здається мені, що вона не справжня. Та, справжня, я чув, була на дошці намальована, у давню давнину.

— Кажуть, їй чотириста років.

— Якщо не більше. Коли вже так казати, нікому не відомо, який зараз рік.

— Дві тисячі шістдесят перший!

— Правильно, так кажуть, хлопче, кажуть. Брешуть. А може, трьохтисячний. Чи п'ятитисячний. Звідки нам знати! Стільки часу самісінька веремія була... І лишилися нам лише уламки...

Вони човгали ногами, поволі просуваючись уперед по холоднім камінні бруківки.

— Скоро ми її побачимо? — сумовито протяг Том.

— Іще кілька хвилин, не більше. Вони обгородили її, повісили на чотирьох латунних стовпцях оксамитову мотузку, все як слід, щоб люди не підходили надто близь-

5

ко. І затям, Томе: жодного каміння, вони заборонили жбурляти в неї камінням.

– Добре, сер.

Сонце піднімалось усе вище небосхилом, несучи тепло, і чоловіки скинули з себе вимазані рядна та брудні капелюхи.

– А навіщо ми усі тут зібралися? – спитав, поміркувавши, Том. – Чому ми повинні плювати?

Ґріґсбі й не глянув на нього, він дивився на сонце, розмірковуючи, котра година.

– Е, Томе, причин безліч. – Він розгублено простягнув руку до кишені, якої вже давно не було, за неіснуючою цигаркою. Том бачив цей рух мільйон разів. – Тут уся справа в ненависті, ненависті до усього, що пов'язане з минулим. Дай-но відповідь мені, як ми дійшли до такого стану? Міста – купи руїн, дороги від бомбардувань – наче пилка, вгору-вниз, поля ночами світяться, радіоактивні... Ось і скажи, Томе, що це, коли не остання підлота?

– Так, сер, звичайно.

– У тому-то й річ... Людина ненавидить те, що її занапастило, що їй життя поламало. Вже так вона влаштована. Нерозумно, можливо, але така людська природа.

— А чи є хоч хто-небудь чи що-небудь, чого ми б не ненавиділи? – мовив Том.

— Ось-ось! А усе ця зграя ідіотів, яка орудувала світом у минулому! От і стоїмо тут із самісінького ранку, кишки судомить, стукотимо від холоду зубами – нові троглодити, ні покурити, ні випити, жоднісінької тобі втіхи, крім цих наших свят, Томе. Наших свят...

Том подумки пригадав свята, в яких брав участь останніми роками. Згадав, як шматували та палили книжки на майдані й усі реготали, наче п'яні. А свято науки місяць тому, коли притягли до міста останнього автомобіля, потім кинули жереб, і щасливці могли по одному разу довбонути машину кувалдою!

— Чи пам'ятаю я, Томе? Чи *пам'ятаю?* Та ж я розбив переднє скло – скло, чуєш? Господи, звук який був, розкіш! *Тррахх!*

Том і справді наче почув, як скло розсипається, виблискуючи осколками.

— А Біллу Гендерсону випало двигун роздовбати. Хех, і завзято ж він це спрацював, просто майстерно. Бамм! Та найкраще, – продовжував згадувати Ґріґсбі, – було того разу, коли громили завод,

7

який ще намагався виробляти літаки. Ну й потішили ж ми душу! А потім знайшли друкарню та склад боєприпасів – і висадили їх у повітря разом! Уявляєш собі, Томе?

Том поміркував.

– Еге ж.

Полудень. Пахощі зруйнованого міста отруювали спекотливе повітря, щось порпалося серед уламків будівель.

– Сер, це більше ніколи не повернеться?

– Що – цивілізація? А кому вона потрібна? Будь-кому, не мені!

– А от я готовий її терпіти, – мовив один з черги. – Не все, звичайно, але були й у ній свої добрі риси...

– Нащо марнословити! – гукнув Ґріґсбі. – Будь-що безсенсово.

– Е, – наполягав один із черги, – не поспішайте. Ось побачите: ще з'явиться тямовита людина, яка її підлатає. Запам'ятайте мої слова. Людина з душею.

– Не буде цього, – сказав Ґріґсбі.

– А я кажу, з'явиться. Людина, в якої душа горнеться до гарного. Він поверне нам – ні, не стару, а, так би мовити, *органічну* цивілізацію, таку, щоб ми могли жити мирно.

– Не встигнеш отямитись, як знову війна!

– Чому ж? Може, цього разу все буде інакше.

Врешті-решт і вони ступили на головний майдан. Водночас до міста в'їхав вершник, тримаючи в руці аркуш паперу. Том, Ґріґсбі та всі інші, накопичуючи слину, просувалися вперед – ішли, приготувавшись, засмаковуючи, з розширеними зіницями. Серце Тома билося часто-часто, і земля палила його босі п'яти.

– Ну, Томе, зараз наша черга, не барися!

По кутках обгородженого майданчика стало четверо поліцаїв, четверо чоловіків із жовтим шнурком на зап'ястях – ознакою їхньої влади над іншими. Вони повинні були стежити за тим, щоб не кидали каміння.

– Це для того, – вже востаннє пояснив Ґріґсбі, – щоб кожному випало плюнути разок, зрозумів, Томе? Нумо!

Том завмер перед картиною, дивлячись на неї. У хлопчиська пересохло в роті.

– Томе, нумо! Спритніше!

– Але, – повільно мовив Том, – вона ж *гарна!*

– Гаразд, я плюну за тебе!

Плювок Ґріґсбі блиснув у сонячнім промінні. Жінка на картині посміхалася таємничо-сумовито, і Том, відповідаючи на її погляд, відчував, як калатає його серце, а у вухах неначе лунала музика.

– Вона гарна, – повторив він.

– Іди вже, поки поліція...

– Увага!

Черга принишкла. Тільки що вони сварили Тома – став як пень! – а тепер усі повернулися до вершника.

– Як її звати, сер? – тихо спитав Том.

– Картину? Здається, «Монна Ліза»... Точно «Монна Ліза».

– Слухайте оголошення, – мовив вершник. – Влада постановила, що сьогодні опівдні портрет на майдані буде віддано в руки тутешніх мешканців, аби вони могли взяти участь у знищенні...

Том і отямитися не встиг, як натовп, гукаючи, штовхаючись, борсаючись, поніс його до картини. Різкий звук полотна, що рветься... Поліцаї кинулися навтікача. Натовп вив, і руки дзьобали портрет, наче голодні птахи. Том відчув, як його буквально кинули крізь розбиту раму. Сліпо наслідуючи інших, він простяг руку, схопив

10

клапоть лиснюючого полотна, смикнув та впав, а поштовхи та стусани вибили його з натовпу на землю. Весь у садах, одяг розірваний, він дивився, як стареча жувала шматки полотна, як чоловіки розмальовували раму, розкидали ногами жорсткі клапті, шматували їх у найдрібніше лахміття.

Лише Том стояв притихлий обіч цієї свистопляски. Він зиркнув на свою руку. Вона гарячково притиснула до грудей шматок полотна, ховаючи його.

– Гей, Томе, чого ж ти? – гукнув Ґріґсбі.

Не кажучи ні слова, схлипуючи, Том побіг геть. За місто, на поранену воронками дорогу, через поле, через мілку річечку він біг, не обертаючись, і стиснута в кулак рука була захована під куртку.

Вже коли заходило сонце, він дістався маленького сільця та пробіг крізь нього. О дев'ятій годині хлопець був біля розбитої ферми. За нею, у тому, що залишилося від силосної башти, під навісом, його зустріли звуки, які казали йому, що родина спить – спить мати, батько, брат. Тихесенько, мовчки, він ковзнув до вузьких дверей та ліг, часто дихаючи.

– Томе? – пролунав у темряві материн голос.

– Що?

– Де ти вештався? – гримнув батько. – Постривай-но, ось я тобі вранці всиплю...

Хтось штовхнув його ногою. Його рідний брат, якому довелося сьогодні самому поратися на їхньому городі.

– Лягай! – стиха шикнула йому мати.

Ще стусан.

Том дихав уже рівніше. Довкола панувала тиша. Рука його була щільно-щільно притиснута до грудей. Півгодини лежав він так, заплющивши очі. Потім відчув щось: холодне біле світло. Високо в небі плив місяць, і маленький квадратик світла проповзав тілом Тома. Тільки тепер його рука послабила хватку. Тихо, обережно, прислухаючись до рухів сплячих, Том підняв її, він поквапився, глибоко-глибоко зітхнув, потім, весь охоплений чеканням, розтиснув пальці та розглядав клаптик зафарбованого полотна.

Світ спав, осяяний місяцем.

А на його долоні лежала Усмішка. Він дивився на неї у білім світлі, яке падало з опівнічного неба, і тихо повторював про

12

себе, знову й знову: «*Усмішка, чарівна усмішка...*»

За годину він усе ще бачив її, навіть після того, як обережно склав та заховав. Він заплющив очі, і знову у темряві перед ним – Усмішка. Лагідна, щира, вона була там і тоді, коли він заснув, а світ охопила німа тиша, і місяць плив у холоднім небі спочатку вгору, потім униз, назустріч ранку.

Коса

Несподівано путівець закінчився. Він збігав вздовж пагорба, як і подобає будь-якому путівцеві, звивався поміж схилами і пустищами, кам'яними брилами та вічнозеленими дубами, все далі і далі – повз широкий, просторий і щедротний пшеничний лан, що виглядав білою вороною посеред цієї пустелі. Путівець вигулькнув нізвідки поряд із маленькою й охайною білою хатиною, до якої належали пшеничні угіддя, і так само зненацька зник, розчинившись у пісках, немовби з нього надалі не було жодної користі.

Зрештою, це вже було неважливо, оскільки бензин у машині все одно закінчився. Дрю Еріксон зупинив свою стару, як світ, автівку, і німо застиг, втупившись у свої важкі, великі і зашкарублі руки фермера.

Мовчання порушила Моллі, безживно спираючись на сидіння обіч Дрю:

– Певно, не туди звернули на роздоріжжі...

Чоловік кивнув.

Губи Моллі були майже такими самими блідими, як і її обличчя. Лише на

14

відміну від обличчя, вони геть пересохли і видавалися крихітним острівцем посеред рясно вкритого потом обличчя. Голос звучав тихо і рівно, без жодних емоцій.

– Дрю, – сказала вона, – Дрю, а що ми тепер будемо робити?

Дрю продовжував дивитися на свої руки. Руки фермера, які вже більше не мали ферми, з-під яких голодний вітер видув останні його статки – безплідну і суху землю.

Діти, котрі спали на задньому сидінні поміж запилених перин, подушок та іншого мотлоху, саме прокинулися, повисовували голови і навперебій залементували:

– Тату, а чому ми зупинилися? Ми щось будемо їсти, тату? Га, тату? Тату, ми страшенно голодні! Чи є щось їсти?

Дрю заплющив очі. Його дратував сам вигляд його рук.

Моллі ледь торкнулася його зап'ясть, легко і ніжно.

– Дрю, може, у цьому будинку знайдеться хоч якийсь зайвий окраєць хліба для нас?

Виразна біла лінія проступила довкола його рота.

– Жебрати? – озвався він грубо. – Ніхто із нас ще ніколи не жебрав, ніхто з нас і не буде цього робити.

Пальці Моллі міцніше стиснули його зап'ястя. Він повернувся і поглянув їй в очі. Він бачив цей погляд, бачив очі Сьюзі і маленького Дрю. Вся його непохитність і твердість кудись поступово зникали, покидаючи шию і спину. Обличчя зробилося збентеженим, чи радше взагалі ніяким, безформним, ніби хтось гамселив по ньому занадто довго і занадто сильно. Він вийшов із машини і ступив на стежку, що вела до будинку. Крокував непевно і невпевнено, як тяжкохворий чи майже сліпий.

Двері до будинку були відчинені. Дрю постукав тричі. Усередині панувала пустка. Там не було нічого, окрім тиші та віконної фіранки, що плавно погойдувалася у душному і застояному повітрі.

Він знав цю тишу. Він знав, що у будинку витає смерть. Це була смертна тиша.

Зайшовши у хату, проминув маленьку й охайну вітальню, вузький коридор. Він ні про що не думав. Як тварина, що дослухається лише до власного інстинкту, він шукав лише кухню.

Мимохідь Дрю зазирнув у якусь кімнату і крізь прочинені двері раптом побачив там мертвого чоловіка.

Покійник був доволі похилого віку, і лежав на вбраному у чисті і білі простирадла ліжку. Видно було, що помер нещодавно. Його обличчя ще не встигло втратити своєї умиротвореності. Мабуть, він знав напевне, що надійшла його смертна година, адже був зодягнений відповідно – старий чорний костюм, вичищений і випрасуваний, чиста біла сорочка та чорна краватка.

Біля ліжка, зіперта на стіну, стояла коса. У руках покійник міцно тримав ще досі свіже стебло пшениці. Видавалося, мовби стиглий колосок важко налитий золотом.

Дрю нечутно зайшов у спальню. Його пройняв холод. Він зняв свій поношений і запилюжений капелюх і зупинився біля ліжка, дивлячись на старого.

В узголів'ї покійника, на подушці, покоївся розкритий аркуш паперу. Вочевидь, для того, щоби його прочитали. Можливо, це було прохання поховати чи викликати родичів. Силячись прочитати написане і ворушачи при цьому своїми блідими пересохлими губами, Дрю насупився.

Тому, хто стоїть біля мого смертного одра!

Будучи при здоровому і світлому глузді, але не маючи нікого на цілому білому світі, я, Джон Бур, передаю і заповідаю цю ферму, і все, що належить до неї, тому, хто прийде сюди, незалежно від його імені і походження. Від цього дня йому належить ферма і пшениця; а також коса, і всі обов'язки, що передбачені для її власника. Хай бере він це все вільно і без жодних запитань, і хай пам'ятає, що я, Джон Бур, лише віддаю, але не прірікаю. Під цим підписуюся і ставлю печатку 3 квітня 1938 року.

[Підписано] Джон Бур. Kyrie eleison[1]!

Дрю повернувся назад через увесь будинок і відчинив двері.

– Моллі, – гукнув він, – йди-но сюди! А ви, діти, залишайтеся в машині.

---

[1] Kyrie eleison, Киріє елейсон (грец. *Κύριε ελέησον*) – християнське молитовне звернення, що означає «Господи, помилуй» (також «Господи, спаси», «Спаси, Боже», звідки укр. спасибі). У цій формі молитва зустрічається у Псалтирі (напр.: Пс. 40:5, Пс. 40:11).

Моллі ввійшла. Він завів її у спальню. Жінка поглянула на заповіт, на косу, на пшеничне поле за вікном, що похитувалося під спекотним вітром. Її обличчя посуворішало, вона прикусила губу і притулилася до чоловіка.

– Все це занадто добре, щоби бути правдою. Щось тут не те.

– Удача на нашому боці, от і все, – сказав Дрю. – Буде робота, буде їжа, буде дах над головою – прихисток від негоди.

Він взяв у руки косу. Вона зблиснула, наче місяць-молодик. На лезі були викарбувані слова: «Хто володіє мною, той володіє світом». Тоді ці слова були для нього лише словами.

– Дрю, чому, – запитала Моллі, пильно вглядаючись у стиснуті в кулак пальці старого, – чому він так міцно тримає це пшеничне стебло?

У цей час гнітюче мовчання порушила метушня дітей на ґанку. Моллі важко зітхнула.

Вони вирішили оселитися у домі. Поховали старого на пагорбі і сказали над ним кілька заупокійних слів, спустилися вниз, підмели у будинку, розвантажили машину, поїли, тому що на кухні був споживок, багато споживку. Перших три дні вони нічим не займалися, хіба що доводили до ладу будинок, оглядали поля і вилежувалися в незлецьких ліжках, а тоді з подивом витріщалися одне на одного, не в змозі повірити, що все це відбувається з ними. Вони були ситими, а Дрю ще й міг навіть потішити себе після вечері сигарою.

За будинком знаходилася стайня, а в стайні – бугай і три корови. Знайшлася на обійсті і комірчина-студениця під тінистими деревами. Всередині комірчини висіли великі півтуші – яловичина, свинина, баранина. М'яса було достатньо, аби сім'я, уп'ятеро більша за їхню, могла харчуватися ним рік чи два, а то й усі три. Були там і масничка, і рундук із сиром, і великі металеві бідони для молока.

На четвертий день Дрю Еріксон прокинувся і, лежачи в ліжку, глянув на косу. Він розумів, що пора братися до роботи, тому що на безкрайньому полі пшениця вже достигла. Він бачив це на власні очі, та й не хотів перетворитися у ледащо. Трьох днів байдикування було достатньо для чоловіка. Щойно війнуло першою світанковою прохолодою, Дрю взяв косу і, закинувши її на плече, пішов у поле. Вже у полі він міцно обхопив кісся, розмахнувся і...

Це було неосяжне пшеничне поле. Надто велике для того, щоб одна людина з ним упоралася, але ж до цього часу один чоловік якось давав йому раду.

По закінченні першого дня роботи він ішов із косою, що спокійно похитувалася в нього на плечі, проте його обличчя виглядало збентеженим. Такого пшеничного поля він ще не бачив ніколи. Воно достигало окремими пасмами, кожне саме по собі. Пшениця не повинна так рости. Він не розповів про це Моллі, як і не розповів про інші химери цього поля, наприклад, про те, що скошена пшениця відразу ж чорніла і зігнивала. Із пшеницею не повинно і такого робитися. Втім, його це не надто хвилювало. У будь-якому разі вони мали шматок хліба.

Наступного ранку зі скошених і зігнилих покосів, залишених ним напередодні на полі, проросли тендітні зелені паростки. Вп'явшись у землю крихітними корінчиками, пшениця народжувалася знову.

Дрю Еріксон пошкрябав підборіддя, роздумуючи над тим, чому, навіщо і яким побитом із цією пшеницею робляться такі чудасії і який він міг би мати зиск, якби ту пшеницю можна було продати. Кілька разів упродовж дня він підіймався на пагорб до могили старого – чи то щоби просто впевнитися, що він досі там, чи то сподіваючись, що саме там він розкриє таємницю пшеничного поля. Він дивився вниз і бачив, який безмір землі у його власності. Пшеничний лан простягався на три милі завдовжки – аж до гір і мав близько двох акрів завширшки. Одні ділянки щойно заврунилися, інші вже золотіли, ген ті ще зеленіли, а ось ті він щойно скосив. Той старий так і ні в чому не зізнався і тепер лежить під купою каміння і землі. А над ним лише сонце, вітер і тиша. Сповнений цікавості, Дрю Еріксон спустився вниз, щоби знову взятися за косу. Тепер він працював залюбки, тому що ця праця видавалася йому важливою. Він не знав, чому, але вона була дуже, дуже важливою.

Він не міг дозволити пшениці перестоювати. Щодня дозрівали нові ділянки, відтак він почав розмірковувати вголос:

«Якщо я викошуватиму щойно дозрілу пшеницю наступних десять років, то швидше за все мені не доведеться двічі побувати на одному й тому самому місці. Таке велике поле, дідько би його побрав. – Він труснув головою. – Та й дозріває та пшениця якось химерно. Її завжди саме стільки, скільки я можу скосити за один день, оминаючи зелень. А наступного ранку, ладен побитися об заклад, вже готова нова ділянка».

Було безглуздо скошувати пшеницю, якщо вона зігнивала щойно упавши. Наприкінці тижня він вирішив дати їй декілька днів для росту.

Дрю полежав у ліжку довше ніж зазвичай, просто слухаючи тишу у домі, яка не була тишею смерті, а тишею помешкання, де всім живеться добре і щасливо.

Він встав, одягнувся і неспішно з'їв свій сніданок. Він не збирався виходити сьогодні у поле. Він вийшов з будинку, щоби подоїти корів. Скуривши на ґанку цигарку, потинявся якийсь час по дворі і повернувся назад у дім, щоби запитати Моллі, для чого він взагалі виходив.

– Щоби видоїти корів, – сказала вона.

– Ага, точно, – пригадав Дрю і вийшов знову.

Корови вже чекали на нього із повним вим'ям. Він їх видоїв, бідони сховав у комірчину-студеницю, але думав про інше. Про пшеницю. Про косу.

Цілий ранок Дрю просидів на задньому ґанку, крутячи цигарки. Для малюка він змайстрував іграшкового кораблика і ще одного для Сьюзі. Збив трохи масла у масничці і злив маслянку. Сонце припікало з високості, аж у голові паморочилось. Надходив обідній час, але він не був голодний. Він зачаровано дивився, як вітер нахиляє пшеницю, виколисує її і голубить. Руки Дрю мимоволі згинались, а пальці стискали уявне кісся і нили, коли він знову присів на ґанку, поклавши долоні на коліна. Він підвівся, а тоді знову присів, витерши руки до штанів. Спробував скрутити ще одну цигарку, але рознервувався і викинув усе до дідька, щось пробурмотівши собі під носа. Він почувався так, наче в нього відрізали третю руку чи він втратив дві свої справжні руки.

Він чув, як вітер шепочеться в полі.

До першої години він вештався то довкола будинку, то всередині нього. Заходив і виходив. Щось шукав то там, то сям. Навіть надумався було викопати канаву для води. Хоча насправді його голова була заклопотана лише пшеницею – яка вона стигла і як прагне бути зібраною.

– Нехай воно все западеться!

Він широким кроком зайшов у спальню, зняв косу зі стіни, де вона висіла на дерев'яних кілочках. Якусь мить непорушно постояв, стиснувши її у руках. Тепер він заспокоївся. Руки перестали свербіти. Голова перестала боліти. Третя рука повернулася. Він знову відчув себе господарем.

Це вже стало потребою. Такою ж непоясснимою, як громовиця, що лише гуркотить, проте не завдає болю. Пшеницю потрібно скошувати щодня. Пшеницю потрібно скошувати. Чому? Просто її потрібно скошувати, та й по всьому. Він усміхнувся, тримаючи косу у своїх могутніх руках. Потім закинувши її на плечі і висвистуючи, пішов у поле, де достигла пшениця вже зачекалася на свого господаря. Дрю зробив те, що мусів зробити. Йому здалося, що він трохи звихнувся. Трясця його матері, це ж майже звичайне поле пшениці. Справді, хіба ні? Майже звичайне.

Дні бігли за днями, наче смиренні коні.

Тепер Дрю Еріксон ставився до своєї роботи як до затаєного болю, чи голоду, чи обов'язку. Про дещо він почав здогадуватися.

Котрогось полудня маленький Дрю і Сьюзі, поки тато обідав на кухні, добралися до коси і з хихотінням затіяли якусь гру. Почувши це, він вийшов і відібрав її. Він не сварив дітей. Він просто виглядав дуже стривожений і відтоді завжди замикав косу, якщо нею не користувався.

Він не пропустив жодного дня косьби.

Вгору, вниз, вгору, вниз і вбік. Знову – вгору, вниз і вбік. Зітнув. Вгору, вниз.

Вгору.

Думай про старого і пшеничний колосок у руках покійника.

Вниз.

Думай про цю мертву землю і безсмертну пшеницю на ній.

Вгору.

Думай про це божевілля золотих і зелених фарб, про те, як буяє пшениця!

Вниз.

Думай про...

Скошена пшениця золотою хвилею впала до його ніг. Небо потемніло. Дрю

Еріксон випустив косу з рук і зігнувся, схопившись за живіт, темрява заслала очі. Світ закрутився.

— Я когось убив! — він важко дихав, хапаючи ротом повітря і схопившись за груди, а тоді впав на коліна біля леза коси. — Я убив тьму людей...

Небо крутилось і перевертвалось, наче карусель на канзаському ярмарку. Хіба що музики бракувало, лише дзвеніло у вухах.

Моллі сиділа за блакитним кухонним столом і чистила картоплю, коли увійшов він, спотикаючись і волочучи за собою косу.

— Моллі!

Моллі розпливалася у його засльозених очах.

Вона продовжувала сидіти, опустивши руки і покірно ждучи, коли він спроможеться сказати, що трапилося.

— Давай збирай манатки! — видушив він, дивлячись у підлогу.

— Чому?

— Ми забираємося звідси, — глухо промовив він.

— Ми забираємося звідси? — перепитала вона.

– Цей старий... Ти знаєш, що він тут робив? Ця пшениця, Моллі, і ця коса... Із кожним змахом коси на пшеничному полі вмирають тисячі людей. Ти стинаєш їх і...

Вона припіднялася, відсунула вбік ніж і картоплю, а тоді зі спокоєм і розумінням в голосі промовила:

– Ми стільки наблукалися впроголодь, аж поки не опинилися тут. Відтоді минув уже місяць, а ти щодня працював і змучився...

– Я чую голоси, сумні голоси. Там, у пшеницях, – сказав він. – Вони мене просять зупинитися. Просять мене не вбивати їх!

– Дрю!

Він її наче не чув.

– Поле росте якось по-дурному, наче божевільне. Я не казав тобі цього, але з ним щось не так.

Вона дивилася на нього. Його блакитні, а зараз безживні очі ніби оскліли.

– Знаю, ти гадаєш, що я несповна розуму, – сказав він. – Але зажди, поки я тобі не розкажу всього. Господи, Моллі, допоможи мені: я щойно вбив свою матір!

– Припини! – строго сказала Моллі.

— Я зітнув одне стебло пшениці і вбив її. Я відчув, як вона помирає. Щойно. Я відразу зрозумів, що...

— Дрю! — Її голос, тепер злий і переляканий, ніби хльоснув його по обличчі. — Замовкни!

— Моллі, о Моллі... — бурмотів він.

Коса випала із його рук і з дзенькотом вдарилася до підлоги. Все ще сердячись, Моллі поставила її у куток.

— Ось уже десять літ, відколи ми разом, — промовила вона. — Ми жили тільки пилюкою та молитвами, що злітали з наших уст. І тепер, коли нам бозна за які чесноти випало таке щастя, ти з дурної голови хочеш втікати від нього.

Вона принесла із вітальні Біблію.

Перегорнула кілька сторінок. Сторінки шелестіли так, як ото шелестить пшениця під вітерцем-легковієм.

— Сядь і послухай, — сказала вона.

Разом із сонячним світлом у кімнату увірвався галас і сміх — це діти гралися у затінку дуба, що височів позаду хати.

Вона читала, зрідка поглядаючи на те, як змінюється вираз обличчя Дрю.

Відтоді Моллі взяла собі за звичку щодня читати йому щось із Біблії. А через тиждень, у середу, Дрю вирушив у містечко, що знаходилося неподалік, аби перевірити на пошті, чи не надійшло щось йому із позначкою: «До запитання». На нього чекав лист.

Додому він повернувся постарілим років на 200.

Він простягнув Моллі листа і переказав глухим, рівним голосом його зміст:

— Мама померла. О першій годині у вівторок. Її серце...

Через якусь мить Дрю Еріксон додав:

— Сади дітей у машину і наладуй її харчами. Ми переїжджаємо у Каліфорнію.

— Дрю, — спокійно озвалася дружина, тримаючи у руках листа.

— Ти сама знаєш, — провадив він, — це безплідна земля, а поглянь, як щедро на ній родить пшениця. Я не розповідав тобі всього. Вона дозріває лише ділянками, щодня потрохи. Це недобре. Коли я скошую її, вона відразу ж згниває! А вже наступного ранку проростає знову, ніби так і має бути. Минулого вівторка під час косьби мені здавалося, що це я себе живцем підрізую. Потім долинув чийсь крик. А сьогодні цей лист...

– Ми залишаємося тут, – промовила Моллі.

– Моллі!

– Ми залишаємося тут. Тут вдосталь харчів і є дах над головою, тут можна жити по-людськи, і жити довго. Я не буду знову морити своїх дітей голодом, ніколи!

За вікнами голубіло безхмарне небо. Сонце навскоси зазирнуло у кімнату і висвітлило половину втихомиреного обличчя Моллі, від чого освітлене око збиснуло бездонною синявою. Чотири чи п'ять вилискуючих крапель поволі збігали вздовж крана, а тоді впали швидше, ніж Дрю встиг зітхнути. Його зітхання було хриплим і впокореним. Він кивнув, дивлячись в нікуди.

– Гаразд, – промовив він, – ми залишаємось.

Він втомлено підійняв косу. На її лезі гострим блиском спалахнули слова: «Хто володіє мною, той володіє світом».

– Ми залишаємось...

Наступного ранку він пішов навідати могилу старого. Якраз посередині неї тягнувся одинцем зелений пшеничний паросток. Той самий, що його покійник тримав у руках кілька тижнів тому, тільки відроджений.

Він побалакав зі старим, хоча відповіді не дочекався.

— Ти ціле життя пропрацював у полі, бо *мусив* там працювати, і якось скосив своє визріле власне життя. Ти знав, що воно твоє, і все ж таки скосив його. Потім ти повернувся додому, перевдягнувся у святошне, твоє серце зупинилося, і ти помер. Так це було, хіба ні? Землю ти передав мені, а коли я помру, то теж муситиму комусь її передати.

Голос Дрю благоговійно затремтів.

— Скільки це все вже триває? І ніхто навіть не здогадується про це поле і його планиду? Ніхто, крім того, у кого в руках коса?..

Зненацька він відчув себе старим як світ. Долина видалася йому непам'ятною, наче мумія, таємничою, висушеною, зловісною і могутньою. Коли індіанці танцювали у преріях, воно вже було тут, оце поле.

Те саме небо, той самий вітер, та сама пшениця. А до індіанців? Мабуть, якийсь кроманьйонець, кровожерний і розпатланий, крадькома пробирався косити пшеницю із неоковирною дерев'яною косою...

Дрю взявся знову до роботи. Вгору, вниз, вгору, вниз. Він ошалів від думки, що є власником *цієї* коси. Саме він, а не хтось інший! Цей шал упав на нього велетенською незборимою хвилею – хвилею могуті і жаху.

– Вгору! Хто володіє мною! Вниз! Той володіє світом!

Він змирився зі своєю роботою, підійшовши до неї по-філософськи. Це ж бо тільки спосіб відробітку за надані його сім'ї харчі і дах. Після стількох років поневірянь вони заслужили на це.

Вгору і вниз. Кожен колосок – стяте під корінь чиєсь життя. А якщо він все ретельно спланує – він поглянув на пшеницю, – то чому би йому, Моллі і дітям не жити вічно!

Треба лише натрапити на колоски Моллі, Дрю і Сьюзі, щоби ненавмисно їх не зітнути.

І тоді наче щось прошелестіло йому: ось вони!

Просто перед ним.

Ще один помах коси – і він би їх втратив.

Моллі. Дрю. Сьюзі. Жодних сумнівів. Тремтячи, він клякнув і взявся розглядати колосочки. Вони аж засяяли від його дотику.

Дрю полегшено зітхнув. А якби він їх скосив, навіть про це не здогадуючись? Він перевів подих, підвівся, взяв косу, відійшов на кілька кроків назад і довго стояв, не зводячи очей з урочого місця.

Моллі не могла начудуватися, коли Дрю повернувся додому набагато раніше, та ще й без жодних на те причин поцілував її у щоку.

– Щось ти рано нині. Чи... чи пшениця і досі зігниває, коли ти її скошуєш? – поцікавилася під час обіду Моллі.

Він кивнув і доклав собі м'яса.

– Може, тобі слід написати до тих урядовців, котрі відповідають за сільське господарство? Вони би приїхали подивитися, що воно таке, – сказала вона.

– Ні, – відказав Дрю.

– Я просто запропонувала.

Його зіниці розширилися.

– Я тут залишуся до кінця свого життя. Ніхто, крім мене, не зможе дати лад цій пшениці. Їм же невтямки, де можна косити, а де ні. Може статися так, що вони скосять не ті ділянки.

– Які це – не ті ділянки?

– Ніякі, забудь, – сказав він, продовжуючи жувати.

Він спересердя брязнув виделкою до стола.

– Хтозна, *що* їм може спасти на думку! Ох уже мені ті урядовці! Вони можуть навіть... можуть навіть надуматися переорати все поле!

Моллі кивнула.

– А це те, що треба, – сказала вона, – щоби засіяти поле новим зерном і почати все спочатку.

Він не доїв обіду.

– Я не збираюся нікому писати, і не дозволю косити це поле жодним зайдам, і на цьому крапка, – заявив він, гучно гримнувши дверима.

Він обійшов те місце, де під сонцем росли собі життя його дружини і дітей, а почав косити на протилежній стороні поля, щоби напевне не дати маху.

Але ця робота йому тепер не подобалася. Вже через годину він знав, що вкоротив віку трьом своїм давнім добрим приятелям із Міссурі. Він прочитав їхні імена на скошених колосках і вже не зміг працювати далі.

Він замкнув косу у комірчині, а ключ заховав: досить з нього косьби, накосився вже донесхочу.

Надвечір Дрю, всівшись на передньому ґанку, розкурив люльку і взявся розповідати дітям усілякі небилиці, аби тільки їх забавити. Але вони не повелися. Вони виглядали подаленілими, втомленими і зчужілими, начебто і не були більше його дітьми.

Моллі поскаржилася на головний біль, потинялася безцільно по хаті, пішла спати рано і заснула глибоким сном. І це також було дивно. Моллі завжди полюбляла посидіти подовше і поплескати язиком побільше.

У місячному сяйві пшеничне поле хвилювалося, наче море.

Воно жадало коси. Окремі ділянки потребували її *вже*. Дрю Еріксон сидів, глитав слину, намагаючись не дивитись у той бік.

А що трапиться зі світом, якщо він більше ніколи не вийде у поле? Що буде з людьми, котрі вже дозріли до смерті і тільки й чекають приходу косаря?

Поживемо – побачимо.

Моллі тихо дихала, коли він задув свічку і ліг у ліжко. Сон його не брав. Він наслухав вітер у пшениці, руки томилися від безділля.

Посеред ночі Дрю отямився і побачив, що він іде по полю з косою в руках. Іде як шаленець, іде в напівсні і страху. Він не пам'ятав, як відчинив комірчину і як взяв косу – та ось він іде у місячному сяйві поміж колосся.

Серед цих колосків були старі, втомлені, спраглі довгого, тихого, безмісячного сну.

Коса запанувала над ним, прикипівши до долонь, змушуючи просуватися вперед.

Після нетривалої боротьби він якимось дивом зміг подолати її. Жбурнув косу на землю, вибіг із пшениці, а тоді зупинився і клякнув.

– Я більше не хочу вбивати, – благав він. – Якщо я коситиму надалі, мені доведеться вбити Моллі і дітей. Не змушуй мене цього робити!

І тільки зорі мерехтіли у небі.

Позад нього почувся приглушений звук удару.

Щось шугонуло з-за пагорба в небо. Здавалося, що то якась жива істота здійняла червоні ручиська, щоби дотягнутись до зірок. В обличчя дмухнув вітер, принісши з собою іскри з густим і гарячим запахом пожежі.

Дім!

Схлипуючи, він повільно і безнадійно підвівся з колін, не зводячи очей із вогняного огрому.

Між ошалілого полум'я диким криком кричали маленька біла хатина і вічнозелені дуби.

Розпечені омахи пожежі здіймалися над пагорбом, і Дрю, поспішаючи вниз, наче плив у вогні, то виринаючи, то потопаючи в ньому.

Коли він дістався дому, то замість даху, дверей, порога побачив лише всепожираючий вогонь. Повсюди сичало, тріщало і гуло.

Ніхто не кричав із середини, ніхто не плакав і не метався по дворі.

– Моллі! Сьюзі! Дрю! – ще з подвір'я закричав він.

Не озвалася жодна душа. Він підбіг до будинку так близько, що йому обпалило брови, а шкіра, здавалося, скручується від жару, як скручується палаючий папір, загинаючись вгору згорілими кутиками.

– Моллі! Сьюзі!

Вогонь жадібно і вдоволено жер усе, до чого лише міг дотягнутися. Дрю разів десять оббіг довкола будинку, намагаючись якось пробратися всередину. Потім змирився і сів де попало. Немилосердний жар обпікав його тіло, а він чекав, поки із тріском не впали стіни, здійнявши хмару іскор, поки не бухнув останній сволок, схоронивши підлогу під розплавленою штукатуркою й обвугленою дранкою. Він сидів доти, поки останні пломені вогню не задихнулись у диму, а довкола не засірів новий день. Поки не зосталося нічого, крім жеврюючих головешок і їдкого смороду.

Незважаючи на ще палаючі віконні рами, Дрю забрався на згарище. Було ще доволі темно, тому важко було щось розгледіти. Червоні відсвіти мінилися на його спітнілій біля горла шкірі. Він стояв, наче чужинець на чужій землі. Ось – кухня. Обвуглені столи, крісла, піч, шафи. Ось тут був коридор. Там – вітальня, а отут – спальня, де...

...де Моллі була досі жива!

Вона спала поміж тліючих сволоків, розпечених металевих пружин і залізного пруття.

Вона спала, неначе нічого не трапилось. Її маленькі білі ручки, обсипані жаринками, витягнулися по боках, а спокій на її обличчі не могла порушити навіть тліюча дранка, що впала на щоку.

Дрю заціпенів, не в змозі повірити у побачене. Між згорених і закіптюжених руїн спальні вона безтрепетно спала на постелі з мерехкочучих вуглинок – на шкірі ні подряпинки, груди то підіймаються, то опускаються з кожним вдихом і видихом повітря.

– Моллі!

Вона вціліла і спить після пожежі, після того, як стіни обвалилися, як стеля над нею бухнула вниз і все надовкола зайнялося.

Його черевики почали диміти, поки він пробирався крізь тліюче руйновище. Але навіть якби спалахнули його ноги і вогонь охопив їх по щиколотки, він би цього не помітив.

– Моллі...

Він нахилився над нею. Вона не ворушилася, певно, не чула його, то й не озивалася. Вона не була мертвою. Але й не була живою. Вона просто собі лежала посеред вогню, що оточував її зусібіч, але не зачіпав і не шкодив. Її бавовняна нічна сорочка хоч і була вкрита попелом, але зоставалася цілою. Каштанове волосся розметалося по пломеніючій грані, немов по подушці.

Він торкнувся її щоки – щока була прохолодною... прохолодною посеред цього пекла. Її губи, осяяні лагідною посмішкою, тремтіли від ледь помітного дихання.

І діти також тут лежали. Під покровом диму він розгледів дві маленькі постаті, що вільготно спали у попелі.

Він виніс усіх трьох із дому і поклав на краю поля.

– Моллі, Моллі, прокинься!!! Діти, діти, прокиньтеся!

Вони не рухалися і продовжували спати.

– Діти, прокиньтеся! Ваша мама...

Померла? Ні, але...

Він теліпав дітьми, так ніби це вони були в усьому винні. Вони не звертали на це жодної уваги. Вони були зайняті своїми снами. Він опустив їх знову на землю і застиг, схиливши над ними вкрите зморшками обличчя.

Він знав, чому вони спали під час пожежі і продовжують спати тепер. Він знав, чому Моллі просто лежить і вже не засміється ніколи.

Могутність пшениці і коси.

Їхні життя, що мали урватися вчора, 30 травня 1938 року, не урвалися тільки тому, що він відмовився косити пшеницю. Їм було призначено загинути у вогні. Ось як воно мало *бути*. Але оскільки він відмовився брати в руки косу, то й ніщо не могло їм зашкодити. Будинок згорів і завалився, а вони і досі існують. Застрягли на півдорозі – не мертві і не живі. В чеканні. І те ж саме із тисячами людей по цілому світі – жертвами нещасних випадків, пожеж, хвороб, самогубств. Вони сплять і чекають, як сплять і чекають Моллі з дітьми. Не в змозі померти, не в змозі жити. А все через те, що дехто злякався косити достиглу пшеницю. А все через те, що він вирішив порвати з косьбою, ніколи більше не брати цієї коси до рук.

Він поглянув на дітей. Роботу треба робити весь час. Кожного Божого дня. Без зупинок і без перерв. Треба косити щодня. І так аж до смерті, до смерті, до смерті.

«Добре, – вирішив він. – Добре, я буду косити».

Він навіть не попрощався зі своєю сім'єю. Він повернувся, відчуваючи, що закипає, взяв косу і попрямував у поле – спочатку швидким кроком, відтак перейшов на біг, а потім помчав риссю. Колосся шмагало його по ногах, а він, як шаленець, кричучи від болю, рвався в самісіньке серце пшеничного поля, щоби там нарешті дати волю рукам. І нараз зупинився.

– Моллі! – заволав він і змахнув косою, стинаючи колос. – Сьюзі! – заволав він. – Дрю! – І ще один змах.

Хтось закричав. Він не озирнувся на знищений вогнем дім.

А потім, ридаючи ридма, він знову і знову випростувався над пшеницею і стинав зліва направо, зліва направо, зліва направо. Знову, знову і знову! Він залишав за собою величезні залисини і в зеленій пшениці, і в достиглій пшениці, не перебираючи і не шкодуючи, лаючись чортом, знову і знову, проклинаючи все на світі, давлячись реготом – і лезо злітало, виблискуючи на сонці, і чи то зі співом, чи то зі свистом падало вниз! Вниз!

Бомби доценту зруйнували Лондон, Токіо, Москву.

Коса шаленіла у власнім безумстві.

Запалали печі у Бельзені[1] і Бухенвальді[2].

Коса голосила в кривавій росі.

---

[1] Бельзен, точніше Берґен-Бельзен (нім. *Bergen-Belsen*) – нацистський концентраційний табір, що знаходився у провінції Ганновер (тепер – на території землі Нижня Саксонія) за милю від села Бельзен і за декілька миль на південний захід від міста Берґен. Заснований у травні 1940 р. Географічно місця із назвою Берґен-Бельзен не існує.

[2] Бухенвальд (нім. *Buchenwald* – «буковий ліс») – один із найбільших нацистських концентраційних таборів, що знаходився за 6 миль від міста Ваймар у Тюрингії в центральній Німеччині. Діяв із липня 1937 по квітень 1945 року.

Атомні гриби запалювали сліпучі сонця над Білими Пісками[1], Хіросімою, Бікіні[2], і далі, і далі – у небесах Сибіру.

Пшениця плакала, і зелені сльози стікали на землю.

Корея, Індокитай, Єгипет з Індією затремтіли: Азія захвилювалась, Африка прокинулася серед ночі...

Коса здіймалась і опускалася, сікла і стинала в нестримнім шаленстві людини, котрій вже нема що втрачати, бо втрачено стільки, що можна начхати на світ.

Всього за декілька миль від головного шосе, якщо спуститися вниз вибоїстим путівцем, що веде у нікуди, всього за де-

---

[1] Білі Піски (англ. *White Sands*) – тут мається на увазі ракетний полігон «White Sands Missile Range», що неподалік від національного заповідника. «Білі Піски» – одна з найбільших американських військових баз, де не лише розробляють ракетні комплекси, а й проводяться військові навчання регулярної армії, флоту, ВПС, НАСА. Знаходяться на півдні штату Нью-Мексіко.

[2] Мається на увазі атол Бікіні – невеликий кораловий острів у Тихому океані, що розташований у ланцюжку Ралік Маршаллових островів. США використовували його як атомний полігон у період з 1946 по 1958 рік.

кілька миль від головного шосе, напхом напханим машинами, що прямують у Каліфорнію.

Раз у надцять літ якась допотопова автівка, збившись із головного шосе, пригальмує наприкінці курного путівця якраз біля обвуглених решток того, що було колись маленькою білою хатиною; щоб напитати дорогу, гукне водій фермера, котрого нагледить он там недалеко, саме того, котрий затято і безнастанно, немов навіжений, вдень і вночі гарує у безкрайньому полі пшениці.

Але він не діждеться ні допомоги, ні відповіді. Навіть після вервиці літ фермер у полі надто заклопотаний... надто заклопотаний тим, щоби не дати пшениці дозріти.

Тож Дрю Еріксон косить і косить, осліплий від сонця і з вогнем божевілля в очах, що назавжди забули про сон, день за днем, день за днем, день за днем...

Туманний горн

Серед холодних вод, аж ген од землі, ми щоночі чекали на туман, і коли він піднімався, ми змащували мідну машинерію та засвічували протитуманний ліхтар у кам'яній вежі. Ніби дві птахи в сірому небі, ми з МакДанном цілили вдалину червоним, білим і знову червоним промінням у пошуках самітних кораблів. А коли вони не бачили цих сигналів, то лунав наш Глас — глибоке ревіння Туманного горна, яке продиралося крізь клапті паволоки, сполохуючи зграї мартинів, що розліталися, немов колода карт, і збивали піну на високих хвилях.

— Тут трохи самотньо, але ж ти, мабуть, уже звик? — поцікавився МакДанн.

— Так, — відповів я. — Слава Богу, ти в нас хороший співбесідник.

— Що ж, завтра твоя черга їхати на материк, — посміхнувся він у відповідь. — Сходиш на танці, хильнеш чарку джину.

— Слухай, МакДанне, а про що ти думаєш, коли залишаєшся тут наодинці?

– Про таємниці моря, – відказав Мак-Данн, запалюючи люльку.

Годинник показував чверть на восьму холодного листопадового вечора, опалення було вже ввімкнуте, світляний хвіст крутився на всі румби, вгорі у вежі громоподібно дуднів Туманний горн. На сто миль навколо на узбережжі не знайшлося б жодного міста. Сама лиш одинока дорога бігла відлюдними місцями до моря. Коли-не-коли по ній проїжджали автомобілі. Дві милі по греблі серед холодних вод – і ось уже наша скеля, повз яку навіть кораблі рідко пропливають.

– Про таємниці моря, – повторив Мак-Данн. – Ти знаєш, що океан – це така собі велетенська сніжинка? Він міниться і переливається тисячами форм і барв, жодного разу не повторюючись. Дивно. Одної ночі багато років тому я був тут сам, коли раптом вся риба в морі сплила на поверхню. Щось її пригнало в нашу бухту і змусило тремтячу витріщатися знизу на маяк, що водив то червоним, то білим, то червоним, то білим променем по їхніх кумедних очах. Мене пройняв холод. Складалося таке враження, що десь там під ногами розкинувся і ворушився до самої півночі велетенський павичевий хвіст. А потім ці міріади риб зникли так само безшумно, як і з'явилися. Отакої, думав я, може, вони припливли сюди за сотні миль, аби комусь там вклонитися абощо? Дивина. Зате подумай, якою в їхніх очах виглядала наша вежа. Стримить на висоті сімдесяти футів над морем, променіє довкруги Божим сяянням і заявляє про себе гласом почвари. Та риба більше ніколи не верталася, але погодься, хіба не могло їй тоді спасти на думку, що на якусь мить вона опинилася під дією Надприродного?

Мене пойняв дрож. Я визирнув на сіру морську луку, що простяглася від краю до краю, з нічого в нікуди.

– О, так! Море бездонне, – кліпнув МакДанн, нервово пахкаючи люлькою. Бентежний настрій не покидав його цілий день, але він усе одно нічого не пояснював. – Попри всі наші механізми, попри всі так звані субмарини ми ще десять тисяч століть не ступимо на справжнє дно, не потрапимо в затонулі землі, чарівне царство, що панує там, і аж тоді пізнаємо *справжній* жах. Тільки подумай, там унизу досі панує літо трьохсоттисячне до Різдва Христового. І поки ми тут нагорі марширували під звуки

49

сурем, знімали одне одному голови з плечей і голів держав, ті царства існують у морі та холоді на глибині дванадцяти миль, застигши в часі старому, немов борода комети.

– Справді, це давній світ.

– Гайда. Наостанок я приберіг тобі достоту виняткову історію.

Не квапля́чись та бесідуючи, ми піднялися вгору по вісімдесятьох східцях. Уже на самісінькій верхівці МакДанн вимкнув світло в приміщенні, щоби в дзеркальному склі не було жодних відображень. Велике око маяка дзижчало, легко обертаючись у змащеному механізмі. Щоп'ятнадцять секунд гудів наш Туманний горн.

– Геть наче тварина, правда? – киваючи, промовив МакДанн. – Велика самітна тварина, що горлає вночі. Ось тут на краю десяти мільярдів літ. Сидить і закликає Безодню. Я тут. Я тут. Я тут. І Безодня відповідає. *Справді,* відповідає. Джонні, ти вже зі мною три місяці, тому краще тебе підготувати. Десь у цю пору року, – сказав МакДанн, вглядаючись у морок і туман, – дещо приходить у гості до маяка.

– Ви про оті табунці риби?

– Ні. Це трохи інше. Я раніше мовчав, бо не хотів, щоб ти вирішив, ніби мені бракує клепки в голові. Зволікати далі не можна, і якщо я не помилився зі своїм календарем, який вів з минулого року, сьогодні та сама ніч. Просто сядь. Якщо схочеш, то збереш завтра свої речі, візьмеш моторку і гайнеш на материк, сядеш на машину, що стоїть на мисі біля пірсу для човнів, поїдеш додому у своє забуте Богом містечко подалі від океану і більше ніколи не гаситимеш поночі вогнів, то я тепер зрозумію і слова жодного не скажу. Три роки відбувається одне й те саме, але це я вперше тут не сам і зі мною є людина, котра зможе все посвідчити. Чекай і спостерігай.

За наступні півгодини ми обмінялися лиш парою фраз напошепки. А коли ми вже втомилися від чекання, МакДанн заходився ділитися своїми думками. Мав він свою теорію і про Туманний горн.

– Якось багато років тому на холодному і хмарному березі океану серед шуму його хвиль став чоловік і сказав: «Нам потрібен голос, аби докричатися до кораблів, щоб їх попереджати. І я цей голос створю. Я створю голос, подібний до постелі, що лишалася порожньою поруч із вами упродовж довгої ночі, голос, подібний до порожнього будинку, що відкривається за дверима, подібний до безлистих осінніх дерев. Щоби його звук був схожий на квиління птахів, які відлітають у вирій, щоб він був схожий на завивання пізнього осіннього вітру і шелест хвиль, що розбиваються об тверді, холодні береги. Я створю такий самотній голос, щоби він не минув жодні вуха, щоб усі, хто його чув, плакав у душі, щоб вогні у каміні здавалися теплішими і щоб усім, хто його чутиме в далеких містах, кортіло пошвидше дістатися домівок. Я сотворю цей звук і збудую машину, яку назвуть Туманним горном. Усякий, хто його почує, знатиме, що таке зажура у віках і наскільки минуще наше життя».

Заревів Туманний горн.

– Я вигадав цю історію, – пояснив Мак-Данн, – щоби пояснити, чому воно щороку вертається до маяка. Гадаю, це все поклик Туманного горна, і воно приходить на нього...

– Проте...

– Ц-с-с-с-с! – скомандував МакДанн. – Онде! – І він кивнув головою в бік Безодні.

До маяка по морю щось наближалося.

Я вже казав, що надворі стояла холодна ніч. Холодна вежа, блимання світла і Туманний горн, що все ревів і ревів у вируючій імлі. Видно було недалеко і видно було погано, але глибини моря-океану бунтували довкола нічного суходолу, рівного й тихого, кольору сірої землиці, а у високій башті ми лишалися самі вдвох, і ген удалині, спершу на туманному виноколі, щось забрижило, тягнучи за собою все більшу хвилю, яка здіймалася все вище і вище, надимаючись пінною бульбашкою. Аж раптом із-під холодних вод виринула голова, здоровенне таке сіре головисько з велетенськими очима. Голова піднімалася на довгій шиї, за якою показалося... ні, не тіло... з моря й надалі піднімалася довга-предовга шия! Тепер голова височіла над хвилями у добрих сорока футах, тримаючись на тонкій і прекрасній чорній шиї. І тільки потім з нуртовиння вигулькнуло тіло, ніби маленький кораловий острівець, всіяний чорними наростами та раками. Десь там за ним на мить зблиснув і хвіст, до кінчика якого, наскільки я міг зрозуміти, від голови було дев'яносто чи сто футів.

Мені щось вихопилося з вуст. Не знаю що.

– Спокійно, хлопче, спокійно, – прошепотів МакДанн.

– Неймовірно! – пробелькотів я.

– Ні, Джонні, неймовірно, – це те, що *ми* з тобою тут стоїмо, а *воно* плаває в цих водах останні десять мільйонів років. *Воно* неминуще. Мінливі *ми*, через нас мінлива земля. І це в *нас* неможливо повірити. *В нас!*

Істота наближалася звіддаля неквапом, пливучи крижаними водами у темній незворушній величі власного єства. Навколо неї клекотів туман, ховаючи обриси гостя. В одному з очей потвори мигцем відбився наш потужний промінь, червоний, білий, червоний, білий, так наче у високо піднесеному катафоті мерехтіло послання, відправлене нам якимось первісним кодом. Створіння линуло тихо, не згірш від імли, крізь яку воно наближалося до маяка.

– Та це ж ніби динозавр! – зіщулився я, вхопившись за перила на сходах.

– Звісно. Їхнього роду-племені.

– Але ж вони всі повимирали!

– Ні, просто ховалися в Безодні. Глибше від найглибших глибин Безодні. Лиш

54

подумай, Джонні, яким справжнім тепер здається це слово, таким промовистим – Безодня. У ньому захований весь холод, вся темрява і глибина світу.

– І що нам робити?

– Робити? В нас є свої обов'язки, які не можемо облишити. Крім того, тут зараз безпечніше, ніж у будь-якому човні, якби нам раптом схотілося на материк. Адже та істота завбільшки з добрий есмінець та й швидкість має не меншу.

– Слухай, а чого ж воно пливе *сюди?*

І вже наступної миті я дізнався відповідь на своє запитання.

Проревів Туманний горн.

А монстр йому відповів.

З-над мільйонів літ води й туману долинув крик. Такий зболений і одинокий, що дрож сколихнув моє тіло і відлунив у голові. Монстр гукав до башти. Ревів Туманний горн. Потвора роззявила зубату пащеку, і звук, який вихопився звідти, був голосом самого Горна. Самотнім, неосяжним і далеким. Відособленим голосом пустельника в безвидному морі холодної ночі. Принаймні, так він лунав.

– А тепер ти розумієш, – прошепотів МакДанн, – чому воно припливає сюди?

Я кивнув.

– Цілісінький рік, Джонні, ця сердешна істота перебуває десь там, за тисячі миль звідси, на глибині миль двадцять... хтозна, може їй уже мільйон років? Тільки подумай, чекає на щось мільйони літ... от ти зміг би стільки чекати? Може, вона остання в своєму роді. І чогось мені здається, це таки правда. Як би там не було, от уяви, п'ять років тому сюди прийшли люди та збудували цей маяк. Установили тут свій Туманний горн, і от він реве і реве, і раптом ти його чуєш у своєму схову в сонних глибинах моря, і до тебе вертаються морські спогади про світ, в якому жили тисячі таких, як ти, і тепер ти сам геть один у чужому для тебе довкіллі, де доводиться ховатись.

Аж ось ти вперше чуєш звук Горна, чуєш і чуєш, і ти починаєш ворушитися, борсатися в намулі бездонного океану, ти розплющуєш свої очі, схожі на двофутові фотографічні лінзи, і розправляєш плечі, так поволі-поволі, адже на них великим тисне океан. Голос Туманного горна

56

лине з-над тисяч морських миль, слабкий і знайомий, і в тебе у нутрі розпалюється вогонь. Ти повільно-преповільно здіймаєшся. Живишся табунцями тріски та іншої дрібної риби, зграйками медуз і при цьому неквапом піднімаєшся, піднімаєшся всі осінні місяці, весь вересень, коли опустилися перші тумани, весь жовтень, коли імла стала тужавіти і ввімкнувся Туманний горн, і вже пізнього листопада, після декомпресії, що відбувалася день у день, і підйому на кілька футів щогодини, ти біля поверхні, все ще живий. Повільніше треба. Якщо виринати одним махом, то можна вибухнути. Того три місяці йде на підйом і ще пару днів – на заплив холодними водами в напрямку маяка. І ось ти вже тут – ген де – об'явився, Джонні, вночі, хай йому грець, найбільша почвара світу. До тебе волає маяк, такий собі довгошиїй, як і ти, стирчить із води з тілом, подібним до твого, і (що найважливіше) голосом достоту ти сам один. Тепер ти, Джонні, збагнув, га? Збагнув?

Заревів Туманний горн.

І монстр відповів.

Я бачив усе. Я знав усе: мільйоноліття одинокого чекання на когось, хто так ніколи і не прийшов. Мільйоноріччя всамітнення на дні моря й божевілля часу, проведеного там, за який у небі зникли птахи-рептилії, на материку висохли болота, минула доба лінивців та шаблезубів, що знайшли свій кінець у смоляних ямах, а в горах з'явилися схожі на білих мурах люди.

Заревів Туманний горн.

– Торік, – знову почав МакДанн, – істота кружляла й кружляла, кружляла й кружляла навколо цілісіньку ніч. Певно, була спантеличена, того й не наважилася на зближення. Можливо, боялася. А ще сердилася після довгого шляху сюди. Зате наступного дня, коли туман несподівано розступився і визирнуло біле сонечко в блакитному небі, монстр утік із-під його гарячого проміння та тиші і більше не вертався. Я так гадаю, він цілий рік думав та обмірковував це зусібіч.

Потвора була вже в ста ярдах від нас, постійно перекрикуючись із Туманним горном. Коли промінь маяка цілив в очі істоти, в них прозирали тільки вогонь і лід, вогонь і лід.

– От тобі урок життя, – промовив Мак-Данн. – Ми завжди на когось намарно чекаємо вдома. Ми завжди в чомусь не чуємо душі, що не може нам відповісти взаємністю. Минає час, і ми вже хочемо знищити це щось, чим би воно не було, аби тільки не краялося через нього серце.

Створіння чимдуж пливло на маяк.

Заревів Туманний горн.

– Подивимось-но, що станеться далі, – проказав МакДанн і вимкнув Туманний горн.

Хвилина тиші, яка запанувала по цьому, забриніла так, що ми чули гупання власних сердець у скляній маківці вежі і повільне обертання прожектора в оливі.

Чудовисько спинилося і завмерло. Кліпнули його очиська-ліхтарі. Воно роззявило пащу і здобулося на подобу клекотіння, судячи з рокоту – геть вулканічне. Істота покрутила навсібіч головою в пошуках звуку, який розчинився в тумані, а потім вирячилася на маяк. Знову рокотіння. Аж раптом в очах зайнявся вогонь. Потвора здибилася, замолотила по воді лапами і кинулася на нашу башту з поглядом, сповненим гнівної муки.

– МакДанне, – загорлав я. – Ввімкни же горн!

Мій напарник намацав рубильник. Та навіть клацнувши ним, залишалося тільки спостерігати за монстром, що став горою і вчепився велетенськими лапами у башту. Світло мерехтіло в ороговілих перетинках між пальцями. Гігантське праве око на зболеній голові зблиснуло переді мною, немов казан, у який я був готовий із криком провалитися. Маяк здригнувся. Заголосив Туманний горн, і у відповідь заголосило чудовисько. Воно обхопило вежу, і от його зуби вже скреготіли по склу, що посипалося нам на голову.

МакДанн схопив мене за руку:

– Вниз!

Башта здригнулася, загойдалася і почала рушитися. Туманний горн ревів дуетом із потворою. Ми перечепилися і мало не полетіли сторчголов униз по східцях.

– Хутко!

Коли ми вискочили на перший поверх, башта почала рушитися. Довелося пірнути під сходовий просвіт і заховатися в маленькому кам'яному підвалі. Нагорі тисячами торохтів град із каміння. Раптом замовк Туманний горн. Чудовисько з усіх сил кинулося на вежу, і вона почала падати. Ми з МакДанном, міцно обійнявшись, гупнули навколішки, а навколо нас вибухнув світ.

Коли все скінчилося, нас оточувала сама лиш темрява і шум морського прибою на кам'яних завалах.

І ще один звук, крім цього.

– Слухай, – тихо промовив МакДанн. – Слухай.

Ми зачекали якусь хвилину. І от я почув. Спочатку свист всмоктуваного повітря, а потім голосіння, спантеличення велетенського створіння обрушилося на нас, навалилося так, що паморочний сморід чудовиська розлився повітрям за кам'яною стіною підвалу. Монстр засопів і загорлав. Вежа зникла. Зник маяк. Щезло те, що закликало істоту з відстані в мільйон років. І тепер потвора роззявляла пащеку та видавала гучноголосі заклики – заклики Туманного горна, знов і знов. А далекі кораблі в морі, загубивши світло прожектора і нічого не бачачи, минали це місце і, напевно, думали того пізнього вечора: ось він, самотній звук, голос Самітної бухти. Все гаразд. Ми обминули мис.

І так тривало до світанку.

Наступного дня, коли до нас потрапили рятівники, щоб викопати з-під кам'яних завалів, сяяло гаряче жовте сонце.

– Вона просто розвалилася, – поважно повідомив їм МакДанн. – Кілька потужних ударів дужими хвилями, і башта просто розвалилася, – щипнув він мене за руку.

Навіть не зосталось на що подивитися.

Спокійний океан, синє небо. Ідилію порушував тільки стійкий водоростевий сморід від зеленої маси, що вкривала купи каміння та узбережні скелі. Над нею дзижчали мухи. Хвилі прибою омивали порожній берег.

Наступного року на мисі з'явився новий маяк, але я вже мав нову роботу в маленькому містечку, в мене була дружина і власний теплий будиночок, що поночі восени світився жовтими вогнями, замкнувшись на всі клямки та пахкаючи димом із комина. Що стосується МакДанна, то він тепер порядкує в новому маяку, який збудували за його проектом – із залізобетону, про всякий випадок, казав він.

У листопаді нова споруда була повністю готова. Одного пізнього вечора я навідався до МакДанна, поставив машину на стоянці, глянув на сірі води, послухав ревіння нового горна, який раз, двічі, тричі, чотири рази сурмив ген удалину.

Чудовисько?

Воно так і не повернулося.

– Нема його, – прокоментував МакДанн. – Вернулося в Безодню. Засвоїло урок, що не можна ось так до безпам'ятства любити щось на цьому світі. Воно знов у найглибших глибинах чекатиме ще один мільйон років. Сердешне! Ждатиме собі, чекатиме, а людина тим часом з'являється і зникає на цій убогій планетці. Ждатиме і чекатиме.

Я сів у машину, прислухався. Мені не було видно ні маяка, ні прожектора Самітної бухти. Я чув тільки Горн, Горн і ще раз Горн. Він ніби закликав потвору.

Я сидів і шкодував, що не можу дібрати слів.

Силова установка

Коні плавно зупинились, і чоловік із дружиною подивилися під ноги, на суху піщану долину. Жінка виглядала в сідлі розгубленою; протягом от уже кількох годин вона не промовила жодного слова та й навіть не уявляла, які слова можна добрати в цій ситуації. Вона втрапила у пастку між гарячим та гнітючим грозовим небом Арізони і жорстким гранітом обвіюваних усіма вітрами гір. На її тремтячі руки впало кілька прохолодних дощинок.

Вона втомлено поглянула на чоловіка. Той легко і з непохитним спокоєм сидів на своєму вкритому порохом дороги скакуні. Жінка заплющила очі і подумала про те, яким тихим було її життя до сьогодні. Їй закортіло розсміятися в обличчя власному відображенню у люстерку, яке вона тримала перед собою, але цієї хвилини подібний вчинок міг здатися проявом божевілля. Зрештою, хіба такий стан не можна списати на похмуру негоду чи телеграму, яку їм вранці доставив верховий кур'єр, або ж тривалу подорож до міста.

Перед ними лежав широкий порожній край, який іще треба пересікти, крім того, їй було холодно.

– Не думала, що такій панні, як я, знадобиться релігія, – упівголоса проказала вона, заплющивши очі.

– Що? – перепитав, озирнувшись до неї, Берті, її чоловік.

– Забудь, – прошепотіла жінка, мотнувши головою. І якою ж *переконаною* в своїй думці вона була всі ці роки. Ніколи й нізащо вона б не потребувала церкви. Усі ці нескінченні бесіди хороших людей про релігію на вощених сидіннях церковних лав, білокрильники у великих бронзових відрах і неосяжні церковні дзвони, що в них відлунювався голос проповідника. Їй доводилося чути і крикливі голоси з амвона, і запальні слова промов, і шепіт, – і всі вони здавалися однаковими. Знайти своє місце в храмі їй не вдавалося.

– Я ніколи не бачила потреби відвідувати церкву, – пояснювала вона людям. Ці страсті були не про неї. Вона просто ходила, жила і працювала руками, гладенькими, немов камінці річкової ріні, маленькими, немов камінці річкової ріні.

65

Робота виплекала її нігті так, як не виплекає жоден лак із магазинної пляшечки. Дитячі доторки зробили ці руки м'якими, од виховання нащадків шкіра згрубіла, але кохання чоловіка повсякчас вертало їм ніжність.

Тепер через смерть вони тремтіли.

– Сюди, – гукнув чоловік. Піднімаючи куряву, коні рушили вниз по стежині до химерного цегляного будинку біля висхлого річища. У його вікнах зеленіли шибки, в очі кидалось устаткування блакитного кольору, червона черепиця і розмаїття проводів. Дроти тікали до опор високовольтної ЛЕП, а вже звідти – до самого обрію долини. Жінка мовчки дивилася їм услід, але думати продовжувала про синьо-зелені вікна та огненної барви цеглу.

Вона ніколи не залишала закладки в Біблії на сторінках із важливими віршами, адже попри те, що її життя в цій пустелі минало серед граніту, сонця і вологи, яка вивітрювалася з тіла, їй ніколи нічого не загрожувало. Все якось саме по собі вирішувалося, перш ніж нужда стрічала світанки безсонної ночі або мережила чоло першими зморшками. Життя складалося так, що його найотруйніші речі проминали її. Про смерть вона знала з непевних чуток, що так само розповідають про далекі бурі за горами.

Двадцять років пронеслися повз неї кулями перекотиполя від того самого дня, коли вона приїхала на Захід, вдягла золоту обручку цього самотнього мисливця і прийняла пустелю в свою сім'ю третім (і постійним) їхнім співмешканцем. Жоден із їхніх чотирьох дітей ніколи не хворів тяжкими недугами і не ставав на поріг смерті. Ні одного разу в житті їй не доводилося колінкувати, крім як під час вискрібання і без того чистої підлоги.

Тепер же всьому настав край. Вони їхали до віддаленого містечка через простий жовтий папірець із повідомленням про те, що її матір лежала при смерті.

У це неможливо було повірити, куди б вона не дивилася або під яким кутом не прагнула поглянути на проблему. Жодного щабля, щоб ухопитися чи *зіпертися* на нього. Вона втратила свій компас, який, ніби в піщаній бурі, розгубив усі свої позначки, що вказували на сторони світу, такі зрозумілі раніше, і його стрілка крутилася абсолютно безцільно. Навіть рука

Берті на плечі не помагала. Це все скидалося на кінець хорошої п'єси і початок лихої. Людина, яку вона так любила, мала померти. Так не буває!

– Треба спинитися, – промовила вона до себе, не довіряючи власному голосу і додаючи йому дратівливих ноток, за якими намагалася приховати страх.

Але Берті знав, що взяв шлюб із геть не дратівливою жінкою, а тому показна емоція не захопила його і лишила байдужим. Він був схожим на глечик із накривкою: вміст лишався непорушним. Дощу не судилося його потурбувати. Берті пустив свого коня обіч скакуна дружини і взяв її за руку.

– Звісно, – примружився він, позираючи у східне небо. – Там хмариться. Треба трохи зачекати. Може піти дощ. Не хотілось би потрапити під нього.

Тепер вона дратувалася через власне роздратування, одне живило інше, і нічого з цим не можна було вдіяти. Та радше ніж знов про це забалакати і піти на новий цикл, вона впала на коня і захникала, доки той самостійно дибав у напрямку будинку з червоної цегли і не зупинився біля нього.

Жінка безвільно зісковзнула в руки Берті, немов якийсь лантух, і згорнулася в нього на плечі. Він посадив її на землю і проказав:

– Не схоже, щоб тут жили люди. Агов, є хто тут? – гукнув він і поглянув на табличку, що красувалася на дверях: «Небезпечно. Управління електроенергетики».

У повітрі гуділа велика комаха. Її невпинне, нерозбірливе дзижчання трохи мінилося в тональності, то піднімаючись, то падаючи, але приблизно на одній і тій самій висоті. Ніби жінка, яка, щось мугикаючи собі під носа і не розмикаючи при цьому вуста, готує на плиті в теплому надвечір'ї. В будинку нічого не рухалося. І тільки сильне гудіння не припинялося. Такий звук, напевно, могло би видавати сонячне проміння спекотного літнього дня, коли тепло піднімається з-поміж шпал розжареної колії, навколо стоїть бентежна тиша і повітря аж вирує, крутиться та зміїться так, що ви навіть чекаєте – ось-но воно все забринить, проте нічого не відбувається, і барабанні перетинки пружно впиваються натужною тишею.

Дзижчання проникло в неї через п'яти, піднялося майже струнки ми ніжками і розлилося по всьому тілу. Дісталось і торкнулося самого серця, збудивши в ньому почуття, яке виникало в неї від споглядання Берті, коли той бувало мостився на верхній планці огорожі для худоби, мов на сідалі. Звук підібрався до голови і заповнив найменші пазухи черепа, де вгніздився своїм співом, як це інколи трапляється з піснями про кохання чи добротними книжками.

Гудіння все собою заполонило. Воно стало невід'ємною складовою і власне ґрунту, і кактуса, який у ньому зростав. Бриніло в повітрі і розносилося ним, ніби полуденний жар.

– Що воно таке? – трохи спантеличено поцікавилася жінка, розглядаючи споруду.

– Скажу тільки, що це, напевно, якась електростанція або силова установка. Більше мені нічого не відомо, – відповів Берті, посмикавши за ручку дверей. – Відчинено, – здивувався він. – Шкода, тут нікого немає. Двері розчинилися навстіж, і зсередини вирвалось уже голосніше дзижчання, промайнувши тремкою хвилею в них над головами.

Подружжя разом увійшло до врочистого співочого приміщення. Дружина міцно тримала чоловіка попід руку.

Вони потрапили наче в тьмяне підводне царство, з плавними обрисами, чисте і вигладжене, немовбито щось постійно вшановувало його своєю мінливою присутністю, залишаючись невидним, рухливим та невгамовним. Обабіч від входу, здалося їм сперше, один за одним у два ряди мовчки стояли люди. Але потім стало зрозуміло, що це округлі, зовні чимось схожі на артснаряди, машини. Це вони гуділи. Від кожного чорно-сіро-зеленого пристрою тікали золоті кабелі і кольору лайма дроти. Поруч знаходилися якісь срібні металеві сумки з малиновими ярличками і білими написами на них, а посередині розташувалася схожа на таз яма, що в ній на захмарній швидкості крутилася якась штукенція, ніби промиваючи невидимі речовини. Центрифуга так хутко оберталася, що, здавалося, стоїть, направді, на місці. Мідні змії, яким кінця краю не було видно, звисали кільцями в сутінках під стелею, а вертикальне мереживо труб здіймалося із цементної підлоги до вогненної барви цегляних стін. Усе навколо здавалося чистим, немов розряд зеленої блискавки, і запах навколо стояв відповідний. Щось тут поруч тріщало, приплямкувало, наче за обідом, сухо шелестів незнаний папір. У місцях контакту дротів із фаянсовими котушками та ізоляторами із зеленого скла мерехтіли, перебігали, тріщали, іскрилися і шипіли сині вогники.

Надворі, в реальному світі, починався дощ.

Їй анітрохи не кортіло залишатися тут, серед людей, які виявилися не людьми, а непевними машинами, та поміж звуків музики, яку міг би видавати орга́н, якому заціпило на нижній і високій ноті водночас. Проте всі вікна вже полоскала злива, і Берті проказав:

— Схоже, це надовго. Можливо, доведеться тут заночувати. Та й пізно вже. Сходжу-но я за речами.

Вона промовчала у відповідь. Краще б вони їхали далі. Куди саме і як, жінка точно не знала. Але в місті, принаймні, вона простягла би гроші і купила квитки на поїзд, і міцно тримала би їх у руці, а потім неслася б уперед у вагоні, який би швидко тягнув за собою шумний локомотив, після чого пересіла би на нових коней або в машину у сотнях миль звідсіль і знову їхати, і стати врешті-решт біля матері, ще живої або вже мертвої. Все залежало від часу та рівного дихання. Їм судилося минути чимало місцин, яким і запропонувати було, власне, нічого, крім як землі твердої для ніг, повітря для носа, їжі для її знімілих вуст. А ці були гірші, ніж геть нічого. «Навіщо взагалі їй до матері? Щось казати, махати руками? – запитувала жінка у самої себе. – Яка з них користь?»

Підлога під її ступнями була чиста, немов затверділа річка. Коли йти по ній, вона тріщала, відлунюючи зусібіч дрібною слабкою канонадою по всьому приміщенню. Будь-яке промовлене тут слово верталося назад, немовбито з гранітної печери.

Позад неї було чутно, як Берті розв'ючував коней. Він розстелив сірі ковдри і розклав на них маленьку збірню бляшанок із харчами.

Стояла ніч. Дощ і надалі мережив потоками води зелені шибки у вікнах, що тепер ніби вбралися у сплутані м'які шовкові завіси. Вряди-годи гуркотіло, і звуки грому впереміш із холодною зливою та подувами вітру, що носив за собою жмені піску та жорстви, лавиною зрушувалися на подорожніх.

Собі під голову жінка підмостила складену ганчірку, та як би вона не крутилася вві сні, дзижчання вражаючої електростанції діставалося до неї крізь тканину. Вона крутилася, заплющувала очі, вертілася, але нічого-нічогісінько не помагало. Довелося підвестися, збити ще раз «подушку» і знову лягти.

Дзижчання нікуди не зникло.

Навіть не озираючись, внутрішнім глибоким чуттям вона знала, що чоловік теж не спить. Вона завжди знала. Всі ці літа, які вони прожили разом. Справа в малопомітних звуках його дихання. Точніше кажучи, в їх відсутності. Адже зітхання лунали в ретельно продуманих тривалих інтервалах. Вона була впевнена, що він спостерігав за нею в цій дощовій темряві, переживав за неї і пильнував своє дихання.

У мороці вона розвернулася:

– Берті?

– Так?

– Мені теж не спиться.

– Я знаю, – відповів він.

Вони лежали. Вона – витягнувшись, непорушно, він – трохи скрутившись у калачик, як розслаблена рука з напівзігнутими пальцями. Вона провела очима вздовж його темної невимушеної пози, і їх заполонило незбагненне зачудування.

– Берті, – пролунав її голос після тривалої мовчанки, – як... як тобі вдається ось так жити?

Він витримав паузу.

– Про що це ти?

– Як ти *відпочиваєш*? – Вона затнулася. Погано прозвучало. Складалося враження, ніби вона його в чомусь звинувачувала, попри те, що навіть не думала про таке. Він завжди про все турбувався. Чоловіки його породи бачать все у пітьмі, і їх це вміння не вводить в оману. Зараз він переживав за неї, за її маму, живу чи мертву, але його переживання здавалося якимсь байдужим та безвідповідальним. Хоч не було ні тим, ні іншим. Всі його турботи сиділи глибоко в ньому самому. Проте залишали поруч місце трошки для віри, трошки для переконання, яке її допускало, навіть радо вітало, не кажучи вже про те, щоб оспорювати.

Щось у ньому сперш опанувало скорбо-
тою, потім представило її, спізнавши всі
її візерунки, перш ніж передати вісточку
про неї всім спраглим частинам тіла. Віра
в його тілі розрослася лабіринтом, де ця
скорбота взяла і довіку пропала, так не
діставшись вразливого місця. Інколи від
його віри можна було оскаженіти, піддав-
шись безглуздим мотивам. Щоправда, цей
гнів швидко минав, адже марно було кри-
тикувати людину, спокійну як двері.

– Чому я не набралася цього від тебе? –
нарешті вимовила вона.

– Набралася чого? – тихо розсміявся він.

– Усього іншого я набралася. Я повні-
стю притерлася до тебе. У цьому житті ти
навчив мене геть усьому. – Вона затнула-
ся. Пояснення давалися важко. Їхнє життя
скидалося на теплий кровоток живої люди-
ни, його тихий плин тканинами тіла в оби-
два боки.

– Усього, крім релігії, – пояснила
вона. – З нею нічого так і не вийшло.

– Ось так взяти і набратися релігії не
можна. Інколи просто розслабляєшся, і ось
воно вже є.

Розслабляєшся, подумала вона. Як розслабляєшся? Можна розслабити тіло, а що робити з думками? Вона стисла пальці. Обвела недбалим поглядом величезне приміщення електростанції. Машини нависали над нею темними обрисами, по яких миготіли дрібні іскорки. Дзижчання, дзижчання і ще раз дзижчання пробиралося її руками.

Сонна. Втомлена. Вона куняла. Склепила повіки, розплющила очі, знову склепила, розплющила. Дзижчання і ще раз дзижчання пробирало її до мозку кісток, ніби в її тілі та голові за ниточки підвісили дзижчалок колібрі.

Вона провела поглядом ледве помітні труби аж до самої стелі, бачила машини і чула невидиме хурчання. Аж раптом жінка насторожилася в своєму напівсні. Вона квапливо крутила очима, а дзижчання й спів машин голоснішали і гучнішали, а очі все бігали, і тіло розслаблялося. На зелених шибках високих вікон вона побачила тіні ЛЕПу, чиї дроти прожогом тікали геть у грозову ніч.

Тепер гудіння сповнювало і її. Очі закотилися, а її саму ніби різко смикнули і підвели. Вона відчула, як її оповила хуркітлива динамо-машина, закрутила-завертіла у свій вир, пожбуривши в самісіньке осердя невидимого хурчання, згодувала її, віддала на поталу тисячам мідних дротів і в одну мить запустила в повітря!

Вона була зараз і повсюди!

У мить ока пронеслася над почварними опорами ЛЕПу, прошипіла між їх маківками, де маленькі скляні ізолятори розсілись кришталево-зеленими пташечками, що тримали дроти в своїх діелектричних дзьобиках, розщеплюючи їх на всі чотири сторони і вісім другорядних напрямків, сягаючи містечок, хуторів та мегаполісів та дотягаючись до ранчо, ферм та кожної асьєнди[1], і плавно спустилася багатолапим павуком на тисячі квадратних миль пустелі!

І земля раптом стала більш ніж простим набором окремих речей, більш ніж сукупні-

---

[1] Асьєнда (ісп. *hacienda*, «земельна ділянка, наділ») – зазвичай крупне приватне господарство в країнах Іспанії та Латинської Америки. Слово «асьєнда» може вживатися як на позначення самого типу господарювання (і тоді воно значно ширше за обсягом значення від ранчо, оскільки передбачає не лише скотарство), так і стосовно до центральної садиби в такій сільській маєтності.

стю будинків, скель, доріг-бетонок, окремого коня, що десь там приблудився, людини в неглибокій могилці із брилою-надгробком, колючого кактуса, огорнутого власним світлом міста в облозі ночі – мільйона окремих речей. Раптом це все опинилося в переплетіннях велетенського павутиння, що бриніло електричним вогнем.

Вона миттю пролилася водою в кімнати, де життя фонтаном здіймалося од ляпасу по голій дитячій спині, в кімнати, де життя витікало з людських тіл, немов світло, що покидає все тьмянішу електролампочку – і нитка розжарювання сяє, згасає і врешті втрачає всі барви. Вона потрапила до кожного міста, кожної оселі, кожного приміщення, малюючи світлом візерунки на сотнях квадратних миль землі. Бачила все, чула все, тепер вона була не сама, а однією з тисяч людей, кожна з яких мала власні думки і власні переконання.

Її тіло спочивало неживою тростиною, блідою і тремкою. Її свідомість, напружена та зелектризована, линула туди, линула сюди, розметалася по всіх усюдах широкою мережею приток електростанції.

Усе врівноважилося. В одній кімнаті життя в'януло на її очах, в іншій – за якусь милю – перед ними під дзвін келихів поставало віншування новонародженого немовляти, люди передавали одне одному сигари, всміхалися, тиснули руки і сміялись. Вона бачила, немов полотно, напружені білі обличчя, що схилялися над чистою, немов сніг, Божою постелею, вона чула, як люди розуміли та приймали смерть, помічала їхні жести, їхні почуття і розуміла всю їхню замкнуту самість. Врівноваження світу їм лишалося недоступним – вони його не бачили так, як тепер його бачила вона.

Вона спазматично ковтнула. Повіки її затріпотіли, а горло запекло від здійнятих пальців.

Вона не сама.

Динамо закрутило її, завертіло і відцентровою силою своєю закинуло аж на тисячі миль, заполонивши нею мільйони скляних колб, угвинчених в стелі, перетворивши її на світло одним смиком за шнурок, поворотом вимикача або клацанням рубильника.

Це світло могло осявати *будь-яку* кімнату: варто було тільки клацнути вимикачем. Спочатку в кожній кімнаті було темно. І ось вона являлася – водночас в усіх. І вона була не сама. Її скорбота – всього лишень частка неозорої туги, а її страх – частка більшого страху. Та журба – це тільки одна половина. Була ще й інша. В тій іншій живе диво народження, умиротворіння від обрисів немовляти, відчуття ситості в теплому тільці, кольору очей та набутого вміння чути звуки, а ще – дикий квіт напровесні, що радує маленький носик.

Варто було світлу десь мигнути і згаснути, як життя одразу ж клац! і вмикало новий рубильник: кімнати заливало нове світло.

Вона завітала до Кларків, до Ґреїв, до родини Шоу, гостювала в Ма́ртінів, у Ге́нфордів, Фе́нтонів, Дрейків, Ше́ттаків, Га́ббеллів і Смітів. Бути на самоті ще не означає жити на самоті. Хіба що у власній уяві. Всередині голови завжди можна знайти чимало шпаринок. Дивна така, напевно, виходить дурниця, але шпаринок і справді багацько: в них можна підглядати і бачити, що світ навколо нікуди не дівся, в ньому є люди, яким так само непереливки та бентежно, як і тобі. Крізь ці шпаринки можна все почути, можна виговоритися і полегшити свій смуток або й позбутися його; крізь них по запаху збіжжя влітку, чи то криги взимку, або ж і багаття восени можна стежити, як одна пора року змінює іншу. Ці шпаринки і призначені для того, щоб ніхто не почувався самотнім. Самотність настає, коли ви заплющуєте очі. А віра приходить до тих, хто наважується ці очі розкрити.

Світляне мереживо вкрило весь пізнаний нею за двадцять років світ. І вона влилася в кожну його нитку. Вона сяяла, бриніла і стала своєю в цій великій та невагомій тканині. Вона вкрила собою весь навколишній край, ніби прихистивши кожну його милю під ніжною, теплою ковдрою, зітканою з гудіння. Вона була повсюди.

Усередині електростанції хурчали і дзижчали турбіни, на згинах електрокабелів та по шибках стрибали й гуртувалися електричні іскорки, схожі на маленькі вогники в лампадках. А машини стояли схожими на святих та церковні хори, і над ними знай спалахували німби, то жовті, то червоні, то зелені. Багатоголосий спів лунав попід дахом і відбивався внизу нескінченними хоралами та кантами. Знадвору вітер гучно шелестів дощем об цегляні стіни і деренчав шибками у вікнах; вона ж усередині лежала на своїй крихітній подушці і раптом ні з того ні з сього заходилася плачем.

Їй і самій було незрозуміло, що стало його причиною: розуміння, прийняття, радість чи то упокорення. Продовжував лунати спів, усе вищий і вищий, а вона й надалі залишалася повсюди. Жінка простягла руку, вхопилася за чоловіка, котрий досі не спав, прикипівши очима до стелі. Може, він також, цієї самої миті, зараз бігав скрізь і водночас? Мережею світла й електричного струму, сили? Та зрештою він і так постійно був усюди. Він відчував себе частинкою цілого, а тому лишався таким врівноваженим. Для неї ж ця єдність стала вражаючою новинкою. Раптом жінка відчула, як його руки пригортають її, вона міцно й надовго притислась обличчям до нього, поки дзижчання й гудіння не дісталися якомога вищої нотки, і аж тоді спокійно, майже до болю виплакалася йому в плече...

Уранці небо над пустелею здавалося напрочуд ясним. Вони тихо вийшли з будинку електростанції, осідлали коней, підтягли попруги і всілися верхи.

Вона вмостилася позручніше, під яскравим блакитним небом. І неквапом замислилася про свою спину, про свою випростану спину, вона поглянула на чужі руки на повідді, і ці руки не тремтіли. Вона бачила далекі гори, і вони не розпливалися в неї перед очима, не блякли на колір. Каміння твердо лежало на камінні, і каміння твердо лежало на піску, цей пісок упевнено торкався диких квітів, а ці дикі квіти впевнено торкалися неба у безперервному єднанні, потоці, всі складники якого були чіткі і цільні.

– Н-но! – гукнув Берті, і в прохолодному та запашному вранішньому повітрі коні поволі рушили з місця, геть від цегляної споруди.

Вона їхала прекрасна, чудово трималася, спокійна як двері, власне, була самим спокоєм. Стишивши ходу на підйомі, вона покликала чоловіка:

– Берті!

– Так?

– Можна... – почала вона.

– Можна що? – не розчув він.

– Можна ми сюди періодично вертатимемося? – кивнула вона в бік станції, що лишилася позаду. – Інколи? Може, якоїсь неділі?

Він поглянув на неї і розважливо махнув головою:

– Гадаю, так. Певно, що так. Мабуть.

І поки вони їхали до міста, вона гуділа-мугикала собі під носа, наспівувала дивний тихий мотив, а він озирався і прислухався до нього, і це був звук, який можна, напевно, чекати від сонячного проміння спекотного літнього дня, коли тепло піднімається з-поміж шпал розжареної колії, навколо стоїть бентежна тиша і повітря аж вирує, крутиться та зміїться; звук трохи мінився в тональності, то підіймаючись, то падаючи, але приблизно на одній і тій самій висоті, але незмінний, мирний і такий дивовижний для вух.

Банка

Це була одна з тих штук, що їх запихають до банки й виставляють напоказ у ярмарковому наметі на околиці маленького, сонного містечка. Таке бліде хтозна-що, яке плаває у спиртовій плазмі, повільно крутиться і все мріє про щось, а розкриті мертві очі дивляться, але не бачать. Надворі вже запала нічна тиша, лиш цвіркали коники та виквакували жаби у вологих болотах. Коли бачиш банку з такою штукою, живіт підскакує так, наче перед очима законсервована відрізана рука у лабораторному бутлі.

Чарлі довго дивився на незвичну річ.

Його великі, грубі, порослі волоссям руки довго трималась за мотузку, ближче якої цікавим заборонялося підходити. Він заплатив свої десять центів і тепер дивився.

Вечоріло. Ліниво і сонно клацав механізм каруселі. Напиначі наметів сиділи за занавіскою, грали в покер, курили і лаялися. Вогні згасали, і на ярмарок опускався літній морок. Люди гуртами й по одному тяглися додому. Десь заграло і тут же затихло радіо, давши спокій широкому зоряному небу Луїзіани.

Чарлі забув про все на світі, окрім блідої штуки, запечатаної у мікрокосмі розчину. Його щелепа відвисла, утворивши на обличчі рожевий рубець рота, з якого визирали зуби; очі його горіли подивом, захопленням і цікавістю.

Хтось пройшов у тіні за його спиною, такий маленький поряд із довготелесою постаттю Чарлі.

– О, – сказала тінь, виходячи на світло лампи. – Ти ще тут, приятелю?

– Ага, – сказав Чарлі, наче крізь сон.

Власник намету віддав належне цікавості Чарлі. Він кивнув на свого старого знайомця з банки.

– Він усім подобається; ну, розумієш, якось по-своєму.

Чарлі потер свою міцну щелепу.

– А не думав ти, ну, продати його?

Очі власника намету розширились і тут же зіщурились. Він пирхнув:

– Нє. Він притягує клієнтів. Вони люблять на таке дивитись, це точно.

Чарлі видихнув розчароване «А...».

– Але, – повів далі власник намету, – якби хтось із грошима...

– Скільки?

– Якби у когось знайшлося... – власник прикидав, показуючи на пальцях і стежачи за Чарлі. – Якби знайшлося три, чотири, чи там сім-вісім...

Чарлі кивав на кожен палець, вичікуючи. Побачивши це, власник підняв ціну.

– ... або ж десять, чи п'ятнадцять...

Чарлі стурбовано насупився. Власник відступив.

– Якби хтось дав *дванадцять* доларів...

Чарлі вишкірив зуби.

– То за них я віддав би його прямо у банці, – договорив чоловік.

– Як цікаво, – сказав Чарлі. – У мене якраз лежить у кишені дванадцять баксів. І я тут прикидаю, як мене поважатимуть, коли я вернусь до себе у Дичу Пусть, притарабаню оце і поставлю на полицю над столом. Ручаюся, народ мене заповажає.

– *Ну*, знаєш, воно справді... – сказав власник намету.

Потисли руки, і банка перемістилась на заднє сидіння візка Чарлі. Коли кінь її побачив, то затупотів копитами і тихо заіржав.

Власник намету дивився на візок ледь не з полегшенням.

– Мені ця бісова штука і так набридла, тож не дякуй. Нещодавно я думав про неї, усяке різне думав... але я забагато патякаю, нехай мені. Бувай, фермере!

Чарлі поїхав геть. Голі блакитні лампи віддалялись і згасали, як старі зірки, візок і коня огорнула темна ніч луїзіанських просторів. Були лише Чарлі, цокання копит і цвіркуни.

І банка позаду сидіння.

Вона хиталась вперед-назад, вперед-назад. Хлюпала. Сіре холодне хтозна-що сонно стукалося об скло, усе виглядаючи назовні, але не бачило нічого, зовсім нічого.

Чарлі нахилився назад і поплескав по кришці. Його рука змерзла, змінилася, затремтіла від збудження, запахла якоюсь дивною випивкою. «Так, сер, – подумав він – так, сер!»

Хлюп, хлюп, хлюп...

У Дичій Пусті на порозі єдиної крамниці сиділо кілька чоловіків. Вони бурчали між собою і спльовували на землю, а ліхтарі кидали трав'янисто-зелені й криваво-червоні відблиски на їхні обличчя.

Не повертаючи обідраних, з рідкими пасмами волосся черепів, вони за скрипом впізнали хиткий візок Чарлі, коли той під'їхав. Їхні цигарки нагадували тліючих черв'яків, а голоси звучали, як жаб'яче бурмотіння літньої ночі.

Чарлі нахилився до них.

– Здоров, Клем! Здоров, Мілт!

– 'Доров, Чарлі. 'Доров, Чарлі, – промимрили вони. Політичний конфлікт не згас.

Чарлі сказав навпростець:

– У мене тут є щось. У мене тут таке щось, яке ви схочете побачить!

Очі Тома Кармоді з ґанку крамниці спалахнули зеленим у світлі лампи. Чарлі здавалося, що Том Кармоді вічно влаштовувався у тіні ґанків або дерев, а якщо заходив у кімнату, то вибирав найдальший куточок і світив очима з темряви. Ніколи не можна було вгадати вираз на його обличчі, а очима він увесь час насміхався. І кожного разу його очі кепкували по-іншому.

– У тебе катма того, що ми хтіли б дивитися, лялю.

Чарлі стис кулак і подивився на нього.

– Дещо у банці, – продовжував він. – Наче як мізки, а наче як маринована медуза, а ще наче як... та ну, самі дивіться!

Хтось один струснув бурий попіл із цигарки і підшкандибав до візка. Чарлі величним жестом підняв кришку, і в непевному світлі ліхтарів було видно, як змінилось обличчя чоловіка.

– Гей, стій. Що воно в біса *таке*?

Вперше за вечір крига скресла. Інші ліниво підводилися і нахилялися вперед; сила тяжіння примушувала їх іти. Вони не докладали зусиль, а тільки перебирали ногами, щоб не попадати своїми скривленими обличчями вниз. Вони обступили банку і її вміст. А Чарлі, що вперше в житті віднайшов у собі здатність мислити стратегічно, опустив кришку назад.

– Як хочете побачить ще, то приходьте до мене додому! Воно буде там, – гостинно запросив він.

Том Кармоді тільки плюнув зі свого гнізда на ґанку.

– Дай ще раз глянуть! – закричав старий Медноу. – Це восьмініг?

Чарлі махнув віжками, і кінь зрушив з місця.

– Приходьте! Я запрошую!

— А що твоя жінка скаже?

— Вона з нас усю пилюку виб'є!

Але візок Чарлі уже перевалив за горб. Чоловіки стояли в темряві і, всі як один, пожовували язики, спльовуючи на дорогу. Том Кармоді тихо лаявся з ґанку...

Чарлі піднявся сходами своєї халупи і проніс банку до вітальні, думаючи, що відтепер ця хижа стане палацом імператора – так, ось правильне слово! – білого, холодного, мовчазного імператора, що плаває у власному басейні там нагорі, на полиці над розбитим старістю столом.

Банка неначе випромінювала холодний туман, який зазвичай висить на краю болота.

— Що це в тебе?

Тонке сопрано Седі вирвало його із заціпеніння. Вона визирала з порогу спальні, загорнута у вицвілий синій халат, із волоссям, зав'язаним у сіро-коричневий вузол за червоними вухами. Її очі вицвіли так само, як і халат.

— Що це таке? – повторила вона.

— А на що воно схоже, Седі?

Вона повільно пройшла трохи вперед, ледь змахнувши маятником стегон. Вона вп'ялася очима в банку, з-під губ визирнули білі котячі зуби.

Мертве бліде хтозна-що плавало у своєму розчині.

Седі метнула тьмяно-блакитними очима на Чарлі, тоді знов на банку, ще раз на Чарлі, ще раз на банку, а тоді швидко випалила:

– Воно... воно прямо вилитий *ти*, Чарлі!
Вона грюкнула дверима спальні.

Струс не сколихнув вмісту банки, але серце Чарлі несамовито забилося. Він стояв на місці, але подумки тягнувся за дружиною. Пізніше, коли серце заспокоїлося, він звернувся до банки:

– Я кожного року вгинаю спину на плавнях, а вона хапає гроші і тікає на дев'ять тижнів до своєї рідні. Я не можу її вдержати. Вона і чоловіки з крамниці сміються з мене. Я нічого не зможу зробить, якщо не знайду як її втримати! Чорт, я ж *стараюсь!*

Банка по-філософськи не дала жодної поради.

– Чарлі?
Хтось стояв на вулиці перед дверима.

Чарлі здивовано обернувся, а тоді розплився у посмішці.

Це були кілька чоловіків з тих, що сиділи перед крамницею.

– Е... Чарлі, ми... подумали, ну... ми прийшли подивитися на ту... штуку, що в тебе в банці...

Теплий липень минув, і настав серпень.

Вперше за багато років Чарлі був щасливий, як висока кукурудза, що пережила посуху. Справжньою насолодою для нього було чути, як приглушено крокують у траві чоботи, як чоловіки спльовують у канаву, перш ніж ступити на ґанок, як дошки скриплять під їхньою вагою і як стогне будинок, коли хтось зіпреться об одвірок плечем і, витерши долонею рота, спитає:

– 'Ожна зайти?

Чарлі з продуманою недбалістю запрошував гостей всередину. Усім знаходились стільці, ящики чи, принаймні, килимки, щоб сісти, підтягнувши до себе коліна. І коли цвіркуни починали терти нога об ногу, наповнюючи літнє повітря дзижчанням, а жаби, кумкаючи у темряві, надимали шиї, як зобаті літні жінки, кімната вже вщент наповнювалася людьми з усіх плавень.

Спочатку ніхто нічого не казав. Перші півгодини, поки люди збирались і всідались, усі ретельно крутили цигарки. Спочатку рівно викладали тютюн на коричневий папірець, підсипали, напихали його, одночасно підсипаючи, напихаючи і скручуючи свої думки, страхи і подив цього вечора. Це давало їм час подумати. Було видно, як працюють їхні мізки, поки пальці накручують цигарок наперед.

Це було схоже на примітивне церковне зібрання. Вони сиділи навпочіпки, обтирали штукатурку на стінах і, один за одним, у шанобливому трепеті зводили очі до банки на полиці.

Вони робили це не відразу. Ні, вони повільно, недбало обводили очима кімнату, немов готові зупинити погляд на *будь-якому* предметі, що приверне їхню увагу.

І, звичайно, за збігом обставин блукання їхніх очей зупинялось на одному й тому ж місці. Через якийсь час усі погляди в кімнаті були спрямовані туди, як шпильки, увіткнуті в неймовірну подушечку. Чулося тільки, як хтось обсмоктував кукурудзяний качан. А ще діти метушилися на дощатому ґанку. Іноді жіночий голос наказував їм:

– Діти, ану біжіть звідсіля! Киш! – І босі ноги із дзвінким хихотінням бігли лякати зелених жаб.

Чарлі, звісно, сидів попереду в кріслі-качалці, підклавши під кістляві крижі подушку, і повільно гойдався, купаючись у славі й повазі, що прийшли з банкою.

А Седі зазвичай сиділа позаду всіх, разом із рештою принишклого, покірного своїм чоловікам жіноцтва.

Здавалось, що вона от-от заголосить від заздрощів. Але з губ її не злітало ані слова, вона тільки холодно дивилася, як чоловіки гупали через її вітальню і сідали за півметра від Чарлі, глипаючи на той свій ґрааль. Її губи міцно стискались, і вона ні до кого не озивалась і словом.

Після належного мовчання хтось, наприклад, старий Медноу з Малого Русла, відкашлював глибинну мокроту, нахилявся вперед, іноді облизував губи, а його мозолисті пальці починали дивно тремтіти.

Це був знак усім приготуватися до початку розмови. Вуха нашорошувалися, люди вмощувалися, як свині у теплій грязюці після дощу.

Старий довго дивився, висовуючи язика, як ящірка, а тоді спирався на спинку стільця і говорив своїм високим, тонким старечим тенором:

– Хтів би я знати, що це? Хтів би знати, це він, чи вона, чи звичайне старе *воно*? Буває, ночами я прокидаюсь, кручуся в темряві на свому кукурудзяному матрасі та й думаю про цю-го штуку в банці. Думаю, що вона висить тут у рідині, така мирна, безбарвна – ну чисто тобі устриця. Іноді через мене прокидається моя Мо, і тоді ми обоє думаємо про це...

Поки старий говорив, його пальці щось показували. Усі дивилися, як товстий великий палець ходив туди-сюди, а решта рухалася хвилями.

– Ми обидва просто лежимо, думаємо. І трусимся. Навіть спекотної ночі, коли впрівають дерева, коли комарям надто жарко літати, ми трусимся і крутимся, пробуємо заснути...

Старий знову поринав у мовчання, ніби даючи знати, що цієї промови для нього досить, нехай тепер інші говорять про свою цікавість, захоплення чи здивування.

Тоді Джук Мармер із Вербної Ями обтирав спітнілі долоні об коліна і тихо говорив:

— Пам'ятаю, коли я ще був малим шмаркачем, у нас була кішка, що весь час приводила кошенят. Боже ж мій, та вона котилася у будь-яку пору, варто їй було лиш вискочити за паркан... — Джук розповідав із якоюсь ніби святою лагідністю, добротою в голосі. — Ну, ми тих кошенят роздавали, але коли з'явився цей самий приплід, в усій окрузі уже було по одному-два коти від нас.

Отож, Ма пішла поратись на заднє подвір'я і набрала повну десятилітрову бутлю води. Ма сказала: «Джук, давай топи тих кошенят!» Пам'ятаю, як стояв там; кошенята нявкали, вовтузились, малі, сліпі, беззахисні, кумедні — вони тільки почали відкривати очі. Я глянув на Ма і сказав: «Тільки не *я*, Ма! Краще *ти!*» Але Ма зблідла і сказала, що це все одно треба зробити і тільки я один досить для цього спритний. І вона пішла на кухню перемішувати підливу і готувати курчат. Я... взяв одне... кошеня. Я тримав його. Воно було тепле. Пробувало нявкати. Мені закортіло забігти кудись і ніколи не повертатися.

Тут Джук кивав головою, його очі горіли, молодшали, дивилися в минуле, бачили його заново, і воно злітало з його уст у вигляді слів.

– Я кинув кошеня у воду. Воно заплющило очі і відкрило рота, хотіло вдихнути. Я пам'ятаю, як побачив маленькі білі ікла, як виткнувся рожевий язичок, а з ним вилетіли бульбашки і ниткою злетіли на поверхню води!

– Я до цих пір згадую, як плавало те кошеня, коли все скінчилось: повільно, плавно, не сіпаючись. Воно дивилось на мене без осуду. Але й без приязні. Еееееххх...

Серця швидко билися. Очі перебігали від Джука до банки на полиці, знову вниз, знову вгору.

Пауза.

Джаду, темношкірий чолов'яга з Чаплистого Болота, трухнув головою, і його очі закрутились, немов кульки зі слонової кістки. Темні кісточки його пальців спліталися і згинались – викапана сарана.

— Знаєте, що це? Ви знаєте, *знаєте?* Я вам казатиму. Центр Життя, точно! Їй-бо, так і є!

Джаду розгойдувався, як дерево, від вітру з боліт, якого ніхто, крім нього, не відчував, не бачив і не чув. Очі його знову почали блукати, неначе він відпустив їх на волю. Його голос темною ниткою проходив через їхні вуха, зшиваючи їх в одне безшелесне полотно:

— Звідтіля, з болотиська Міддібамбу, виповзає усяке. Спочатку рука, тоді нога, тоді язик, роги. І воно росте! Мож', спочатку малеська амеба. Тоді жаба, що надимає горло так, що мало не лусне! Та! — Він хруснув пальцями. — Воно розтікаєця далі, розтягує відростки — і ось воно вже *людина!* Ото є верх творення! Ото є Мамця Міддібамбу, від якої ми всі пішли десять тисяч літ тому. Кажу вам!

— Десять тисяч років! — прошепотіла бабця Пелюстка.

— Воно старе! Гляньте! Воно не хвилюєця. Воно розумне. Плаває там, як шмат свинини в жирі. Воно має очі, але вони не блимають, не турбуюця, га? Ні, людоньки!

Воно розумне. Воно зна, що ми *од* нього пішли, ми *до* нього і повернемся!

– Якого кольору його очі?

– Сірі.

– Нє, *зелені*.

– А волосся яке? Каштанове?

– Чорне!

– Руде!

– Ні, *сиве!*

Тоді Чарлі, розтягуючи слова, теж ділився своєю думкою. Одного вечора здавалось, що він каже те саме, що і минулого разу, а наступного – наче й не те. Втім, ніхто не зважав. Навіть якщо повторювати кожен вечір одне і те ж, влітку це звучатиме по-різному – через цвіркунів, через жаб, через штуку в банці. Чарлі казав:

– Що, як якесь старе, чи, може, мале зайшло у болота і цілими роками блукало у тій сльоті, отими канавами і стежками? Шкіра вивідла, зморщилась від холоду, від того, що не бачить сонця. Воно заходило все далі – і вкінці втопилося в багнищі і залягло в тій твані, гейби комарина личинка. А чого ж, хіба ми знаємо, може, це навіть хтось, кого ми *знали!* Чи, може, здоровкались коли-не-коли. Хіба ми знаємо...

Жіноцтво зашикало у напівтемряві позаду. Одна жінка, місіс Тріден, стояла, її темні очі горіли, вона шукала слова. Врешті вона мовила:

— Кожен рік якесь голеньке дитинча забігає на болота. Воно бігає, губиться і вже не вертається звідтіля. Я сама так ледь не згинула. Я... я так втратила свого Фолі. Ви... ви ж *не думаєте*, що це!..

Повітря зі свистом входило у звужені ніздрі. Губи намертво стислися, кутики опустились, голови повернулися на здерев'янілих шиях. Очі читали надію і переляк у кожній частині струною витягнутого тіла місіс Тріден, у її пальцях, що вчепилися в стіну.

— Дитятко, — видихнула вона. — Моя дитина. Мій Фолі! Фолі! Це ти? Фолі! Скажи мені, маленький, це ти?!

Усі затамували подих і повернулись до банки.

Та штука нічого не відповіла. Її очі незряче дивилися поверх голів людей. А десь глибоко в їхніх кістлявих тілах весняним струмком побіг страх, і увесь їхній непохитний спокій, усю їхню віру і легке смирення підточило, роз'їло тим страхом і понесло стрімким потоком геть! Хтось скрикнув.

– Воно ворухнулось!

– Не ворушилось воно. То в тебе з очима зле!

– От вам хрест! – кричав Джук. – Воно тихенько ворухнулось, як мертве кошеня!

– Та помовч ти. Воно мертве вже дуже, дуже давно. Може, ти ще й не народився, а воно вже було мертве!

– Він подав знак! – зойкнула місіс Тріден. – Це мій Фолі! В тій банці моя дитина! Йому було три рочки, коли він загубився у болотах!

Вона заридала.

– Ну, ну годі, місіс Тріден, не плачте. Ви тремтите, ось вам стілець, сядьте. Це не ваша дитина і не моя. Ну, не плачте.

Хтось із жінок обійняв її, і схлипування стихло. Місіс Тріден важко дихала, її губи перелякано тріпотіли, немов крила метелика.

Коли всі знову заспокоїлися, бабця Пелюстка поправила зів'ялу рожеву квітку в своєму розпущеному сивому волоссі, затягнулася з люльки і заговорила, трусячи головою так, що волосся затанцювало в напівтемряві:

– Це усе балаканина з пустого в порожнє. Ми ніколи не взнаємо і не збагнемо, що воно таке. А коли б і могли, то все 'дно не схотіли би знати. Це як ті магічні трюки, що їх фокусники показують. Тільки взнаєш, що воно за мана, і вже воно не більш цікаве, ніж кролячі кишки. Ми сходимось тут раз на тиждень чи що, гомонимо, спілкуємся, і нам завжди, завжди є про що балакати. Ясно, що якби ми винюхали, що це за клята штукенція, нам не було б що тут пережовувати, от і все!

– Та ну його к бісу! – проревів бичачий голос. – Я думаю, що це ніщо!

Том Кармоді.

Том Кармоді, що, як завжди, стояв у тіні, за порогом, глузливо скрививши губи. Його усмішка вколола Чарлі, як шершень. Це Седі його підмовила. Седі хотіла зруйнувати його нове життя, так, так!

– Це ніщо, – різко повторив Кармоді, – ніщо інше, як смердючий, гнилий оберемок медузячих виродків!

– Ти часом не заздриш, кузене Кармоді? – повільно проговорив Чарлі.

Кармоді пирхнув.

– Я тільки прийшов глянути на дурнів, котрі патякають отут ні про що. Я всередину і ногою не вступив, бачте, і не розводився тут із вами. Я йду додому. Хто зі мною?

Ніхто не зголосився. Він знову розсміявся, наче це був жарт, що так багато людей можуть так далеко зайти, а Седі сиділа в кутку і шкребла нігтями долоні. Чарлі помітив, як сіпалися її холодні, мовчазні губи.

Важкі чоботи Кармоді прогуркотіли сходами, і він зник у цвірчанні коників.

Бабця Пелюстка приклала люльку до беззубого рота.

– Як я казала перед цим галасом, ця штука на полиці, хіба вона не може бути усіма штуками на світі? Багатьма? Я не знаю, життям чи смертю, га? Дощем, і сонцем, і брудом, і медузами – усім зразу. Травою, зміями, дітьми, туманом, усіма днями і ночами в сухому очереті. Чого воно мусить бути чимсь одним? Може, це *багато* що.

І розмова точилася ще годину, а Седі вислизнула у ніч слідом за Томом Кармоді, і Чарлі кинуло в піт. Ці двоє змовились. Вони щось замислили. Чарлі обливався потом решту вечора...

Сходини закінчились пізно, і Чарлі лягав спати зі змішаними почуттями. Усе пройшло добре, але що там було у Седі з Томом?

Набагато пізніше, коли зграї зірок перелетіли по небу туди, де вони бували за північ, Чарлі почув шелест трави, через яку хтось ішов, гойдаючи стегнами. Її каблуки тихо простукали по ґанку, через будинок, у спальню.

Вона нечутно лягла поруч, дивлячись на нього своїми котячими очима. Він їх не бачив, але погляд відчував.

– Чарлі?

Він чекав.

А потім сказав:

– Я не сплю.

Тоді вона почекала.

– Чарлі?

– Що?

– Не вгадаєш, де я була; не вгадаєш, де я була, – вона тихо проспівала цю глузливу дражнилку.

Він чекав.

Вона теж чекала. Втім, вона не могла довго терпіти і продовжила:

– Я їздила на ярмарок до міста. Том Кармоді відвіз мене. Ми... ми говорили з власником намету, Чарлі, так, говорили, говорили, справді! – вона непомітно захихотіла про себе.

Чарлі увесь похолов. Він став на лікоть. Вона украдливо мовила:

– Ми дізналися, що у твоїй банці, Чарлі...

Чарлі скотився на підлогу і притис долоні до вух.

– Я не хочу це чуть!

– О, але ж ти мусиш почути, Чарлі. Це хороший жарт. Ти ще такого не чув, – сичала вона.

– Забирайся, – сказав він.

– Ні-ні, Чарлі, ні, пане. Чого б мені? Ні, Чарлі, дорогенький. Я сперту розкажу...

– Геть! – сказав він.

– Дай же сказати! Ми поговорили з тим власником намету, і він прямо по землі качався від сміху. Сказав, що продав цю банку разом із тим, що всередині, якомусь... селюку за дванадцять баксів. А вона не варта й двох!

Сміх, жахливий сміх полився з її рота у темряву спальні.

Вона хутко договорила:

– Це сміття, Чарлі! Гума, пап'є-маше, ганчір'я, борна кислота! І все! Всередині

107

металева рамка! І все, Чарлі. Більш нічого! – верещала вона.

– Ні, ні!

Він заревів і рвучко сів на ліжку, зірвавши з себе ковдру.

– Я не хочу це чуть! Не хочу! – вигукував він знову і знову.

Вона сказала:

– Лиш почекай, поки всі дізнаються про цю фальшивку! Як же вони сміятимуться! Реготатимуть, аж животи понадривають!

Він схопив її за руки.

– Ти ж їм не розкажеш?

– А ти ж не хочеш, щоб мене називали брехухою, Чарлі?

Він відштовхнув її.

– Залиш мене в спокої! Яка ж ти підла! Ти заздриш мені увесь час. Коли я заніс банку в хату, то наче носа тобі прищемив – так тебе завидки взяли. Ти ж спать не могла, поки не зіпсувала все!

Вона засміялася.

– Тоді я нікому не скажу, – сказала вона.

Він глипав на неї.

– Ти спаскудила все *мені*, і цього досить. Мені все одно, чи ти розкажеш усім. Я знатиму. І мені вже не буде так весело.

Ти і той Том Кармоді. Як я хтів би примусити його перестати насміхатися. Він роками з мене кепкує! Давай, іди, скажи усім, скажи людям – повеселись і ти!

У запалі він прогупав до банки, ухопив її так, що аж хлюпнуло, і вже хотів жбурнути нею об двері, але зупинився і тремтячими руками повільно опустив її на розгойданий стіл. Він стояв над нею і схлипував. Якщо він втратить це, то втратить увесь світ. І Седі він теж втрачав. Вона відбігала від нього з кожним місяцем усе далі, насміхаючись і кепкуючи. Стільки років маятник її стегон відміряв його життєвий час, але за ним звіряли свої годинники і кілька інших чоловіків, Том Кармоді, наприклад.

Седі думала, що Чарлі розіб'є банку. Натомість, він пестив її, гладив і, врешті, затих над нею. Він згадував ті довгі приємні вечори за минулий місяць, такі багаті на щирі розмови з друзями, що снували кімнатою. Ті вечори були щонайменше хорошими, якщо не більше.

Чарлі повільно повернувся до Седі. Він втратив її назавжди.

– Седі, ти не їздила на ярмарок.

– Їздила.

– Ти брешеш, – тихо мовив він.

– Ні, не брешу!

– У цій... банці просто мусить щось *бути*. Щось, окрім сміття, про яке ти кажеш. Забагато людей вірить у те, що в ній щось є, Седі. Тобі це не змінити. Той чолов'яга, якщо ти справді говорила з ним, збрехав. – Чарлі набрав у груди повітря і сказав: – Ходи-но сюди, Седі.

– Чого тобі треба? – спитала вона сердито.

– Підійди.

Він зробив крок до неї.

– Підходь.

– Не наближайся до мене, Чарлі.

– Я просто хочу тобі щось показати, Седі. – Його голос став м'яким, низьким, наполегливим. – Ходи, кицю. Киць-киць-киць. *Сюди, кицю!*

Десь через тиждень усі вже вкотре зібралися. Прийшли старий Медноу і бабця Пелюстка, потім юний Джук і місіс Тріден, і темношкірий Джаду, а за ними всі інші, молоді й старі, веселі й похмурі. Вони скрипіли стільцями, кожен зі своїми думками, сподіваннями, тривогами і питаннями. Ввічливо вітаючись із Чарлі, усі вони не дивилися на святиню.

Вони чекали, поки всі зберуться. З блиску в їхніх очах було видно, що кожен бачив у банці щось своє, якесь життя і примарне наступне існування, і життя у смерті, і смерть у житті – у кожного, хто прийшов, була своя історія, свої репліки, свої слова, уже відомі, знайомі, але в той же час нові.

Чарлі сидів один.

– Здоров, Чарлі. – Хтось зазирнув до порожньої спальні. – Твоя жінка знов поїхала до рідні?

– Так, рвонула у Теннессі. Повернеться за кілька тижнів. Їй тільки дай нагоду завіятися кудись. Ти ж знаєш Седі.

– Їй на місці не сидиться, це точно.

Люди перешіптувались, розсідались по кімнаті, і зненацька на темний ґанок зійшов, блискаючи очима, Том Кармоді.

Він стояв за порогом, його коліна трусились і вгиналися, плечі провисали і тремтіли. Він зазирав у кімнату. Том Кармоді, котрий не наважувався увійти. Том Кармоді, який відкрив рота, але не сміявся. Його обличчя побіліло як крейда, неначе після довгої хвороби.

Старий Медноу подивився на банку, прочистив горло і сказав:

– Чому я не бачив цього так ясно раніше? У нього *сині* очі.

– У нього весь час були сині очі, – сказала бабця Пелюстка.

– Ні, – пискнув Медноу. – Той раз вони були карі. – Він глянув угору. – І ще одне – у нього каштанове волосся. Каштанового волосся *раніш* не було!

– Було, точно було, – зітхнула місіс Тріден.

– Не було!

– Кажуть вам, було!

Том Кармоді дрижав у темряві літньої ночі і вдивлявся у банку. Чарлі позирав на неї з крісла, недбало скручуючи цигарку, спокійний, умиротворений, впевнений у своїх думках і в своєму житті. Том Кармоді стояв сам-один і бачив у банці те, чого не бачив раніше. *Усі* бачили те, що хотіли; думки лилися зливою:

«Моя дитина. Моє дитятко», – думала місіс Тріден.

«Мозок!» – думав старий Медноу.

Темношкірий чоловік переплітав пальці: «Мамця Міддібамбу!»

Риболов витягнув губи: «Медуза!»

«Кошеня. Киць-киць-киць-киць! – Думки випускали кігті й тонули перед очима Джука. – Кошеня!»

«Геть усе і що завгодно!» – пронизливо проносилося у зморщеній голові бабці. «Ніч, трясовиння, смерть, бліді істоти, мокрі потвори морів!»

Тиша. Тоді старий Медноу прошепотів:

– Хтів би я знати, що це? Хтів би я знати, це він, чи вона, чи звичайне старе *воно?*

Чарлі вдоволено глянув угору, набиваючи цигарку, припасовуючи її до рота. Тоді він перевів погляд на Тома Кармоді, який ніколи більше не посміхатиметься.

– Гадаю, ми ніколи не взнаємо. Точно, ніколи не взнаємо.

Чарлі повільно хитав головою. Він сидів зі своїми гостями і все дивився, дивився.

Це була одна з тих штук, що їх запихають до банки й виставляють напоказ у ярмарковому наметі на околиці маленького, сонного містечка. Таке бліде хтозна-що, яке плаває у спиртовій плазмі, повільно крутиться і все мріє про щось, а розкриті мертві очі дивляться, але не бачать...

Присмерковий пляж

Том, по коліна у хвилях та зі шматком прибитої до берега деревини, прислухався.

У будинку, що височів під вечірнім сонцем на крутому березі, за яким десь бігла Прибережна автострада, стояла тиша. Гримотіння шафами, клацання замків на валізах, гатіння ваз і, нарешті, фінальний гуркіт вхідних дверей, що їх зачинили з розмаху – все це давно стихло.

Чико, стоячи на блідому піску, витрушував із дротяного сачка свій улов погублених монеток. Не дивлячись на Тома, він буркнув:

– Нехай собі йде.

І так щороку. Якийсь тиждень чи місяць їхній будинок розпирало від музики, що лилася з вікон, на веранді з'являлися нові горщики з геранню, а двері та східці блищали свіжою фарбою. На шворках поперемінно сушилися фіглярські штани, строгі сукні та ручної роботи мексиканські плаття – процес непостійний, немов білі баранці на хвилях прибою позад будинку. Жанрове розмаїття картин, розвішаних на стінах усередині дому, мінилося від наслідувань Матісса до псевдоіталійського Відродження[1]. Інколи, підвівши погляд, він бачив жінку, що сушила волосся, яке майоріло на вітрі, немов яскравий жовтий стяг. Час від часу прапор цей мав чорний колір або ж рудий. На тлі неба жінка бувала то високою, то низенькою. Проте жодного разу в домі не хазяйнувало більше однієї жінки. І от нарешті цей день прийшов...

Том поклав свою деревину на вже чималу гірку, яка росла поруч із місцем, де Чико просіював мільярди людських слідів, залишених на вихідних відпочивальниками.

– Чико, що ми тут робимо?

---

[1] Анрі-Еміль-Бенуа Матісс (*Matisse*, 31.12.1869, м. Ле-Като-Камбрезі, Нор, Франція – 03.11.1954, м. Ніцца, Франція) – видатний французький маляр, графік, гравер та скульптор, що революціонізував мистецтво на початку XX ст., його експресивний стиль, натхненний імпресіоністами та неоімпресіоністами, і виразність у використанні яскравих, насичених, контрастних фарб навіть спричинили до появи окремої художньої течії – фовізму. Найчастіше предметом зображення в художника виступали квіти, дерева та жінки.

– Жируємо, живемо «життям Райлі»[1].

– Я би не назвав це жируванням по-райлівськи.

– Ну, то працюй над помилками!

Ось так Том спостерігав свій будинок уже цілий місяць. Горщики припали пилом, на стінах красувалися порожні квадрати, підлогу вкривав пісок. У кімнатах гуділо, немов у мушлі, коли її прикладаєш до вуха. І щоночі, вмостившись спати з Чико по різних спальнях, вони чули безслідний шурхіт приливів та відпливів уздовж всього чималого пляжу.

Непомітно Том кивнув. Раз на рік він приїздив сюди із гарненькою дівчиною та думкою про те, що врешті-решт вона має рацію і вже геть незабаром вони одружаться. Та його жінки завше потайки тікали перед сходом сонця, відчуваючи, що помилилися і не зможуть зіграти свою роль. Подруги Чико кидали його з шумом пилососів.

---

[1] Тобто гулящим, нетрудящим життям сибарита і бонвівана. Попри те, що в США у 40–50-х рр. XX ст. транслювалася комедійна радіопостановка «Життя Райлі» *(The Life of Riley)*, а згодом комедійний фільм (1949, режисер – Ірвінґ Брехер) і телесеріал, насправді, походження фразеологізму значно давніше.

Вони щось тягнули, гарчали, гарячкували, вивертали кишені, визбиравши всі перлини зі скойок, та забираючи всі гаманці, ніби іграшкових собачок, що Чико так полюбляв відкривати їм пащі та лічити зуби.

– Уже четверо жінок за рік.

– Ваша правда, арбітре, – вишкірився Чико. – Мені забиратися в роздягальню?

– Чико... – Том закусив губу і потім продовжив: – Я тут подумав... може, нам розійтися?

Чико мовчки поглянув на товариша.

– Я хотів сказати, – швидко виправився Том, – що раптом нам більше щаститиме поодинці?

– Слухай, бодай мене дідько вхопив, – поволі проказав Чико, стискаючи у велиичезних кулачиськах сачок, – хіба тобі незнані факти? Ми з тобою приїжджатимемо сюди в двохтисячному році, парочка божевільних дурнуватих альбатросиків, які вигріватимуть тут на сонці свої кісточки. Що з нами вже станеться, Томе? Надто пізно. Змирися з цим і стули писок.

Том важко проковтнув слину і довго витріщався на товариша.

– Я хочу поїхати звідси... Наступного тижня.

– Та закрийся, закрийся ти вже і давай-но працювати!

Чико заходився сердито загрібати пісок, що принесло йому сорок три центи монетками різного номіналу. Він так прикипів до них очима, поки пісок сіявся крізь дротинки сачка, що нагадував хлопчину під час завзятої гри в пінбол[1].

Том не ворушився, затамувавши подих.

Здавалося, вони обоє чогось чекають.

– Гей-гей-гей!.. – пролунало з-над узбережжя.

Чоловіки поволі озирнулися.

– Гей... Агов... Е-ге-гей!..

Метрів за двісті від них, вимахуючи руками, біг хлопчик і волав на всю горлянку.

---

[1] Тут мається на увазі ігровий автомат аркадного типу (тобто з навмисно простим ігровим процесом), під час гри на якому необхідно якомога довше утримувати на скісному полі металеві кульки, управляючи спеціальними лапками, лопатками, стрижнями тощо. Механічні пінбол-машини відомі з 1869 р., а класичного виду набули в 1947 р. Ідея гри походить від більярду, шляхом ускладнення якого у Франції на межі XVIII ст. народився баґатéль – «предтеча» пінболу.

І від його крику Тому чомусь раптом стало морозно. По його плечах пробіг холодок. Том чекав.

– Агов!

Хлопчик підбіг і, хапаючи ротом повітря, вказав рукою кудись позад себе:

– Жінка... кумедна жінка... біля Північної скелі!

– Жінка! – розреготався Чико. – О, ні-ні!

– Що означає «кумедна»? – поцікавився Том.

– Не знаю. – Малий дивився на нього здоровенними очиськами. – Ви повинні глянути самі. Страшенно кумедна!

– Утоплениця?

– А хто її зна! Вилізла з води, валяється на піску. Самі подивіться... Кумедна така... – хлопчик замовк. Він знову поглянув на північ. – У неї риб'ячий хвіст.

Чико розсміявся.

– Давай тільки не перед вечерею.

– Будь ласочка, – аж пританцьовувало хлоп'я. – Чесне слово! Тільки швидше!

Він був побіг, але відчув, що за ним ніхто не рушив, і в розпачі озирнувся.

У Тома ворухнулася губа.

– Чико, тобі не здається, що для розіграшу він пробіг завелику дистанцію?

– Бігають і на довші, і заради меншого.

– Гаразд, синку. – Том подибав за малим.

– Дякую, дядьку. Велике дякую!

Хлопець знову дременув уперед. Відбіг кроків на двадцять. Том озирнувся. Позаду Чико скривився, здвигнув плечима, втомлено обтрусив руки та пішов за ними.

Вони йшли на північ по залитому сутінками пляжу. З обвітреними обличчями та дрібними зморшками навколо вигорілих блідих очей і короткими стрижками, які не виказували сивину. Дмухав дужий вітер, ганяючи океанські хвилі, які з нескінченним гулом навалювалися на узбережжя.

– Слухай, – спитав Том, – а от уяви, приходимо ми до Північної скелі і бачимо, це правда. Що тоді? Раптом океан і справді викинув *щось* на берег?

Та перш ніж Чико встиг відповісти, Том уже поринув у свої думки, які ширяли серед дюн, запорошених мечохвостами, морськими їжаками та зірками, ламінаріями та просто камінцями. Його все життя тягнуло побазікати на тему морських істот, чиї назви спливали в пам'яті під шумне дихання прибою. Молюски-аргонавти, шепотів він, тріска, сайда, сарган, губани-таутоги, риба-линь, морський слон, він шепотів, камбала, а ще білуга, білуха, супова акула... тебе завжди переслідує голос: як то має виглядати щось із таким глибоководним іменем? Хтозна, чи доведеться коли побачити, як воно здіймається зі своєї солоної луки нагору і виходить за безпечні межі берегової лінії? Але ж вони існують, і їхні назвиська, як і тисячі інших, малюють картини в уяві, а ти шкодуєш, що не птиця-фрегат і не здатен пролетіти чотирнадцять тисяч кілометрів, зібравши повний образ океану в голові одного року.

— Хутчіш! — хлопчик аж прибіг назад до них, щоб зазирнути в очі Томові. — Раптом її скоро не стане?!

— Малий, гляди зі штанів не вискоч, — гаркнув Чико.

Вони завернули за Північну скелю. Там стояв іще один хлопчак і дивився собі під ноги.

Чи не краєм ока Том помітив щось на піску, від чого завагався: а чи варто туди дивитися? Може, краще зосередитися на обличчі іншого парубійка? Той геть сполотнів

121

і, здавалося, не дихав. Час від часу він таки опам'ятовувався і зітхав, знову прикипав поглядом до об'єкта своїх спостережень на піску, але не ладнав із контролем, очі його затуманювалися і до нього вертався приголомшений вигляд. Тож коли океан лизав хлопчакові спортивні туфлі, він анітрохи не зважав та не ворушився.

Том відвернувся від дітлахів та поглянув униз.

І наступної ж миті його обличчя перетворилося на обличчя того хлопця. Руки так само безвільно повисли по швах, а рот був роззявився для якихось там слів та так і залишився напіввідкритий, ніби очі, що, бліді й без того, зараз геть знебарвилися од прискіпливості погляду.

Призахідне сонце від зустрічі з крайнебом відділяло десять хвилин.

– Накотилася дуже велика хвиля, потім вона відступила, – розказував перший хлопець, – і от ми знайшли це.

Вони всі дивилися на жінку, яка лежала в них попід ногами.

У неї було дуже довге волосся, і воно було розпластане на березі, наче струни арфи. Хвильки їх перебирали, трохи піднімаючи,

122

трохи опускаючи у воді, щораз розгортаючи обриси нового віяла. Його довжина сягала, напевно, якісь метр п'ятдесят – метр вісімдесят. І зараз воно лежало на щільному вогкому піску і мало колір лаймів.

Її обличчя...

Біла піщана скульптура, із парою краплинок, що блистіли, ніби дощинки на троянді вершкової барви. Обличчя більше нагадувало місяць, яким його видно вдень – блідим і неймовірним у блакиті неба. Молочний мармур із блідо-фіолетовими прожилками на скронях. Повіки заплющених очей притрусив слабкий водяний відтінок, геть немовбито очі прозирали з-під делікатної тканини і бачили всіх, хто стояв над жінкою та розглядав її. Вуста – запалена та зблякла морська троянда з пелюстками, згорнутими в бутон. Біла лебедина шия, білі маленькі перса, то прикриті, то розкриті, то прикриті, то розкриті у потоках води, невеличких круговертях, хвиля наступила, хвиля відступила, хвиля наступила, хвиля відступила. Пипки персів теж були запалені, як і губи, а тіло – приголомшливо біле, ніби саме світилося біло-зеленою блискавицею на піску. А кожний доторк води до нього змушував шкіру блищати, немов перламутр.

Нижня половина тулуба мінилася барвами від білого до напрочуд блідо-голубого, від напрочуд блідо-голубого до салатового, від салатового до смарагдового, до зеленого відтінку моху, до зеленого відтінку лайма, до темно-зелених леліток – і все це переливалося, вигиналося, зблискувало та тьмяніло, закінчувалося мереживним віялом, розгорнутим у піні та самоцвітному піску. І ці дві частини були так поєднані, що лишалося незрозумілим, де саме перламутрова жінка, біла жінка, сотворена з вершкової води та чистого неба, зливалася із тієї половинкою, яка належала амфібієвим перекотам хвиль, що набігали на берег і скочувалися ним назад, намагаючись затягти з собою і ту другу половину, вернувши її в рідну стихію. Жінка була морем, море було жінкою. Ні вам дефекту, ні шва, ні зморшки, ні стіжка – ілюзія, але така, що здавалася бездоганною і трималася купи. Кров текла з однієї половини в іншу, де перемішувалася з крижаною водою, що заповнювала її жили.

– Я хотів бігти по допомогу, – розповідав, не підвищуючи голосу, перший хлопець. – Але Скіп сказав, що вона вже мертва, а мертвим допомога не потрібна. То вона не жива?

– І ніколи не була живою, – відповів Чико. – Я певен, – правив він далі, відчувши, як усі в один момент звернули на нього свої погляди, – що це з якоїсь кіностудії. Каучукова шкіра натягнута на сталевий каркас. Декорація. Манекен.

– Та ні, вона справжня!

– Зараз я тобі ярличка пошукаю, – наполягав Чико. – Ось.

– Не треба! – вигукнув перший.

– Дідько! – скрикнув Чико, коли торкнувся тіла, щоби перевернути його. Він завмер. Став на коліна з уже абсолютно іншим виразом обличчя.

– Що таке? – спитав Том.

– Я помилився. – Чико відсмикнув руку і витріщився на неї. У повітрі стихли його слова.

Том узяв жінку за зап'ясток.

– Пульс іще б'ється.

– Це твоє власне серцебиття.

– Не знаю... хтозна-хтозна...

Але ця жінка лежала перед ними, і її верхня половина була перламутр із вершковою барвою прибою, а нижня – слизька, вкрита монетками зелено-чорного кольору стародавніх монет, що поперемінно перебирали вітер і вода.

– Це якийсь трюк! – раптом заявив Чико.

– Ні! Ні! – так само несподівано розреготівся Том. – Ніякий це не трюк! Господи, як же мені зараз добре! Мені так добре не було з самого дитинства!

Вони поволі обійшли її. Її білої руки торкнулася вода, і вона ледве-ледве поворушила пальцями. Так ніби жестом знову і знову запрошувала інші хвилі, які могли би перебирати її пальці, підняти зап'ясток, а потім усю руку, голову і, нарешті, її всю. І забрати назад до моря.

– Слухай, Томе, – відкрив рота Чико, – а ти не хочеш зганяти за фургоном?

Том не зрушив із місця.

– Ти мене чув? – уточнив Чико.

– Так, але ж...

– Але що? Чого б це не продати... не знаю, там, може, якому університету, океанаріуму в Сіл-Біч, або ж... дідько, ми й самі могли би відкрити сякий-такий заклад. Послухай. – Він смикнув Тома за рукав. – Піджене́ш машину до пірса. Купиш триста фунтів колотого льоду. Адже якщо ми дістаємо щось із води, то потрібен лід, правда ж?

– Ніколи про це не замислювався.

– То замислись зараз! Ворушись давай!

– Навіть не знаю, Чико.

– Що ти хочеш сказати? Вона ж справжня, хіба ні? – Він розвернувся до хлопців: – *Ви* ж казали, що вона справжня, хіба ні? То чого ми тоді чекаємо?

– Чико, – повторив Том, – краще сам шуруй за льодом.

– Але хтось має лишитися і простежити, щоб її не змило з відпливом!

– Чико, – гнув своє Том, – я не можу це пояснити. Я не хочу йти ні за яким льодом, що так тобі потрібен.

– Гаразд. Сам збігаю. Слухайте, хлоп'ята, а ви нагорніть тут пісочку, щоб хвилі не сильно накочувалися. Дам по п'ять баксів кожному. Раз-два, побігли!

Збоку рожевим та спижевим відтінком обличчя хлопців підсвічувало сонячне проміння, яке вже торкалося обрію. Бронзова барва заливала і їхні очі, спрямовані на Чико.

– На Бога! – вигукнув Чико. – Та це куди краще від збирання амбри.

Він дременув геть, але з маківки найближчої дюни озирнувся:

– До роботи! – І зник з поля зору.

Том і двійко хлоп'ят лишилися біля самотньої жінки край Північної скелі, і сонце вже на чверть опустилося за виднооколо. Пісок і жінка стали рожево-золотаві.

– Тільки тоненька лінія, – прошепотів другий. Він плавно провів нігтем під своїм підборіддям, а потім кивнув на жінку. Том нахилився роздивитися покраще і вглядів ледве помітні риски з обох сторін під твердим білим підборіддям, тонкі, майже невидимі лінії, де колись були, або ж і зараз є зябра, закриті наглухо, невидимі.

Він поглянув на її обличчя і багаті коси, розпластані на березі у формі ліри.

– Вона прекрасна, – проказав він.

Хлопці, самі того не помітивши, згідно кивнули.

Позаду них, поквапно злітаючи з дюн, залопотів крилами мартин. Малі аж підскочили і роззирнулися.

Том відчував дрож. І бачив, що хлопці дрижать теж. Просигналив автомобіль. Усі разом кліпнули, їм раптом стало страшно. Погляди піднеслися до автостради.

Тіло тим часом омила хвиля, і навколо нього утворилася чиста біла запруда.

Том кивком голови поманив до себе хлопців.

Хвиля посунула жінку на пару сантиметрів. Вона поступово сповзала в море.

– Але ж... – спробував був заперечити перший.

Том похитав головою.

Третя хвиля підняла тіло і наблизила його до моря майже на півметра. Ще одна потягла його трохи вниз по ріні. А ще три наступні підштовхнули її майже на два метри.

Перший парубійко скрикнув і погнався за жінкою.

Проте Том схопив його за руку. Малий виглядав безпорадним та сумним.

На якісь пару хвилин прибій вгамувався. Том дивився на жінку і думав: «Вона справжня. Вона реальна. Вона моя... але ж вона мертва. Або помре, якщо тут лишатиметься».

– Не можна її відпускати, – обурився перший хлопчина. – Не можна. Не можна і годі!

Інший став між морем і нею.

– Що ми з нею робитимемо, – він питально поглянув на Тома, – якщо вона зостанеться в нас?

– Можна було б... можна було б... – замислився перший, а потім захитав головою і зітхнув: – От чорт.

Його товариш відступив і відкрив шлях морю до жінки.

Наступна хвиля виявилася велетенською. Вона налетіла на берег і нічого по собі не залишила. Кудись поділася і біла барва, і чорні алмазики, і численні струни арфи.

Вони стояли край узмор'я і дивилися на океан – чоловік і двоє хлопців, аж поки не почули, як позаду них серед дюн наближається фургон.

Сонце сіло.

Позаду хтось біг і чалапав ногами та кричав.

Назад вони мовчки їхали присмерковим пляжем у порожньому фургоні з колесами позашляховика. Хлопці сиділи ззаду на мішках із колотим льодом. Трохи згодом Чико заходився завзято лаятися собі під носа, обплювавши все лобове скло.

– Триста фунтів льоду! Триста фунтів льоду! Що мені з ним тепер робити? А ще я мокрий як хлющ. Як хлющ, чуєш? Бо коли поліз у воду пошукати її, ніхто навіть пальцем не поворухнув. Ідіот, ідіот! Ти не змінився! Як і завжди, ти просто стовбичиш там і витріщаєшся. І нічогісінько не робиш!

– А що ти собі думав, га? – стомлено спитав у нього Том, незмінно дивлячись перед собою. – Ти вчинив, як ти завжди чиниш. Геть однаковісінько. Бачив би ти себе збоку.

Хлопців вони висадили біля їхнього пляжного будиночка. Менший спитав голосом, який зазвичай ледве чути проти вітру:

– Чорт! Нам же ніхто і ніколи не повірить...

Чоловіки рушили далі і поставили фургон на автостоянку.

Чико ще посидів пару хвилин, стискаючи та розжимаючи кулаки, поки нарешті не розслабився та гмикнув:

– Дідько! Але я вважаю, все, що не трапляється, – на краще, – він набрав повні груди повітря. – Мені от щойно спало на думку. Кумедно, уяви, що років за двадцять-тридцять посеред ночі нас розбудить телефонний дзвінок одного з цих двох хлопців, уже дорослих, які набиратимуть нас із якогось бару казна-де. От середина ночі, а він телефонує, аби поставити єдине запитання: «Це ж було насправді, так? – скажуть вони. – Це ж сталося в реальності, хіба ні? У п'ятдесят восьмому це з нами трапилося по-справжньому?» А ми сидітимемо глупої ночі на ліжку і відповідатимемо: «Звісно, хлопче. Це справді відбулося в п'ятдесят восьмому». А вони нам: «Дякую». А ми їм: «Та нічого. Завжди будь ласка». Ми побажаємо одне одному доброї ночі. І, можливо, вони ще не дзвонитимуть кілька років.

У темряві двоє чоловіків сиділи на східцях ґанку.

– Томе?

– Що?

Чико замовк.

– Томе, наступного тижня... ти не їдеш.

Це було не питання, а тихе ствердження.

Том замислився. Сигарета згасла в руках. Він тепер знав, що ніколи не зможе поїхати. Адже завтра, і післязавтра, і післяпіслязавтра він спускатиметься до берега і плаватиме, занурюючись в усі зелено-білі огні та темні пащі, які роззявлятимуть дивні хвилі. Завтра, і післязавтра, і післяпіслязавтра.

– Ні, Чико, я залишаюся.

Срібні люстерка наближалися нерівним строєм по всьому багатокілометровому берегу, який тягнувся нескінченно на південь і північ. В них не потрапляло відображення жодного будинку, або дерева, або шматка автостради, або машини, або й навіть людини. Зате вони віддзеркалювали спокійний місяць і потім розбивалися на мільйони скляних друзок, що їх море викидало блистіти на пляж. Море знову на якусь мить темнішало, ладнаючи нову навалу люстерок, якими б можна було подивувати двох чоловіків, котрі сиділи там уже тривалий час і, не кліпаючи, чекали.

Марення в гарячці

Його поклали поміж свіжих простирадл, чистих, щойно випраних, а на столику під тьмяною рожевою лампою завжди стояла склянка густого тільки-но вичавленого помаранчевого соку. Все, що Чарлзові треба було зробити, це гукнути, і тоді мама чи тато обов'язково зазирнуть до нього в кімнату і спитають, як він почувається. Акустика всередині виявилася нівроку; зранку чутно, як щоранку прополіскує своє порцелянове горло туалет, дріботіння дощових крапель по даху або шурхотіння мишей-нишпорок в потаємних стінах, чи навіть спів канарок у клітці на нижньому поверсі. Якщо нашорошити вуха, хворіти не так уже й нудно.

Хлопцю виповнилося тринадцять. Себто Чарлзові. Стояла середина вересня, і земля навколо займалася осіннім вогнем. Він лежав у ліжку вже третій день, коли його охопив жах.

Його рука почала мінитися[1]. Правиця. Він дивився на неї, як вона лежить сама на

---

[1] Переживання героя схожі на симптоми маловивченого психоневрологічного розладу – «синдром чужої руки».

ковдрі, пашить і потіє. Трохи затріпотіла, трохи ворухнулася. Так собі і лежала та перебиралася в інший колір.

Того дня знову приходив лікар і постукав його запалі груди, ніби це був барабан.

– Як справи? – усміхнувся він. – Знаю-знаю, тільки не треба зараз ось цього: «Лікарю, у *застуди* справи те що треба, але ж *я* почуваюся паскудно!» Ха! – Чоловік розсміявся із власного жарту, який давно всім набив оскомину.

Але Чарлз лежав, і для нього цей старезний та страшний кпин втілювався у реальність. Він застряг у голові, а його розум сахнувся, торкнувшись присмішки, вжахнувся та сполотнів. Лікар навіть не здогадувався, наскільки жорстокими прозвучали його слова!

– Лікарю, – прошепотів Чарлз, розпластавшись, знебарвлений, на постелі, – моя *рука*... вона більше не *слухається* мене. Сьогодні вранці вона перетворилася на щось інше. Зробіть щось із нею, лікарю! Лікарю!

Чоловік вишкірився і поплескав малого по руці.

– Синку, мені вона здається цілковито нормальною. Тобі це просто примарилося в гарячці.

– Але ж лікарю! Вона змінилася! – вигукнув Чарлз, жалісливо притискаючи бліду і здичавілу руку. – *Чесно!*

– Я тобі дам від цього рожеву піґулку, – кліпнув чоловік і поклав кружальце хлопчику на язика. – Ковтай!

– І рука знову слухатиметься *мене?*

– Так-так.

Коли лікар поїхав геть у своїй машині під спокійним блакитним вересневим небом, у будинку вкотре запанувала тиша. Десь далеко внизу на планеті Кухня цокав годинник. А Чарлз усе лежав та не зводив погляду з руки.

Вона не змінилася. Вона була чимось іншим.

Надворі дмухав вітер. Листя дерев, опадаючи, шелестіло об холодну шибку вікна.

О четвертій зміна сталася і з його іншою рукою. Вона фактично горіла в пропасниці. Пульсувала і мінилася клітина за клітиною. Вона тріпотіла немов тепле серце. Нігті посиніли, а потім розчервонілися. Весь процес зайняв близько години, і коли він скінчився, рука видавалася на вигляд цілковито звичною. Проте звичною вона не була. І належала вона не йому. Хлопець лежав у приголомшеному переляку і невдовзі, виснажений, заснув.

О шостій мама принесла йому суп. Чарлз до нього навіть не доторкнувся.

— У мене немає рук, — проказав він із заплющеними очима.

— З твоїми руками все гаразд.

— Ні, — заголосив малий. — Немає в мене ніяких рук. Таке враження, ніби від них самі кукси позалишалися. Ой, мамо, мамо, пригорни мене. Я такий переляканий.

Довелося їй годувати сина самотужки.

— Мамо, — проказав він, — виклич лікаря, будь ласка, знову. Я такий хворий.

— Він сьогодні приїде о восьмій, — промовила вона і вийшла з кімнати.

О сьомій, коли темна ніч огорнула будинок, Чарлз сидів у ліжку і відчув, що це відбувається спочатку з однією його ногою, а потім й іншою.

— Мамо, хутчіш до мене! — закричав він.

Та коли вона прийшла, все стало як завжди.

Після того як мама спустилася сходами назад, довелося просто лежати і не опиратися. Спочатку ноги борсалися, потім потеплішали, розпашіли, і вся кімната сповнилася жаром гарячкових перемін. Тепло підіймалося від пальців ніг до щиколоток, а потім і до колін.

– Можна? – на порозі стояв усміхнений лікар.

– Лікарю! Швидше, зніміть мої ковдри! – гукнув Чарлз.

– Ось так, – чоловік слухняно зняв укривало. – Тут усе ціле і здорове. Щоправда, трохи потіє. Невеличка температура. Я ж тобі наказав лежати в ліжку, неслухняний хлопчику! – Він ущипнув його за мокру рожеву щоку. – Піґулки помогли? З рукою все гаразд?

– Ні! Тепер у мене віднялася ще й друга і обидві ноги!

– Ну-ну! Доведеться тобі дати ще три таблетки: по одній на кожну кінцівку, еге ж, ти мій персичку? – розсміявся лікар.

– А допоможе? Будь ласка, скажіть мені, що зі мною *відбувається*!

– Легка форма скарлатини, трішки ускладнена застудою.

— Це в мені живе такий мікроб і плодить інших таких мікробів?

— Так.

— А ви впевнені, що це скарлатина? Ви ж не робили жодних аналізів!

— Я впевнений, що можу її відрізнити на око, — відповів лікар, поважно перевіряючи пульс хлопчика.

Чарлз так і лежав мовчки, поки лікар клацав саквояжем, упаковуючи свій чорний терапевтичний набір та застібаючи сумку на всі замки. У тихій кімнаті голос малого заледве звучав, а очі світилися споминами.

— Якось я читав про це у книзі. Про скам'янілі дерева, коли живе дерево перетворюється на мертву породу. Про те, як вони валяться, гниють, усередину в них проникають мінерали і ростуть схожі на дерева, хоча насправді ніякі вони не дерева. Вони — камінь.

— Ну? — не зрозумів лікар.

— Я тут подумав, — поміркувавши, повів далі мову Чарлз. — А ці мікроби можуть вирости? На уроках біології нам розказували про одноклітинні організми, амеб там, і всяке таке. Про те, як мільйони років тому вони ліпилися докупи, аж поки одного дня не утворилося перше тіло. Ще більше клітин приєднувалися до нього, все це росло, і одного разу так вийшла якась там перша рибина, а потім уже й ми з'явилися, і все це означає, що ми – просто кавалок клітин, які вирішили жити разом та помагати одна одній. Правильно? – Чарлз облизав порепані від гарячки губи.

– До чого ти ведеш? – нахилився над ним лікар.

– Я маю вам це розповісти, лікарю. Повинен, і все! – скрикнув він. – Що станеться, якщо (ну, просто уявіть, ну, уявіть собі таку ситуацію!) багато мікробів зберуться разом, наче в давні дні, аби помагати одне одному, почнуть розмножуватися і плодити ще *більше*...

Білі руки лежали в нього на грудях і повзли до горла.

– І вони вирішать *узяти під свій контроль* людину! – вигукнув Чарлз.

– Під свій контроль?

– Так. *Стануть* новою людиною. Мною, моїми руками, моїми ногами! Раптом ця хвороба знає, як убивати особистість, але продовжувати існувати далі?

Він заволав.

Руки дісталися шиї.

Лікар із криком подався вперед.

О дев'ятій лікаря провели до машини. Батько ніс його сумку. Дорослі трохи побалакали на прохолодному нічному вітрі.

– Просто впевніться, що його руки надійно прив'язані до ніг, – розповідав лікар. – Я не хочу, щоб він сам собі нашкодив.

– Він же видужає? – схопила його за руку матір.

Лікар поплескав її по плечу:

– Хіба всі ці тридцять років не я лікую вашу родину? Це гарячка. В хлопця марення.

– Але ж ці синці на горлі. Він мало не задушив себе.

– Просто надійно їх зв'яжіть. Уранці все буде гаразд.

Автомобіль рушив темною вересневою дорогою.

* * *

О третій ранку Чарлз і досі не міг заснути у своїй маленькій чорній кімнатці. Простирадло під головою та спиною змокріло.

141

Він пашів. У нього більше не було ані рук, ані ніг, усе його тіло почало мінитися. На ліжку хлопець не ворушився, він просто витріщався у порожню стелю, немов зосереджений шаленець. Якийсь час він шарпався й звивався, кричав, але тепер утомився та захрип від усього цього. Кілька разів до нього піднімалася матір, щоби промокнути йому чоло вологим рушником. Зараз Чарлз мовчав, і його руки були прив'язані до ніг.

Він відчував, як змінюються стіни його тіла, як пересуваються всередині органи, займаються вогнем легені, немовби палючі міхи з рожевим алкоголем. По всій кімнаті бігали світляні зайчики, так ніби десь у ній горів камін.

Тепер у нього вже не було й тіла. Все зникло. Воно нібито займало простір попід його шкірою, але тепер бриніло особливим вогненним пульсом та летаргійним наркотиком. Йому здавалося, що гільйотина охайно відсікла голову, і тепер вона лежала осяйна на опівнічній подушці, поки решта тулуба, нижче неї, досі жива, вже належала комусь іншому. Недуг ізглитав його тіло і, пожираючи, гарячково плодився й множився, продублювавши абсолютно все: куці волосинки на руках, нігті на руках, шрамики, нігті на ногах і навіть дрібна родимка на правому стегні – геть усе постало наново в ідеальній схожості.

Я мертвий, думалося хлопцю, мене вбито, проте я живий. Моє тіло мертве, але через хворобу про це ніхто так і не дізнається. Я ходитиму, але це буду не я, а щось інакше. Щось погане, щось лихе, щось настільки велике і лихе, що не лізе ні в які рамки уяви. Щось, що купуватиме взуття, питиме воду і, можливо, навіть одружиться одного дня та накоїть більше зла на світі, ніж будь-хто і будь-коли.

Тепер жар крався його шиєю, потрапив на щоки і розлився ними, немов гаряче вино. Палали губи, палали повіки, геть як листя, що зайнялося полум'ям. Ніздрі вивергали синій і такий слабкий-слабкий вогонь.

От і все, пронеслося в думках. Воно заволодіє головою та мозком і керуватиме кожним оком та кожним зубом, кожним клаптиком звивин, кожною волосинкою, кожним закрутком у вусі, аж поки від мене нічогісінько не залишиться.

У мозку ніби ртуть закипала. Ліве око заплющилося-згорнулося, ніби равлик, і сховалося поглибше. Він осліп на ліве око. Більше воно йому не належало. То була ворожа територія. Язик занімів, наче його відтяли. Затерпла і ліва щока. Перестало чути ліве вухо. Воно належало комусь іще. Оця річ, що зараз народжувалася, ось ця мінеральна істота, яка заміщала дерев'яну колоду, ось ця хвороба, що заміщала здорову тваринну клітину.

Хлопець спробував закричати і подужав подати голос, гучно, високо і різко в своїй кімнаті, поки тонув його мозок, поки він утрачав зв'язок із правим оком та правим вухом – він став сліпим та глухим, суцільний огонь, жах, паніка та смерть.

Він перестав кричати ще до того, як вбігла та стала біля ліжка його мама.

* * *

Ранок наговився добрим та свіжим, на попутному вітрі стежкою через двір до будинку ввірвався лікар. У вікні горішнього поверху стояв повністю одягнений хлопець. Коли йому знизу помахав лікар та

144

спитав: «Що це в нас таке? Вже став на ноги? Господи Боже!» – Чарлз не відповів.

Лікар піднявся нагору майже бігцем. У спальні він зупинився і спробував віддихатися.

– Ти чого зірвався з постелі? – різко спитав лікар. Постукав його запалі груди, зміряв пульс і температуру. – Просто дивовижно! Геть здоровий! Христом-Богом присягаюся, здоровий!

– Я більше ніколи в житті не хворітиму, – тихо заявив хлопець, і далі визираючи з вікна. – Ніколи.

– Сподіваюся, не хворітимеш. Слухай, у тебе ж абсолютно нормальний вигляд, Чарлзе!

– Лікарю?

– Так, Чарлзе?

– Можна я *зараз* піду до школи? – попросився він.

– Завтра – самий раз. Завзяття тобі не позичати.

– Так. Я полюбляю школу. І дітей. Я хочу з ними гратися і борюкатися, а ще плюватися, смикати дівчат за хвостики, тиснути руку вчителям, обмацати всі пальта в гардеробі, хочу вирости і подорожувати по всьому сві-

145

ту, одружитися, завести купу дітлахів, ходити до бібліотеки, брати книжки почитати і... я хочу робити геть *усе*, – проказав Чарлз, розглядаючи вересневий ранок. – Як там ви мене назвали?

– Що? – спантеличився лікар. – Я просто гукнув тебе на ім'я, Чарлзе.

– Мабуть, краще вже таке ім'я, ніж ніяке, – здвигнув плечима хлопець.

– Радий, що ти хочеш повернутися до школи.

– Я і справді дуже хочу, – всміхнувся хлопець. – Дякую за допомогу, лікарю. Потиснімо руки.

– Навзаєм.

Вони поважно потисли одне одному руки, і свіжий вітер залетів у відчинене вікно. Майже хвилину тривало рукостискання всміхненого хлопця та лікаря, котрому він намагався віддячити.

Зі сміхом він бігцем провів лікаря вниз по сходах та до машини. За ними попрощатися рушили щасливі батьки.

– Кров з молоком! – сказав їм лікар. – Неймовірно!

– І дужий, – промовив батько. – Вчора вночі самотужки вибрався з пасків. Правда ж, Чарлзе?

– Справді? – перепитав хлопчина.

– Правда! Але ж як?

– Ой, – відмахнувся він. – Тю, то було давно і неправда.

– То було давно і неправда!

Вони всі дружно посміялися, і поки вони реготіли, тихий хлопець став босою ногою на тротуар і просто торкнувся, провів нею по мурашках, які метушилися на доріжці. Поки батьки теревенили з лікарем, він потайки, із осяяним поглядом, стежив, як завмерли та попадали на цементі комашини. Він відчув, як вони похололи.

– Прощавайте!

Махаючи їм рукою, лікар поїхав собі геть.

Хлопець рушив першим. Ідучи, він вглядався в ту сторону, де виднілося місто, і став мугикати собі під носа стареньку пісеньку «Шкільні дні»[1].

---

[1] «Шкільні дні (Як ми були двійко малих)» (*School Days (When We Were a Couple of Kids*, 1907) – свого часу популярна американська пісня, написана композиторами Віллом Коббом (1876–1930), що був автором слів, та Ґасом Едвардсом (1879–1945).

– Добре, що з ним знову все гаразд, – проказав батько.

– Тільки послухай, як він пориваєься в школу!

Хлопець тихо розвернувся і обійняв обох батьків зі страшенною силою. Кожного поцілував по кілька разів.

А потім, не промовивши жодного слова, поскакав до себе нагору.

У вітальні, перш ніж інші зайшли, він хутенько відчинив клітку з птахами, пропхнув руку всередину і *один раз* погладив канарку.

Потім замкнув дверцята, відійшов і зачекав.

Так померла Рябушинська

Холодний, мов камінь, труп чоловіка лежав у льодяному цементному мішку сутеренів. Повітря бриніло невидимим дощем, і люди зібралися подивитись на небіжчика, геть ніби на якомусь порожньому пляжі, куди це тіло вранці вихлюпнули морські хвилі. Сила земного тяжіння наче вв'язувалася в цій єдиній підвальній кімнаті у якийсь фокус, до якого линули тепер всі погляди присутніх. Під її дією опускалися кутики вуст і випаровувалося життя із миршавих щік. Безвільно звисали руки, а ноги ледве пересувалися, немовбито рухались і справді під водою.

Загукав голос, але його ніхто не слухав.

Він загукав іще раз, і тільки через тривалий час люди озирнулися і глянули на певну мить у небо. Листопадове взмор'я, і це над ними в сірому досвітку квилить мартин. Сумно так квилить, ніби прямує у вирій, тікаючи від навали сталевої зими. То був голос океану з-над берегу, настільки далекий, що здавався не більш ніж шепотінням піску і відлунням вітру в мушлі.

Люди в підвалі перевели погляди на стіл і золоту, не більш як шістдесятисантиметрову коробку із написом «РЯБУ-ШИНСЬКА», що лежала на ньому. Із-під віка цієї крихітної труни втретє і рішуче залунав голос, і на неї витріщилися всі люди, як не рахувати небіжчика, що й досі не зважав на тихий заклик.

– Випустіть мене, випустіть мене. Будь ласка, хто-небудь, випустіть же мене.

І нарешті містер Фабіан, черевомовець, нахилився над золотою коробкою і прошепотів до неї:

– Ні, Буші, це серйозна справа. Трохи пізніше. Будь ясочкою і поводься тихо. – Він заплющив очі і спробував хіхікнути.

Але голос із-під віка промовив:

– Прошу, не смійся. Після всього, що сталося, ти мав би подобрішати.

Слідчий лейтенант Крович торкнувся руки Фабіана.

– Якщо ви не заперечуєте, то вашу виставу ми переглянемо пізніше. Давайте сперше розберемося з ось цим. – Він зиркнув на жінку зі складаним стільцем: – Місис Фабіан, – а потім кивнув молодику поруч із нею: – Містере Даґлас, ви агент і антрепренер містера Фабіана?

Хлопець ствердно відповів. Крович перевів погляд на обличчя чоловіка, що лежав долі.

– Фабіане, місис Фабіан, містере Даґлас, ви всі стверджуєте, що не знаєте чоловіка, якого тут убили минулого вечора, і ніколи раніше не чули імені Окгем. Але ж раніше Окгем заявив помічнику режисера, що знайомий із Фабіаном і мусив з ним зустрітися, аби розповісти щось життєво важливе.

Із коробки знову тихо залунав голос.

– Хай вам *чорт*, Фабіане!

Голос із-під віка розреготався. Склалося враження, ніби десь удалині глухо бив набат.

– Не зважайте на неї, лейтенанте.

– На неї? Чи на *вас*, Фабіане?! Що це в біса таке? Покиньте це роздвоєння!

– Тепер, після сьогоднішньої ночі, – тихо мовив голос, – нам цього роздвоєння не минути.

– Дайте мені ключа, – простягнув руку Крович.

У тиші клацнув маленький замок, зарипіли мініатюрні завіси, і віко впало на стільницю.

– Дякую, – сказала Рябушинська.

Крович завмер над коробкою, розглядаючи Рябушинську в її труні і не вірячи власним очам.

Її обличчя було білим, вирізьбленим із мармуру або найбілішого дерева, яке йому будь-коли траплялося на віку́. Його навіть могли вирізати зі снігу. Шия, на якій трималася голова, також біла, здавалася тендітною, немов порцелянова чашка, що крізь неї прозирає сонце. Руки її тонкі, ніби виготовлені зі слонової кістки, мали крихітні нігтики, а на подушечках пальців видніли дрібні лінії візерунків.

Вона вся здавалася білокам'яною, і світло сочилося крізь її каміння та з її темних очей, у глибині яких палав підсинюватий вогник кольору стиглої шовковиці. Кровичу на думку сплив образ склянки молока чи навіть кришталевого кухля з вершками. Чорні тонкі дуги брів і щоки з ямочками, на скронях проступали слабкі рожеві венки, а над переніссям можна було розгледіти тьмяну синю жилку між ясних очей.

Вуста були наполовину розтуленими і виглядали ледве зволоженими. Ніздрі могли похвалитися ідеальними вишинами, власне так само, як і вуха. Справжнє чорне волосся хтось розчесав на проділ і відкинув назад – можна було розгледіти кожне її пасмо. Чорна сукня, підібрана в тон волоссю, відкривала плечі, також різьблені з дерева і білі, немов камінь, що довго пролежав на сонці. Вона була прекрасна. Кирович відкрив рота, але так нічого і не сказав.

Фабіан дістав Рябушинську з коробки.

– Моя прекрасна панна, – промовив він. – Її вирізьблено з найрідкісніших ґатунків заморської деревини. Вона являлася в Парижі, Римі та Стамбулі. Всі на світі люблять її та мають за справжню людину, якусь таку неймовірно витончену карлицю. Ніхто й думати ніколи не хотів, що вона колись могла рости собі серед лісів, оддалених від міст і телепнюватого населення.

Алісія, дружина Фабіана, спостерігала за чоловіком, прикипівши поглядом до його вуст. Вона геть не кліпала очима, поки той вів некваплину мову про ляльку в своїх руках. Фабіан платив тим самим – приділяв увагу тільки іграшці; підвал із людьми поглинув усюдисущий туман.

Урешті-решт дрібна фігурка ворухнулася:

– Прошу, помовч! Ти ж знаєш, Алісії не до вподоби, коли ти говориш про мене.

– Алісія ніколи цього не любила.

– Ц-с-с! Помовч! – скрикнула Рябушинська. – Не тут і не зараз. – А потім, повернувшись до Кровича, спитала, розтуливши свої крихітні губки:

– Як це все сталося? Пане Окгем, чуєте мене? Я до вас звертаюся.

– Буші, тобі краще зараз поспати.

– Але я не хочу, – заперечила лялька. – У мене стільки ж прав почути про все і розповісти, бо я така ж частинка цього вбивства, як Алісія чи... чи навіть містер Даґлас!

– От тільки втягувати мене в свої справи не треба, ти... – Антрепренер виплюнув сигарету на підлогу і поглянув на Рябушинську так, як ніби вона раптом виросла під стелю і дихала на нього тепер звисока.

– Я просто хочу, щоб усі почули правду, – Рябушинська обвела поглядом присутніх у кімнаті. – Якщо я буду замкнена в своїй труні, то істини ніхто не дізнається, адже Джон – просто невиправний брехун, і за ним треба добре пильнувати, правда, Джоне?

— Так, — погодився він, заплющивши очі. — Мабуть, правда.

— Джон обожнює мене і любить сильніше за будь-яку іншу жінку на світі. А я віддячую йому тим самим і намагаюся збагнути криві стежинки плину його думок.

— Та хай же вам грець! — Крович грюкнув по стільниці кулаком. — Хай вам грець, Фабіане!

— Я нічого не можу вдіяти, — відказав він.

— Але ж вона...

— Знаю-знаю, що ви скажете, — тихо правив далі Фабіан, дивлячись на детектива. — Її голос — це я, правда ж? Ні і ще раз ні. Не я її голос. Це інше. Навіть не знаю, як вам пояснити. Може, він тут, — він торкнувся своїх грудей, а потім голови, — а може, і тут.

Вона швидко ховається. Інколи я нічого не можу вдіяти. Інколи вона — це тільки вона, і поготів. Інколи вона наказує мені, щó робити, і я мушу коритися їй. Вона стоїть на варті, вона ганить мене, вона щира, коли я кривлю душею, добра, коли я грішний та лихіший від усіх на світі. Вона живе окремішнім життям. Вона звела цілий мур у мене в голові і тепер мешкає в його тіні, нехтуючи мною, коли я намагаюся видобути з неї негодящі слова, і співпрацюючи зі мною, коли я говорю все так, як треба, і представляю правильну пантоміму. – Фабіан зітхнув: – Тому, якщо ви маєте намір продовжувати, боюся, Буші повинна залишатися з нами. Якщо ми замкнемо її в коробці, нічого путнього із цього не вийде.

Цілу хвилину лейтенант Крович просидів мовчки і нарешті зважився:

– Гаразд. Нехай лишається. Але бачить Бог, до вечора я так натомлюся, що навіть не зможу допитувати ляльку черевомовця.

– Отже, небіжчика ми не знаємо. Так, пане Даґлас? – Крович розмотав нову сигару, прикурив її і пахнув димом.

– Його обличчя здається заледве знайомим. Може, якийсь актор?

– Годі вже брехати, як гадаєте? – вилявся Крович. – Подивіться на черевики Окгема, на його одяг. Хіба не очевидно, що він прийшов сюди жебрати, позичити грошей чи навіть їх украсти. Можна я вас щось запитаю, Даґласе? Ви кохаєте місис Фабіан?

– Агов, ану заждіть! – скрикнула Алісія Фабіан.

Крович махнув їй рукою, щоб жінка вгамувалася:

– Тихо там, сидіть собі удвох і не виступайте. Я ще не геть осліпнув. Коли антрепренер сидить на місці чоловіка і розраджує його дружину, то, я вам скажу... Саме́ те, як ви дивитеся на труну маріонетки, як ви затамовуєте подих, коли вона являється... Ви ж руки в кулаки стискаєте від усіх вимовлених нею слів! Чорт забирай, та вас можна читати як чистий аркуш паперу!

– Можна подумати, я ревную до якогось цурпалка!

– А хіба ні?

– Ні, звісно ж, ні!

– Алісіє, розповідати все не обов’язково, – ворухнувся Фабіан.

– Ні, нехай говорить!

Усі різко смикнулися і витріщилися на маленьку дерев’яну фігурку, чий рот іще не встиг закритися. Навіть сам Фабіан прикипів до ляльки поглядом, наче вона завдала йому підступного удару.

За якусь мить Алісія Фабіан заходилася розповідати.

– Сім років тому я вийшла заміж за Джона, бо він казав, що кохає мене, і тому що я також кохала. І його, і Рябушинську. Принаймні, спочатку. Проте згодом до мене дійшло, що все своє життя він присвячував тільки їй, натомість я була лише тінню, що кожного вечора чекала на нього у флігелі.

Щороку на її гардероб він витрачав по п'ятдесят тисяч доларів. Сотня тисяч пішла на її ляльковий будиночок, обставлений іграшковими меблями із золота, срібла та платини. Щовечора він вкладав її спати в атласному ліжку і розмовляв із нею. Спершу мені здавалося, то все насправді хитромудрий жарт, який мене неабияк тішив. Та коли моя роль звелася до послуг асистента у його власному шоу, мене почали ятрити непевні почуття ненависті і недовіри. Ні, вони стосувалися не маріонетки, бо хіба ж то насправді її провина? Я почала його потроху недолюблювати, а потім і взагалі ненавидіти по-справжньому. Адже це все його провина! Зрештою, він усім цим заправляв, а ця вся вигадливість і природний садизм корінилися в його стосунках із дерев'яною лялькою.

Ну, а коли я розревнувалася не на жарт, це вже стало здаватися непрохідною тупістю з мого боку! Хіба ж це не найкраща плата, яку він міг отримати, вдосконалюючи мистецтво черевомовлення? Я була справжнісінькою ідіоткою. Все здавалося таким дивним. Однак я не могла позбутися враження, що в Джона хтось вселився. Знаєте, це так як у питущих людях ніби живе якась ізголодніла тваринка, якій загрожує смерть.

Мене кидало від ненависті до жалю, від ревнощів до розуміння. Моя ненависть до нього могла зникати на тривалі періоди. До нього і до того, що в ньому жила Буші, адже вона була його кращою половиною, його доброю половиною, а ще чесною, милою. Вона була всім, чим він не дозволяв бути самому собі.

Алісія Фабіан затнулася, і весь підвал занурився в тишу.

– Розкажи про Даґласа, – прошепотів голос.

Пані Фабіан навіть не глянула на маріонетку. Пересиливши себе, вона закінчила історію:

– Минали роки, тому, гадаю, цілком природно, що через нестачу любові та розуміння з боку Джона, я звернула свій погляд на... містера Даґласа.

– Тепер усе стає помалу на свої місця, – кивнув Крович. – Містер Окгем, справжній жебрак, у якого ніяк не закінчувалася чорна смуга в житті, приплентався сьогодні ввечері до театру, бо знав щось про вас та містера Даґласа. Ймовірно, він погрожував розповісти все містерові Фабіану, якби ви відмовилися йому заплатити. А отже, у вас був мотив позбутися його.

– Ваша версія ще дурніша за мою розповідь, – утомлено проказала пані Фабіан. – Я його не вбивала.

– Зате Даґлас міг. Потайки від вас.

– Навіщо вбивати людину? – здивувався щойно обвинувачений. – Джон усе знав про нас обох.

– Це правда, – підтвердив Фабіан і розсміявся.

Він перестав реготати, його рука, захована в тендітних, немов сніжинка, нутрощах ляльки, смикнулася, і її рот відкрився і закрився, відкрився і закрився. Він

160

намагався змусити її розсміятися до пари із собою, проте жодного звуку з її вуст не зірвалося. Маріонетка тільки прошепотіла щось беззмістовне і зітхнула, поки Фабіан так напружено вглядався в її дрібне обличчя, що в нього на щоках аж піт проступив.

Наступного дня лейтенант Крович, блукаючи в темряві за лаштунками, натрапив на залізні сходи, замислено піднявся ними, розмірковуючи мало не над кожним своїм кроком, і таким чином потрапив до гримерок другого поверху. В одні з тонких дверей він постукав.

– Заходьте, – ніби звіддаля почувся голос Фабіана.

Слідчий зайшов, зачинив за собою двері і прикипів поглядом до чоловіка, котрий розвалився у кріслі перед дзеркалом.

– Мені треба вам дещо показати, – сказав Крович.

На його обличчі не було жодних емоцій. Він просто відкрив картонну теку і дістав глянцеву фотографію, яку поклав на гримерний столик.

Джон Фабіан звів брови, хутко зиркнув на Кровича і сперся на спинку кріслала. Обережно потер пальцями перенісся і помасажував усе обличчя, ніби в нього боліла голова. Кровіч перегорнув світлину іншим боком і прочитав машинопис на зворотній стороні:

– «Ім'я: Уляна Рямонова. Сорок п'ять кілограмів. Очі блакитні. Волосся чорне. Форма обличчя овальна. Народилася у тисяча дев'ятсот чотирнадцятому році в місті Нью-Йорк. Зникла безвісті у тисяча дев'ятсот тридцять четвертому. Можливо, страждає на амнезію. Слов'янського (російського) походження»... І так далі.

Фабіан скривився.

Кровіч поклав перед ним фотографію і замислено промовив:

– Напевно, я ідіот, але відправився шукати фотографію маріонетки в поліцейський архів. Чули б ви, як реготав цілий відділок. Господи... але ж ось вона – Рябушинська. Не з пап'є-маше, не з дерева, не якась там лялька, а жінка із плоті і крові, що колись ходила по вулицях і... зникла безвісти. – Він не зводив погляду із Фабіана. – Напевно, звідси ви набралися цієї інформації?

162

– Це тут узагалі ні до чого, – ледве всміхнувся Фабіан. – Давним-давно я бачив обличчя цієї жінки. Воно мені припало до вподоби, тому свою маріонетку я зробив схожою на неї.

– Узагалі ні до чого, – Крович глибоко зітхнув і протер обличчя велетенським носовичком. – Фабіане, сьогодні вранці я перелопатив отакенний стос журналів «Білборд». У номері за тисяча дев'ятсот тридцять четвертий рік мені трапилася цікавезна стаття про вистави, які давав другорядний театрик під назвою «Фабіан та Милий Вільям». Милим Вільямом звалася маріонетка, малий дерев'яний хлопчик. У театрику працювала дівчина-асистент на ім'я Уляна Рямонова. Фотографії у статті не знайшлося, але ж ім'я було реальним, і за нього можна зачепитися. Перевірка архівних даних і віднаходження цієї фотографії – справа техніки. А подібність між дерев'яною лялькою з одного боку та живою жінкою з іншого, м'яко кажучи, приголомшлива. Гадаю, Фабіане, варто вернутися до початку і ще раз переповісти цю історію.

– Вона була моїм асистентом. Це все. Я просто скористався нею як натурницею.

– І чого б мені ото впрівати тут через вас? – Гнув своє слідчий. – Невже я схожий на блазня? Думаєте, я не здатний помітити закохану особу? Я ж бачив, як ви поводитеся з маріонеткою, як ви до неї говорите, яку реакцію ви зображаєте. Ви по-справжньому кохаєте ляльку, бо свого часу до смерті кохали її прототип. Мені досить багато років, щоб це зрозуміти. Хай вам грець, Фабіане, годі вже крутити!

Черевомовець підняв бліді тендітні руки, покрутив їх перед очима і дав їм мляво впасти.

– Ваша взяла. У тридцять четвертому році я справді виступав під вивіскою «Фабіан та Милий Вільям», маріонеткою малого хлопця з носиком-картоплиною, якого вирізьбив давним-давно. Я жив у Лос-Анджелесі, коли одного дня під сценою з'явилася та дівчина. Десять років вона стежила за моїми виступами. Була безробітною і сподівалася, що я найму її асистентом...

Він пригадав її в напівтьмі провулка за театром, пригадав, якою вражаючою йому здалася її свіжа врода та завзяття, з яким вона хотіла працювати на нього. Згадав, як тихо падав прохолодний дощ, укриваючи дрібними крапельками її волосся, тануючи в теплій темряві та осідаючи намистинами на білій, порцеляновій руці, яка щільно стискала комір пальта навколо шиї.

Він бачив, як у споночілому провулку ворушилися її вуста, чув її голос, що, здавалося, лунав із паралельної звукової доріжки і промовляв до нього разом із осіннім вітром, і пригадав, як раптом, не відповівши ані «так», ані «ні», ані навіть «можливо», він уже уявляв її поруч із собою на сцені у сліпучому світлі рампи, і вже за два місяці Фабіан, котрий зроду-віку не втомлювався пишатись власним цинізмом та невірою, линув за нею на край світу, занурюючись у темну безодню.

Почалися сварки і трохи більше ніж сварки – речам вимовленим та речам скоєним бракувало здорового глузду, сенсу та щирості. Вона врешті-решт відмежувалася від нього, через що Фабіан шаленів та впадав в істерію. Одного разу в нападі ревнощів він спалив цілий її гардероб. Вона це сприйняла спокійно, зате він іншого вечора влаштував їй скандал тиж-

165

ня, обвинуватив її в жахливій невірності, кричав на неї, хапав її, бив по обличчю, задирався до неї і нарешті виштовхав за двері, грюкнувши їй ними в обличчя!

Тієї ночі вона зникла.

Коли наступного дня він не зміг її ніде знайти і зрозумів, що дівчина щезла насправді, йому здалося, він опинився в епіцентрі гігантського вибуху. Світ розпластався ниць під його ударом, і відлуння його бриніло ще опівночі і о четвертій ранку, і вдосвіта, і коли він встав, змучений від безсоння, його приголомшило шипіння кави у турці, чиркання сірників, потріскування прикуреної сигарети, шкрябання бритви по щетині, коли він намагався поголитися, і навіть власне криве відображення в люстерку, від якого аж нудило.

Він повирізав і поналіплював у спеціальному блокноті всі газетні оголошення з її описами та благанням повернутися до нього. Він навіть винайняв приватного детектива. Серед людей пішов поголос. До нього на бесіду явилася поліція. Поповзли чутки.

Та вона зникла, ніби клаптик білого і напрочуд крихкого папіросного паперу, підхоплений вітром і закинутий бозна-куди. Досьє на дівчину відправили поштою до всіх найбільших міст, і на цьому в поліції все закінчилося. Проте не для Фабіана. Вона могла вмерти, вона могла просто переховуватися, але він знав, що де б вона не була, він отримає її назад.

Одного вечора він повернувся до себе додому, принісши за собою пітьму, впав на крісло і перш ніж усвідомив, що робить, уже розмовляв із Милим Вільямом. У цілковито чорній кімнаті.

— Вільяме, це вже кінець. Я не можу так далі!

І Вільям відповів:

— Боягуз! Боягуз! — лунало десь із порожнечі над його головою. — Ти же здатний здобути її, коли тобі справді цього закортить.

Милий Вільям пищав і торохкотів до нього вночі.

— Так, ти можеш! *Думай!* — наполягав він. — Вигадай спосіб. В тебе вийде. Відклади мене вбік. Замкни мене. Розпочни все спочатку.

— Розпочати все спочатку?

— Так, — прошепотів Милий Вільям, і в темряві заворушилася темрява. — Так. Купи дерева. Купи доброго нового дерева. Твердої деревини. Нової. Прекрасної. Свіжої. І різьби. Різьби повільно, різьби акуратно. Стругай обережно. Нехай маленькі ніздрі справді будуть маленькими. Тонкі чорні брови нехай високо вигинаються, а на щоках нехай будуть невеличкі ямочки. Різьби, різьби...

– Ні! Це дурниця. В мене нізащо не вийде!

– Ні, вийде. Вийде, вийде, вийде, вийде...

Голос затих, ніби брижі води на підземній річці. Цей потічок набряк і поглинув його. Голова впала на груди. Милий Вільям зітхнув. Вони обоє були наче два камені, які водоспад накрив своєю хвилею.

Наступного ранку Джон Фабіан придбав найтвердішої, найдобрішої деревини, яку тільки знайшов, приніс її додому, вклав на стіл, але торкнутися ніяк не наважувався. Він сидів і годинами на неї витріщався. Неможливо уявити, що з холодного цурпалка його руки та пам'ять зможуть відтворити щось тепле, податливе та знайоме. Хіба ж можна бодай приблизно передати дощ, чи літо, чи перші сніжинки на чистій шибці вікна глупої грудневої ночі? Ніхто не в змозі, ніхто, зловити сніжинку і не дати їй при цьому швидко розтанути в грубезних людських пальцях.

Та все ж далеко за північ, зітхаючи і шепочучи, Милий Вільям дав зрозуміти:

– Ні, вийде. В тебе вийде…

Отак усе розпочалося. Цілий місяць він різьбив руки, які з кожним днем перетворювалися на щось абсолютно природне та прекрасне, як мушлі під сонячним промінням. Іще місяць, і з'явився кістяк, ніби відбиток викопних решток, захованих у нетрях лісу, які він так шукав. Майбутня лялька, здавалося, вже бриніла життям і виходила такою тендітною, що можна було розгледіти окремі прожилки, наче в якомусь соковитому яблуці.

І весь цей час Милий Вільям пролежав укритий шаром пилу в своїй коробці, яка дуже швидко перетворювалася на справжнісіньку домовину. Милий Вільям крехтів, кидав слабкі саркастичні жарти під власне чхання, висловлював гірку критику або ж намагався щось підказувати, допомагати, але все одно помирав, танув. Невдовзі його ніхто не торкатиметься, його шкаралупа, в якій гудів і дмухав вітер, танула, немовбито на літньому сонці.

Тижні минали, Фабіан надавав новій маріонетці форми, зачищав її деревину та шліфував. Милий Вільям лежав у приголомшливій тиші все довше і довше, аж поки одного дня, коли Фабіан тримав ляльку у своїй руці, Милий Вільям, здається, поглянув на нього спантеличеним поглядом і видав передсмертний хрип із горла.

Так він і помер.

Тепер, коли Фабіан працював, десь глибоко в горлі затріпотів слабкий звук, який лунав і відлунював, і тихо промовляв, наче легіт у сухому листі. А потім він уперше взяв ляльку в руки по-особливому, і пам'ять спустилася його передпліччями і дісталася самісіньких пальців, а звідти потрапила в пустотілу деревину. Дрібні рученята ворухнулися, а сама лялька стала м'якою і податливою, її очі розплющилися і позирнули на чоловіка.

На якісь сантиметри розтулилися крихітні вуста, і вона вже була ладна заговорити, а він знав геть усі речі, про які вона йому оповідатиме. Він знав, що стане першим, другим і третім сказаним нею з його волі. Шепіт, шепіт, шепіт.

Малесенька голівонька плавно крутнулася в один бік, потім – в інший. Вуста знову були наполовину розтулені і тепер промовляли. І поки вони говорили, він нахилився до них поближче і відчув теплий подих – *звісно ж*, йому це не примарилося! – який долинав від її губ. Коли він дуже уважно прислухався до неї, притиснувши ляльку до голови, заплющивши очі, хіба ж йому не чулося тихе, *плавне* биття її серця?

Цілу хвилину Крович сидів у фотелі по тому, як Фабіан скінчив свою оповідь. Нарешті промовив:

– *Зрозуміло*. А ваша дружина?

– Алісія? Звичайно ж, вона – мій другий асистент. Дуже старалася і, нехай мені пробачить Бог, кохала мене. Зараз уже важко сказати, чому я вирішив одружитися з нею. Це було нечесно.

– А небіжчик? Окгем?

– Учора, коли ви мені показали труп у підвалі театру, я побачив його вперше.

– Фабіане, – проказав слідчий.

– Це правда!

– Фабіане!

– Правда, свята правда, чорти б її забрали! Присягаюся, це правда!

– Це правда. – Слабкий шепіт пролунав, ніби хвилька морська лизнула сірий пляж удосвіта. На піску вода лишала по собі ажурні плетива. Небо здавалося холодним і порожнім. Людей на березі не було. Сонце вже сіло, і шепіт знову повторив: – Правда.

Фабіан випростався у фотелі і вхопився тонкими руками за коліна. Його обличчя нібито скам'яніло. Крович помітив, що несвідомо повторює власні рухи минулого дня: зведений у сіру стелю погляд, наче над ним розпростерлося листопадове небо із самотнім птахом, який ширяв у далечині, сірий на тлі холодної сірості.

– Правда, – голос згас. – Правда.

Крович підвівся і обережно подибав у дальній край гримерки, де лежала відкрита золота коробка, а в ній щось шепотіло, говорило, інколи зриваючись на сміх та співи. Він приніс золотий короб до Фабіана і зачекав, поки той не встромив живу руку в делікатну рукавичку, що ховалася в нутрощах маріонетки. Зажав, доки не здригнулися дрібні вуста і погляд ляльки

172

не набув зосередженості. Все відбулося досить швидко.

– Перший лист прийшов місяць тому.

– Ні.

– Перший лист прийшов місяць тому.

– Ні! Ні!

– У листі було написано: «Рябушинська, народилася тисяча дев'ятсот чотирнадцятого, померла тисяча дев'ятсот тридцять четвертого. Відродилася тисяча дев'ятсот тридцять п'ятого». Пан Окгем був жонглером і працював разом із Фабіаном та Милим Вільямом на одній сцені упродовж багатьох років у минулому. І він пригадав, що до появи маріонетки була жінка.

– Ні, це все неправда!

– Так, – не погодився голос.

У хвилини тиші падав сніг, і ці хвилини щоразу ставали все більш моторошними в гримерці. Губи у Фабіана тремтіли. Він витріщався на порожні стіни, наче шукаючи нових дверей, через які можна втекти. Він майже підвівся з крісла.

– Прошу...

– Окгем погрожував розповісти про нас усім на світі.

Крович помітив, як тремтить лялька, як тріпотять її вуста, бачив, як розширилися та завмерли зіниці у Фабіана, як конвульсивно він ковтнув слину і напружив горло, немовбито намагаючись зупинити шепіт.

– Я... я була в кімнаті, коли прийшов пан Октем. Я лежала у коробці і слухала, і почула, і я *знаю*. – Голос її геть розтанув, потім знову набрав сили і правив далі: – Октем погрожував порвати мене, геть-чисто спалити, якщо Джон не заплатить йому тисячу доларів. Потім щось раптово впало. Пролунав крик. Напевно, Октем ударився головою об підлогу. Джон щось вигукнув і вилаявся. Потім він засопів, захекав і закрехтів.

– Нічого ти не чула! Ти глуха! Ти сліпа! Ти дерев'яна! – волав Фабіан.

– Але ж я *чую*! – відказала вона і раптом змовкла, ніби хтось запхав їй кулака в рот. Щелепа ляльки клацнула раз, клацнула два, три рази, і нарешті з вуст зірвалися слова: – Крехтіння припинилося. Я почула, як Джон потягнув Октема вниз по сходах, кудись униз, в старі гримерки під театром, якими ніхто не користувався багато років. Униз, униз, униз, я чула, як їхні звуки зникають унизу...

Крович зробив крок назад, так ніби він ось тільки-но дивився кіно, а екран перед ним взяв і страшенно виріс. Тепер постаті на ньому його лякали і вганяли в страх: які ж вони велетенські, які ж вони неосяжні! Вони загрожували охопити його собою. Хтось ввімкнув звук, і ці постаті верещали.

Він бачив зуби Фабіана, гримасу в нього на обличчі, спостерігав, як чоловік шепоче щось і стискає кулаки. Очі він заплющив з усіх сил.

Тихий голос звучав так високо і слабко, що майже не відрізнявся від гулу порожнечі.

– Я не створена для такого життя. Такого життя. Нам нічого не лишається. Всі про це дізнаються. Дізнаються всі. Навіть коли ти вбив його, а я лежала минулої ночі і не могла заснути, я бачила сон. І зрозуміла, усвідомила. Ми обоє знали, усвідомлювали, що це наші останні дні, останні години. Я мирилася з твоїми слабкостями, з твоєю брехнею, проте я не можу жити з тим, що вбиває і завдає болю. Нам більше немає на що спиратися. Як можна існувати, знаючи про таке?..

Фабіан тримав її проти світла, яке пробивалося крізь тьмяну шибку маленького вікна гримерки. Вона поглянула на Джона, і в її очах була помітна порожнеча. Рука чоловіка затремтіла, і разом із нею затрусилася маріонетка. Її вуста стулялися і розкривалися, стулялися і розкривалися, знову, знов і знов. Тиша.

Не ймучи собі віри, Фабіан підніс власну руку до рота. На його очі впала полуда. Він був схожий на людину, що загубилася на вулиці, намагаючись пригадати номер певного будинку, відшукати конкретне віконце зі своїм особливим освітленням. Він хитнувся в один бік, в інший, вибалушив очі на стіни, на Кровича, на ляльку, на вільну руку, покрутив перед собою пальцями, торкнувся шиї, роззявивши рота. Він слухав.

За багато миль звідти, в печері, на берег хлюпнула єдина морська хвиля і прошипіла пінними баранцями. Безгучно, не лопочучи крильми, пролетів мартин – не птаха, а сама тінь.

– Її вже немає. Її вже немає. Її не знайти. Вона втекла. Її не знайти. Не знайти.

Пробую і пробую, а вона далеко втекла. Ви мені поможете? Ви поможете мені відшукати її? Ви поможете мені її знайти? Поможете знайти?

Рябушинська, як позбавлена кісток шматина, зісковзнула з млявої руки, перегнулася навпіл і безшумно впала на холодну підлогу. Очі її були заплющені, а вуста стулені.

Фабіан на неї і не глянув, коли Крович виводив його з кімнати.

Хлопці, вирощуйте велетенські гриби у підвалі!

Г'ю Фортнум прокинувся під звуки суботньої колотнечі і тепер лежав у ліжку із заплющеними очима, смакуючи все по черзі.

Унизу на сковорідці шкварчить грудинка, і Сінтія будить його не криками, а кулінарними витребеньками.

Через коридор Том і *справді* приймає душ.

А чий це-но голос в ранковому тремкому світлі вже ганить погоду, час і припливи? Пані Ґудбоді? Так. Саме ця велетка-християнка під шість футів заввишки, боса доглядачка вертограду, бабця-дієтодотримувальниця і вулична філософка.

Він підвівся, підняв ширму і подалі вихилився з вікна, аби краще розчути її крики:

– Ось вам! *Нате*, вдавіться! *Зараз* ми побачимо, хто кого! Ха!

– Доброї вам суботи, пані Ґудбоді!

Стара завмерла в хмарах отрути, якою вона поливала все навколо з велетенського розприскувача.

— Де там «доброї»! — обурилася вона у відповідь. — Тільки й ухоркаєшся з усіма цими паразитами!

— Хто в нас завівся *цього* разу? — поцікавився Фортнум.

— Тут кругом вуха, того не хотілось би мені про це волати, — вона підозріло озирнулася навсібіч, — але щó б ви сказали, якби я вам заявила, ніби стою на першому рубежі оборони проти летючих тарілок?

— Та, власне, нічого такого, — обізвався Фортнум. — Хоча будь-якої пори року без ракет між нашими світами не обійшлося б.

— Але ж вони *вже* тут! — Вона завзято обприскувала траву під парканом: — Ось вам! Нате, вдавіться!

Чоловік пірнув назад у кімнату зі свіжого повітря, трохи розчарований подальшим розвитком подій здавалось би оптимістично розпочатого дня. Сердешна пані Ґудбоді. Раніше справжній оплот здорового глузду. А тепер? Невже це просто старість?

У двері подзвонили.

Він схопив свій халат і вже наполовину спустився сходами на перший поверх, коли почув голос:

— Спецдоставка. Фортнум?

У дверях Г'ю побачив Сінтію з бандеролькою в руках.

– Спецдоставка авіапоштою. Для твого сина.

Том багатоніжкою спустився по сходах.

– Ух-ти! Це ж має бути від «Новаторської оранжереї "Великий Байю"»!

– Чого б це я так радів через банальну посилку? – хмикнув Фортнум.

– Банальну?! – перезбуджений Том розірвав шпагат і паперову обгортку. – Ти взагалі читаєш матеріали на звороті «Популярної механіки»[1]? От *вони* і приїхали!

Усі поглянули всередину розпакованої бандерольки.

– Та хто ж це «*вони*»? – спитав Фортнум.

– «Диво-велетні гриби з "Лісової Галявини"» для підвального вирощування в домашніх умовах. Прибуток гарантовано!»

– Ну, звісно, – гмикнув Фортнум. – Який же я дурний...

---

[1] «Популярна механіка», точніше «Поп'юлар мекенікс» – відомий американський науково-популярний журнал, що був заснований видавцем та редактором Генрі Віндсором (1859–1924) в Чікаґо у 1902 р. і досі виходить в США, а також дев'яти національних варіантах, включно з російським «Популярная механика» (з 2002 р.), присутнім на українському ринку.

– Ось ці дрібні штучки? – примружилася Сінтія.

– «Нечувана швидкість росту, і вже за добу ви не повірите своїм очам, – по пам'яті цитував Том. – Посадіть їх у підвалі...»

Фортнум із дружиною перезирнулися.

– Що ж, – погодилася вона. – Краще вже це, ніж якісь там жаби чи зелені гадюки.

– Хто б сумнівався! – на бігу крикнув Том.

– Агов, Томе! – неголосно гукнув Фортнум.

Малий пригальмував на порозі підвалу.

– Наступного разу замовляй поштове відправлення четвертого класу. Теж доволі пристойне.

– Гадство, – погодився хлопець. – Певно, там хтось помилився і подумав, що я з якоїсь багатої компанії. А то хто б інший міг собі замовити спецдоставку авіапоштою?

Грюкнули двері до підвалу.

Із замисленим виглядом Фортнум покрутив у руках шпагат і зрештою викинув його в сміттєве відро. Дорогою на кухню прочинив двері до підвалу і зазирнув усередину.

Том уже скоцюбився на колінах і маленькими садовими грабельками порпався у землі.

Поряд він почув тихеньке дихання дружини, яка теж заглядала в прохолодні сутінки внизу.

– Я сподіваюся, це справжні гриби. Не які-небудь же поганки?..

– Доброго тобі врожаю, землеробе! – розсміявся Фортнум.

Том зиркнув угору і помахав рукою.

У пречудовому гуморі Фортнум зачинив двері і, взявши попід руку дружину, прогулявся з нею до кухні.

Їдучи машиною до найближчого універмагу, побачив Роджера Вілліса, ротаріанця[1], як і сам Фортнум, учителя біоло-

---

[1] Ротаріанець – член т. зв. Ротарі-клубу (офіційно – товариство «Ротарі інтернешнл» / *Rotary International*, від англ. *rotary*, «обертальний» – через постійну ротацію місць засідань перших членів спільноти) – міжнародної організації, яка сприяла діловій діяльності та активності підприємців, розширенню їхніх контактів одне з одним, а також пропаганді високих моральних та етичних норм у відповідній сфері.

гії в старших класах місцевої школи, що енергійно махав йому рукою з тротуару.

Фортнум пригальмував, звернув до хідника і відчинив двері.

— Привіт, Роджере, тебе підкинути?

Вілліс не чекав повторного запрошення, а миттю застрибнув до салону і аж ляснув дверцятами за собою.

— Добре, що я тебе зустрів. Я вже кілька днів не можу наважитись і подзвонити тобі. З Божою поміччю побудеш моїм психіатром якісь п'ять хвилин, гаразд?

Зрушивши з місця, Фортнум певний час уважно й мовчки дивився на друга.

— З Божою поміччю побуду. Швар!

— Давай так, ти веди собі, — почав був Вілліс, відкинувшись назад і вивчаючи свої нігті, — а я тобі щось розкажу. Зі світом коїться щось дивне.

— Мені здавалося, це його перманентний стан, — розсміявся Фортнум.

— Ні-ні-ні, я про інше... Відбувається щось таке химерне... невидиме, знаєш...

— Пані Ґудбоді, — промовив собі під носа Фортнум і зупинився.

— Пані Ґудбоді?

– Сьогодні вранці прочитала мені лекцію про летючі тарілки.

– Та ні, – Вілліс нервово закусив указівний палець. – Які там тарілки? По-моєму, ні краплинки не схоже. От скажи, наприклад, чим, на твою думку, є інтуїція?

– Ну, це усвідомлення та визнання чогось, що тривалий час бентежило твою підсвідомість. Але не думаю, що варто де-небудь цитувати таке аматорське визначення! – знову розсміявся Фортнум.

– Добре, добре! – розвернувся до нього Вілліс із просвітлілим обличчям. Він зручніше вмостився у сидінні. – Так воно і є! Речі накопичуються тривалий час, правда? Раз – і все як на долоні. Ти ж не усвідомлюєш процес того, як збирається в роті слина, коли тобі вже припекло сплюнути. Або от у тебе замурзані руки, але ти не помічав, як поступово вони бруднилися. Ти припадаєш пилюкою щодня, та чи звертаєш на це увагу? Та коли вже цей порох назбирається, не помітити його неможливо, і ти вже називаєш речі своїми іменами. Ось що таке інтуїція в моєму скромному розумінні. То якою ж такою «пилюкою» припадав був *я*? Пара метеорів у нічному небі? Витребеньки погоди вдосвіта? Не знаю. Певні кольори, запахи, рипіння стін будинку о третій ранку? Настовбурчені волосини на руках? Усе, що мені відомо, так це те, що ця бісова пилюка вже назбиралася. І дуже несподівано, мушу визнати.

— Так, — спантеличено відказав Фортнум, — але що ж саме ти знаєш?

— Мені страшно, — промовив Вілліс, дивлячись на свої руки, складені на колінах. — Мені не страшно. Потім мені знову страшно. Отак посеред білого дня. Ходив на медогляд. У мене ідеальне здоров'я. Жодних сімейних проблем. Джо — чудовий хлопчик, прекрасний син. Дороті? Дивовижна. Поруч із нею я не боюся ні старості, ні смерті.

— Щасливчик.

— Як виявилося, не дуже. Я страшенно боюся за себе, за сім'ю, навіть зараз за тебе.

— За мене? — здивувався Фортнум.

Вони припаркувалися неподалік пустиря поруч із універмагом. На якусь мить запанувала гробова тиша. Фортнум мовч-

185

ки дивився на свого друга, від чийого голосу його раптом пройняв холодок.

— Та за всіх. За твоїх друзів, за своїх, за друзів наших друзів, за все, що не бачу. Ідіотизм, еге ж?

Вілліс відчинив дверцята, виліз із машини і прикипів поглядом до Фортнума, який зрозумів, що має щось сказати:

— І що ж тепер нам робити?

— Пильнувати, — повільно промовив Вілліс, поглянувши на сліпуче сонце. — Стежити буквально за всім кілька наступних днів.

— За всім?

— Господь щедро наділив нас чуттями, навіть половина з яких не використовується на повну силу. Хоч би десять відсотків нашого часу. Нам треба більше чути, більше відчувати, ловити запахи, смаки. Можливо, щось негаразд із тим, як вітер шелестить у бур'яні на пустирі. Можливо, сонце якось химерно відблискує на телефонних дротах чи цикади співають на березі інакше. Якби ж просто зупинитися, придивитися, прислухатися, на пару днів, на пару ночей, і порівняти всі ці нотки. Просто скажи мені заткнути рота, і я помовчу.

— Домовилися, – відповів Фортнум із куди легковажнішим тоном, аніж він почувався насправді. – Я буду пильним. Але як мені впізнати те, що я маю шукати?

— Сам зрозумієш, – щиро пояснив Вілліс, вглядаючись у Фортнума. – Маєш зрозуміти. А то буде нам амба. Всім, – тихо закінчив він.

Фортнум зачинив двері за Віллісом і не знайшов, що відповісти. Йому було ніяково, і через це він починав шарітися. Вілліс усе зрозумів.

— Г'ю, ти ж не думаєш, нібито в мене... стріха посунулася?

— Ні, ти що! – поспіхом заперечив Фортнум. – Просто нервуєшся, от і все. Може, візьмеш тижневий відгул?

Вілліс кивнув.

— То що, до вечора понеділка?

— Чого ж? Забігай, коли схочеш.

— Сподіваюсь, якось і справді навідаюся до тебе в гості, Г'ю. Принаймні, хочеться в це вірити.

Провівши Роджера поглядом, Фортнуму раптом схотілося завмерти. Несподівано для себе він усвідомив, що дихає дуже глибоко, зважуючи тишу навколо. Він облизав губи і відчув на них сіль. Подивився на руку, що лежала на вікні, і на гру сонячних зайчиків по золотистих волосинках. На пустирі тільки вітер шелестів. Фортнум вихилився подалі назовні, щоб поглянути на сонце, та воно так люто обпекло його обличчя, що довелося знову ховатися в затінку салону. Чоловік видихнув, а потім розсміявся і рушив зі стоянки.

Від склянки з лимонадом ширилася прохолода, яка відгонила присмаком поту. В ній мелодійно дзеленькали кубики льоду, а сам напій рівною мірою будив кислі і солодкі рецептори на язику. Фортнум відсьорбнув, посмакував і, заплющивши очі, відкинувся назад у плетеному кріслі-гойдалці на ґанку, який тонув у надвечірньому присмерку. Десь у моріжку газону стрекотіли цвіркуни. Навпроти нього клацала спицями Сінтія і з цікавістю вивчала чоловіка, і він не міг не помітити її уваги до нього.

– Що ти надумав? – нарешті спитала вона.

– Слухай, Сінтіє, – відповів Фортнум, – у тебе все гаразд із інтуїцією? Ця погода віщує нам землетруси? Ми провалимося під землю? Чи хтось оголосить Америці війну? Чи, може, просто наш дельфіній[1] усохне від якоїсь тлі?

– Зараз, зажди, тільки налаштую п'яту точку.

Г'ю розплющив очі і поглянув на Сінтію, котра в свою чергу примружилася і завмерла наче вкопана, склавши руки на колінах. Зрештою вона похитала головою і всміхнулася:

– Ні, війни нам ніхто не оголошував. Під землю ніхто не провалюється, і в нашому саду навіть немає тлі. А що?..

– Та нічого. Просто в мене було забагато апокаліптичних розмов сьогодні. Щонайменше, дві, і...

---

[1] Дельфіній, інші назви: (зозулині) черевички, комарові носики, косарики, остріжки, (польові) сокирки, цар-зілля (*Delphínium*, назва якого походить від схожості квітки із головою дельфіна, або від назви грецького міста Дельфи, в околицях якого росло чимало дельфінію, 1753, Карл Ліннєй) – рід одно- і багаторічних трав'янистих рослин із родини жовтецевих, до якого входить понад 450 видів, поширених по всій Північній півкулі.

Аж раптом настіж розчахнулися двері-сітка, і Фортнум аж підскочив, ніби його хтось ужалив.

– Що за?!.

На терасу вийшов Том із дерев'яним піддоном садівника в руках.

– Пробач, – перепросив він. – Що сталося, тату?

– Нічого, – Фортнум підвівся з радістю, що має нагоду розворушити кінцівки. – Це твій врожай?

– Його частина, – Том охоче підійшов із піддоном ближче. – Господи, але ж як швидко вони ростуть! Щедрий полив, і тільки подивися, як вони вимахали всього за сім годин! – Хлопець примостив піддон на столику між батьками.

Гриби і справді неабияк вродили. Сотні дрібних сірувато-коричневих шапок повитикалися з вологого субстрату.

– Хай мені грець, – вражено проказав Фортнум.

Сінтія була простягла руку, щоб торкнутися піддону, але все-таки збентежено її відсмикнула.

– Терпіти не можу всяких скигліїв, але ж... це справді звичайні їстівні гриби?

190

— А ти думала, чим я тебе годуватиму? — ображено відказав Том. — Отруйними?

— Ну, знаєш... — хутко відповіла Сінтія. — А як ти їх відрізняєш?

— Їм, — відповів Том. — Якщо після цього лишаєшся живий, то це їстівний гриб. Якщо ж падаєш замертво долі, *то...*

Том заготовив на всі груди, чим повеселив батька, але змусив матір скривитися. Вона сіла назад у своє крісло.

— Вони... вони мені не подобаються, — резюмувала вона.

— Горе та й годі, — сердито схопив свій піддон Том. — У цьому домі управляють самі зануди. — І похмуро почовгав геть.

— Томе... — був гукнув його Фортнум.

— Забудь, — перебив його Том. — Усі чогось напоумилися, що їх розорить один підприємливий хлопець. Ну, то й до біса!

Фортнум повернувся у будинок, Том саме спускав піддон із грибами в підвал, після чого грюкнув дверима і вибіг надвір через чорний хід.

Г'ю повернувся до дружини, яка, приголомшена, відвернулася вбік.

— Пробач, — сказала вона. — Не знаю чого, але я просто *мусила* це сказати Томові. Я...

Задзвенів телефон. Фортнум протягнув дріт на ґанок і аж потім підняв слухавку.

— Г'ю? — Це була Дороті Вілліс. Її голос несподівано здався дуже старим і переляканим. — Г'ю, а мій Роджер не в тебе ж, правда?

— Дороті? Ні, не в мене.

— Він зник! — пролунав голос у слухавці. — У шафі немає всіх його речей! — Вона почала ридати.

— Дороті, тримайся. За хвилину я буду в тебе.

— Поможи! Ти повинен помогти. З ним щось сталося. Я впевнена, — голосила вона в слухавці. — Якщо ти нічого не зробиш, ми його більше ніколи не побачимо.

Дуже повільно Г'ю поклав слухавку, в якій і надалі чувся плач Дороті. Нічні цвіркуни раптом аж наддали в гучності. Фортнум відчув, як одна за одною волосинки на його карку ставали дибки.

Звідки ж волоссю знати, думав він. Дурниці! Дурниці! Звідки? Тільки не в реальному житті!

Але волосся на шиї мало-помалу нашорошувалося і далі.

На дротяних плечиках у шафі і справді не лишилося жодного одягу. Торохтячи ними, Фортнум пересовував їх туди-сюди по поперечці в гардеробі, а потім розвернувся і поглянув на Дороті і її сина Джо.

– Я просто проходив повз, – розповідав Джо, – і помітив, що шафа порожня, а татів одяг кудись подівся!

– Усе в нас було гаразд, – пояснювала Дороті. – Ми чудово ладнали. Я нічого не розумію, не розумію, і все! – Вона знову розридалася, затуливши обличчя руками.

Фортнум виліз із гардероба.

– Ви не чули, як він поїхав з дому?

– Ми кидали м'яча перед будинком, потім тато сказав, що має зайти на хвилинку, я пішов на задній двір. А потім він зник!

– Він мусив спакуватися дуже швидко і піти геть від нас пішки, бо в іншому разі ми могли почути, як до нашого будинку під'їжджає таксі.

Вони всі йшли тепер по залу.

– Я перевірю на залізничному вокзалі і в аеропорту, – вагався Фортнум. – Слухай, Дороті, а в Роджерової рідні нічого такого...

– Він не збожеволів. – В її голосі прозвучала непевність: – У мене таке враження, нібито його викрали.

– Це безглуздо, – похитав головою Фортнум. – Хочеш сказати, він спакувався, вийшов із будинку і рушив на зустріч із викрадачами?

Дороті відчинила вхідні двері, так ніби збиралася впустити ніч або нічний вітер погуляти у вітальні, поки вона окинула прискіпливим оком кімнати і протяжно проказала:

– Ні. Це вони якимось чином потрапили всередину. Його вкрали у мене попід носом. – І згодом додала: – Сталася жахлива річ.

Фортнум вийшов надвір у ніч, сповнену стрекотіння цвіркунів та шелесту дерев. Апокаліпсис настигає апокаліптичних співрозмовників. Пані Ґудбоді, Роджер, тепер от Роджерова дружина. Сталося щось жахливе. Але ЩО, прости Господи? І як?

Він перевів погляд із Дороті на її сина. Джо закліпав частіше, намагаючись не розплакатися, поволі розвернувся, рушив геть коридором і зупинився перед підвалом, намацавши круглу ручку на його дверях.

Фортнум відчув, як смикнулися його повіки і натяглися райдужки, начебто він намагався запам'ятати і вихопити цю картинку навколишньої дійсності.

Джо широко розчинив двері і зник на підвальних сходах, грюкнувши за собою дверима.

Фортнум розкрив був рота, щоби кинути якусь фразу, але Дороті взяла його за руку і він мусив звернути на неї погляд.

– Будь ласка, – заблагала вона. – Знайди його для мене.

– Усе, що в моїх людських силах, – проказав він і цьомкнув її в щоку.

«Усе, що в моїх людських силах». Пресвятий Боже, звідки взялися ці слова?

Він рушив геть у літню ніч.

Сопіння. Видих. Сопіння. Видих. Астматичний свист. Мокрий чих. Хтось у темряві вмирає? Та ж ні.

195

Це просто невидима за парканом пані Ґудбоді запрацювалася допізна, влучно цілячись зі свого розприскувача та наполегливо працюючи кощавою рукою. Поки Фортнум дістався свого будинку, його огорнула до запаморочення солодка хмара садової отрути.

– Пані Ґудбоді, досі порається?

– Так, чорти б їх усіх побрали! – скочив з-за чорного паркану її голос. – Тля, клопи, всяка шашіль, а тепер ще й *Marasmius oreades*. Боже, як же швидко він росте!

– Хто росте?

– *Marasmius oreades*, а хто ж іще? Це моя війна проти нього, і я її збираюся виграти! На тобі! На тобі! На тобі!

Фортнум плюнув на паркан, захеканий розприскувач, сиплий голос і відправився до дружини, яка чекала на нього біля ґанку, ніби намагалася перейняти від Дороті естафетну паличку в тому стані, в якому її покинув Г'ю пару хвилин тому.

Він уже хотів був заговорити до неї, коли всередині будинку ворухнулася якась тінь. Щось зарипіло, і клацнула дверна ручка.

У підвалі зник Том.

У Фортнума ніби перед самим обличчям програмів вибух. Він заточився. Все відбувалося наче у якомусь сні наяву, коли ти пам'ятаєш кожен рух іще до того, як він станеться, кожен діалог – іще до того, як він зірветься з чиїхось вуст.

Прийшовши до тями, Г'ю зрозумів, що витріщається на двері підвалу. Сінтія весело завела його до будинку.

– Що? Том? Та я вже здалася. Ці кляті гриби так багато для нього значать. Крім того, там, у підвалі, вони нікому не заважають, сидять собі в субстраті та й годі...

– Справді? – ніби зі сторони почув свій голос Фортнум.

– А що там Роджер? – взяла його попід руку Сінтія.

– Він і справді десь подівся.

– Чоловіки, чоловіки, чоловіки.

– Ти не права. Останні років десять я бачився із Роджером практично щодня. Коли ти настільки добре знаєш чоловіка, то добре бачиш, як у нього справи вдома, працює зараз духовка чи дирчить кухонний комбайн. Смерть іще не поставила своєї печатки в нього на чолі, і він не ганявся за вічною молодістю, визбируючи

персики в чужих садках. Ні-ні, я присяга-
юся, що поставив би свій останній долар
на те, що Роджер...

За спиною теленькнув вхідний дзві-
нок. На терасу тихо піднявся хлопчик-по-
сильний, затиснувши телеграму в руці.

– Фортнум?

Сінтія клацнула вимикачем у залі,
поки він гарячково розривав пакет і роз-
гладжував аркуш паперу.

«ЇДУ НОВИЙ ОРЛЕАН. ЦЯ ТЕЛЕ-
ГРАМА МОЖЕ ПРИЙТИ НЕЗРУЧНИЙ
МОМЕНТ. НЕ ПРИЙМАЙТЕ ПОВТО-
РЮЮ НЕ ПРИЙМАЙТЕ ЖОДНУ БАН-
ДЕРОЛЬ СПЕЦДОСТАВКОЮ».

Сінтія відірвала погляд від папірця.

– Я нічого не розумію. Про що він?

Але Фортнум, не гаючи жодної миті,
вже набирав номер телефону:

– Операторе? З'єднайте мене з поліці-
єю, і швидше!

О десятій п'ятнадцять телефон ушосте
продзвенів того вечора. Слухавку підняв
Фортнум і роззявив рота з подиву:

– Роджере? Де ти?

— Де я, побий тебе грім? — легко відгукнувся Роджер, що нібито навіть був у піднесеному настрої. — Ти чудово знаєш, де я, бо несеш за це відповідальність. Я мав би сердитися на тебе!

Сінтія, побачивши кивок Фортнума, поквапилася до паралельного телефону в кухні, і коли в слухавці пролунало тихеньке клацання, чоловік продовжив:

— Роджере, присягаюся, я не знаю. Я отримав від тебе цю телеграму...

— Яку ще телеграму? — весело перепитав Роджер. — Ніяких телеграм я не відправляв. Зате до мене в купе як грім із ясного неба вдирається поліція, знімає з потягу, що їде на південь, висаджує десь у чорта на запічку, і тепер я мушу дзвонити тобі, щоби спекатися їх. Г'ю, якщо це такий розіграш...

— Але ж, Роджере, куди ти був заподівся?!

— Поїхав у відрядження, а не «заподівся». Дороті з Джо в курсі.

— Щось я геть заплутався, Роджере. То ти в безпеці? Тебе ніхто не шантажує? Не змушує розказувати мені це по телефону?

— Та все в мене гаразд. Я здоровий, вільний і безстрашний.

– А як же твої погані передчуття?

– Нісенітниці! А тепер послухай, я ж добре поводився?

– Звісно, Роджере...

– То будь слухняним хлопчиком і дай мені поїхати. Подзвони Дороті і перекажи їй, що я повернуся за п'ять днів. Як вона *могла* про це забути?

– Не знаю, Роджере, але забула. То що, побачимося за п'ять днів?

– П'ять днів. Клянуся.

Голос і справді звучав переможно і тепло. Це був добрий старий Роджер. Фортнум помахав головою.

– Роджере, – знову звернувся він до друга, – це був найскаженіший день у моєму житті. Ти ж не тікаєш від Дороті? Господи, мені-то можна сказати.

– Я її кохаю всім серцем. Тут уже прибув лейтенант Паркер із поліції Риджтауна, так що мушу йти. Бувай, Г'ю.

– Бу...

Але на лінії вже звучав розгніваний голос лейтенанта. Щó собі думав Фортнум, коли втягнув їх у цю авантюру? Щó взагалі відбувається? За кого він себе має? Хотів він урешті-решт чи не хотів, щоб його так званого друга заарештували?

– Не хотів, – видушив із себе десь посередині цієї тиради Фортнум і поклав слухавку, уявляючи, як у цю мить чужий голос оголошує «Посадку завершено!» і поїзд із страшенним гуркотінням рушає від перону станції за двісті миль на південь щохвилини темнішого вечора.

До вітальні дуже повільно зайшла Сінтія.

– Я почуваюся такою дурепою, – сказала вона.

– Думаєш, мені зараз краще?

– Але хто ж тоді надіслав телеграму і чому?

Фортнум налив собі чарку віскі, але так і завмер посеред кімнати, розглядаючи трунок.

– Я рада, що в Роджера все гаразд, – нарешті проказала його дружина.

– У нього не все гаразд, – заперечив її чоловік.

– Але ж ти щойно сам сказав...

– Нічого я не сказав. А ти гадаєш, ми справді могли силоміць ізсадити його з потягу і закувати кайданки, якщо він сам стверджував, що в нього все добре?! Ні.

Телеграму відправляв він, але пізніше передумав. Чого, чого, чого? – Фортнум міряв кімнату кроками, посьорбуючи із чарки. – Навіщо попереджати нас про ці бандеролі і спецдоставку? Єдину посилку за весь рік, що підпадає під його опис, сьогодні вранці отримав Том... – кінець речення повис у повітрі.

Г'ю не встиг поворухнутися, як Сінтія вже виймала зі сміттєвого відра зіжмакану обгортку з-під бандеролі.

На поштовому штемпелі красувався напис «НОВИЙ ОРЛЕАН. ЛУЇЗІАНА».

Сінтія підвела погляд:

– Новий Орлеан. Хіба не туди зараз прямує Роджер?

Клацнула ручка. Двері відчинилися і зачинилися в думках у Фортнума. Клацнула інша ручка, ще одні двері розчинилися навстіж і потім зачинилися. У повітрі стояв запах сирої землі.

За якусь мить він набирав номер на телефоні. Слухавку довго ніхто не брав, аж поки на протилежному кінці дроту не відгукнулася Дороті Вілліс. Він так собі й уявив, як вона одиноко сидить у надмір освітленому будинку. Тихо з нею поговорив, а потім прокашлявся і спитав:

— Слухай, Дороті. Я розумію, що питання може здатися дурнуватим, але чи не отримували ви ніяких бандеролей спецдоставкою за останні пару днів?

— Ні, — слабким голосом відповіла вона, а потім додала: — А ні, зажди. Три дні тому. Проте я гадала, ти *в курсі*. Цим займаються всі хлопці в нашому районі.

Фортнум обережно зважував її слова.

— Чим займаються?

— А чого ти цікавишся? — відказала вона. — У вирощуванні грибів немає нічого протизаконного, правда ж?

Фортнум заплющив очі.

— Г'ю? Куди ти пропав? Повторю, у вирощуванні грибів...

Він повільно поклав слухавку.

Вітер колихав штори, напнуті місячним серпанком. Клацав годинник. Спальню накривала хвиля зі світу опівнічників. З тої вранішньої миті, коли він вслухався в голос пані Ґудбоді, що ясно бринів у повітрі, здавалося, минув мільйон років. Опівдні розповідь Роджера нагнала хмари на сонечко. Потім телефоном наслухався лайки від поліцейських із південних штатів. Згодом, під усе дужчий гуркіт локомотива, він знову розмовляв із Роджером, що їхав кудись світ за очі. І врешті-решт повторна бесіда із пані Ґудбоді через паркан.

– Боже, як же швидко він росте!

– Хто росте?

– *Marasmius oreades*.

Фортнум різко розплющив очі і скочив на ноги.

За хвилину він уже гортав на першому поверсі біологічний довідник. Його палець втупився у слова: «*Marasmius oreades – опеньок луговий, росте на відкритих трав'яних місцях улітку та ранньої осені*»...

Книга випала з його рук.

Надворі він мовчки запалив сигарету. Стояла глупа літня ніч.

У небі чиркнув метеор. Тихо шелестіло листя на деревах.

Хлопнули парадні двері.

До нього в халаті підійшла Сінтія.

– Не спиться?

– Мабуть, занадто спекотно.

– Геть не спекотно.

— Ні, — погодився він і потер плечі. — Я б сказав, насправді холодно.

Він двічі затягнувся і, не дивлячись на Сінтію, промовив:

— Сінтіє, а що як... Раптом Роджер сьогодні вранці мав рацію? — Він пхикнув і правив далі: — А пані Ґудбоді? Раптом і вона права? Відбувається щось жахливе. Наприклад, е-е... вторгнення на Землю із космосу, га? — він кивнув у небо з його мільйонами зірок.

— Г'ю...

— Ні, дай-но я вже виллю душу.

— Це ж цілком очевидно. Про яке вторгнення ти говориш? Ми б уже давно щось помітили. Та і як воно взагалі може відбуватися?

Сінтія і собі задерла голову, намагаючись виголосити якийсь аргумент, але чоловік її перебив:

— Ні, мова не про метеори і не про летючі тарілки — їх ми бачимо. Раптом це які-небудь бактерії? Космічного походження? Такі ж і справді існують.

— Ну, я колись про таке читала.

— Спори, насіння, пилок, віруси мільярдами потрапляють у нашу атмосферу щосекунди, і це відбувається не один мільйон років. Зараз ми сидимо з тобою під невидимим дощем. І він іде над усією країною, над усіма містами й містечками. Навіть зараз над нашим газоном.

– *Нашим* газоном?

– *І* над двором пані Ґудбоді також. Але такі люди, як вона, постійно сапають бур'ян, кроплять рослини отрутою, нищать поганки в траві. У місті будь-якій чужій формі життя складно буде існувати. Ще й клімат часто непереливки. Найліпше осоння в нас на півдні: в Алабамі, Джорджії, Луїзіані. Там у вологих болотах їм просто рай – рости собі на здоров'я.

Але Сінтія вже не могла стримувати сміх.

– Невже ти справді віриш, що в якійсь там «Лісовій галявині» чи іншій новоствореній компанії з оранжереями директорують шестифутові гриби з іншої планети?

– Ну, якщо це формулювати таким чином, то і справді звучить кумедно.

– Кумедно? Та живота можна надірвати зо сміху! – І, закинувши голову, вона вволю розреготілася.

– Та святі ж небеса! – раптом роздратувався Фортнум. – *Щось* тут відбувається! Пані Ґудбоді корчує гриби і бореться з ними! У ту саму мить, яку ти, звісно ж, назвеш збігом обставин, ми спецдоставкою отримуємо бандероль. А що в тій бандеролі? Гриби для Тома! Що ж іще трапилося? Роджер боїться невідворотного кінця! За пару годин зникає, а потім відправляє нам телеграму із пересторогою не брати чого? Правильно! Спецдоставки з грибами для Тома! А чи не отримував часом подібної посилочки і син Роджера за останні пару днів? Отримував! Звідки ж їх відправник? З Нового Орлеана! А куди відправився Роджер після того, як був зник? У Новий Орлеан! Розумієш, Сінтіє, ти розумієш? Я анітрохи не розчарувався б, якби між усіма цими подіями і справді не існувало жодного зв'язку! Роджер, Том, Джо, гриби, пані Ґудбоді, бандеролі, адресати і відправники. Всі вони вкладаються в одну-єдину схему!

Дружина дивилася йому в очі і хоч уже й не реготала, але все ще всміхалася:

– Не гнівайся так.

– А я і не гніваюся! – заволав Фортнум. Аж раптом він просто вже не міг продовжувати. Йому стало страшно, що в якусь мить просто зайдеться несамовитим криком або реготінням. А це вже було б занадто. Чоловік поглянув на будинки їхнього кварталу навколо й уявив темні підвали, сусідських хлопчиків за читанням «Популярної механіки» і мільйони невидимих передплатників, готових відправити гроші на купівлю грибів. Так само і він у своєму дитинстві замовляв поштою хімікати, насіння, черепах, незліченні бальзами та мазі. Цікаво, в скількох мільйонах американських осель зараз плодилися мільярди грибів під пильним наглядом невинних?

– Г'ю? – торкнулася його руки дружина. – Гриби, якими б великими вони не виростали, не мислять, не рухаються, не мають ані рук, ані ніг. Як вони можуть заправляти поштою і «завойовувати» цілий світ? Любий, давай-но сходимо вниз і подивимося на твоїх жахливих демонів і потвор!

Вона потягла його до дверей. В будинку жінка уже було попрямувала до підвалу, однак Фортнум похитав головою і з дурнуватою посмішкою заявив:

– Ні-ні. Я знаю, що ми там побачимо. Ти права. Це все дурниці. Наступного тижня повернеться Роджер, і ми всі разом нап'ємося. Піднімайся у спальню, а я собі наллю склянку теплого молока і підійду через якусь хвильку.

– Отак уже ліпше! – Вона цьомкнула його в обидві щоки, міцно притисла до себе і гайнула вгору по сходах.

На кухні Г'ю взяв склянку, відчинив дверцята холодильника і вже наливав собі молока, як раптом його аж пересмикнуло. Скраю верхньої полиці стояло жовтеньке блюдечко, але зацікавило його не воно, а те, що на ньому лежало.

Свіжі нарізані гриби.

Фортнум простояв так, напевно, зо пів-хвилини, дихаючи паром у морозному по-вітрі. Потім він простягнув руку, узяв тарілочку, понюхав її, торкнувся пальцем гри-бів і вийшов разом із блюдцем у коридор. Поглянув угору, понад сходами, почув, як у спальні ходить Сінтія, і вже був ладний гукнути до неї: «Сінтіє, це ти їх поставила у холодильник?» – але змовчав. Її відповідь йому була відома. Не вона.

Г'ю поставив тарілочку на пласку ма-ківку балясини і витріщився на неї. Він уявляв, як лежить у ліжку, дивиться на стіни, відчинені вікна, спостерігає за малюнками, що їх креслить місячне сяйво на стелі. А потім спитає в Сінтії, чи вона його чує. Та ствердно відгукнеться. І тоді він скаже, мовляв, є спосіб, завдяки якому гриби здатні виростити собі руки-ноги. Який же, поцікавиться вона, мій дурненький-предурненький чоловіче. Він збереться з відвагою, ладний знову зустрітися з її реготом, і заявить, мовляв, щó би сталося, якби якась людина простувала собі болотами, натрапила на гриби і *скуштувала* їх?..

У відповідь із боку Сінтії – мовчання.

Потрапивши в організм, гриби розпорошуються через кров, заволодівають кожною клітинкою і перетворюють людину на... марсіанина? Згідно з цією теорією, хіба *потрібні* грибам руки і ноги? Ні, адже людину можна просто позичити, а потім жити в ній, перетворюватися на неї. Роджер скуштував грибів, якими його нагодував рідний син. І перетворився на «щось інше». Викрав сам себе. І під час останнього просвітління, коли до нього вернувся здоровий глузд, він відправив нам телеграму, спробував нас попередити, не дати нам отримати жодну спецдоставку з грибами. А «той» Роджер, котрий нам телефонував, уже був не власне Роджером, а тим, що він з'їв! Сінтіє, хіба ж не вимальовується повна картина того, що відбувається, га, Сінтіє?

Ні, відповіла уявна Сінтія. Не вимальовується, ні, ні, ні і ще раз ні...

Із підвалу долинуло ледве чутне шепотіння, шурхіт, якесь шелестіння. Відірвавши очі від блюдечка, Фортнум підійшов до дверей униз і приклав до них вухо.

– Томе?

Ніхто не відповів.

– Томе, де ти там?

Жодної відповіді.

Через певний час голос Тома долинув знизу:

– Що, тату?

– Уже далеко за північ, – проказав Фортнум, намагаючись не переходити на високі тони. – Що ти там робиш?

Жодної відповіді.

– Я кажу...

– Пораюся із врожаєм, – холодним і слабким голосом нарешті відповів хлопець.

– Чорти б тебе забрали, *піднімайся* давай! Чуєш?

Тиша.

– Томе, послухай! Це ти сьогодні по-
клав трохи грибів у холодильник? Якщо
ти, то навіщо?

Мабуть, сплило секунд десять, поки
знизу відповіли:

– Звісно, щоби почастувати тебе і маму.

Фортнум відчув, як прискорюється
його пульс, і мусив тричі глибоко вдихну-
ти, перш ніж зміг продовжувати.

– Томе, ти ж не?.. Тобто я хотів спи-
тати, ти часом не *скуштував* уже їх сам,
правда ж?

– Дивно, що ти запитав, – відказав
Том. – Спробував. Сьогодні ввечері. Зро-
бив собі бутерброд після вечері. А що?

Фортнум схопився за дверну ручку.
Тепер настала його черга відповідати.
У нього підломлювалися ноги, і він нама-
гався боротися з усім цим дурним безглуз-
дям. Для цього немає жодних причин, на-
магався пояснити самому собі, але вуста
не ворушилися.

– Батьку? – неголосно гукнув його Том
із підвалу. – Спускайся вниз. – І після па-
узи додав: – Я хочу, щоб ти поглянув на
цей врожай.

Ручка вислизала зі спітнілої долоні Фортнума. Вона затремтіла. Г'ю глибоко зітхнув.

– Батьку? – тихо повторив Том.

Фортнум відчинив двері.

У підвалі стояла цілковита темрява.

Він простягнув руку до вимикача.

Нібито відчувши цей порух, Том попросив:

– Не треба. Світло шкодить грибам.

Г'ю забрав із рубильника руку.

Чоловік важко ковтнув. Озирнувся на сходи, що вели вгору до дружини. Гадаю, подумав він, варто сходити попрощатися із Сінтією. Але чому я маю думати про це?! Господи Всемогутній, чого я взагалі маю про це думати? Жодних причин, чи все-таки є?

Жоднісіньких.

– Томе? – безтурботно гукнув він. – Готовий ти чи ні, але ось я вже йду!

І ступивши вниз у темряву, він зачинив за собою двері.

Нав'язливий привид
новизни

Я не був у Дубліні купу літ. Я мандрував світами і побував усюди, крім Ірландії, і не встиг пробути у «Роял Гайберніан»[1] навіть години, як задеренчав телефон, а зі слухавки долинув голос не будь-кого, а самої Нори. Боже ж мій!

– Чарлзе? Чарлі? Дитинко! Чи ти вже нарешті розбагатів? А чи заможні письменники не бажають прикупити казковий маєток?

– Норо! – засміявся я. – Невже ти так ніколи і не навчишся вітатися?

– Життя надто коротке для вітань, а нині ще й бракує часу для пристойних прощань. Чи *зміг* би ти купити Ґрінвуд?

– Норо, Норо! Отой твій родинний палац, за яким криються двісті років багатства? Що ж тоді станеться із бурхливим ірландським світським життям, з усіма його вечірками, пиятиками та плітками?

---

[1] Мається на увазі *Royal Hibernian Hotel* – один із найстаріших готелів Ірландії, який був заснований в Дубліні у 1751 р.

Усе це не можна взяти і просто викинути геть!

– Ще й як можна! В мене тут зараз мокнуть під дощем валізи, вщент набиті грошима. Але Чарлі, *Чарлзе*: я сама-самісінька в цьому палаці. Всі слуги звіялися допомагати Азі. І от тепер у цю Останню ніч мені конче потрібний приятель-письменник, аби зустрітися з Привидом. Чи в тебе вже йдуть мурашки по шкірі? Я поділюся з тобою будинком і таємницями. Чарлі, дитинко, о Чарлзе!

Відбій. Тиша.

Через десять хвилин я вже мчав дорожнім серпантином повз зелені пагорби назустріч блакитному озеру та порослим буйною зеленню долинам – туди, де затаївся приголомшливий палац під назвою Ґрінвуд.

І знову я розсміявся. Люба Нора! Попри все її хвалькувате базікання, вечірка, певно, вже набирала обертів, загрожуючи перетворитися у маленький катаклізм. Берті, либонь, прилетів із Лондона, Нік – із Парижа, Алісія, напевно, примчала на автівці з Ґолуея. А якийсь кінорежисер, котрого висмикнули телеграмою за годину до вечірки і який у темних протисонячних окулярах вже спустився з небес на парашуті чи гелікоптері, міг би видатися такою собі манною небесною, проте сумнівного ґатунку. Маріон обов'язково з'явиться разом із усіма своїми песиками-пекінесиками, які п'ють стільки, що куди там їхній хазяйці. Я додав газу — і двигуну, і веселощам.

До восьмої години, розмірковував я, ти будеш уже добряче захмелений, під опівніч геть отупієш від загального гармидеру надовкіл, і впадеш трупом, і проспиш до полудня, а відтак у неділю, під час ситного обіду, наберешся вже по саму зав'язку. І десь поміж усім цим забавлятимешся під приємну музику ліжок і в компанії простих мистецтвознавців — вусатих і не дуже — зазвичай затиснутих у тісні стіни Сорбонни[1] і лише щойно випущених на пленер[2], з ір-

---

[1] Сорбонна (*Sorbonne*) — університет у Парижі, спочатку богословська школа і притулок для бідних студентів, згодом назва богословського факультету Паризького університету; заснований у 1253 р. теологом Робером де Сорбоном, духівником Людовика IX Святого.

[2] Пленер (фр. *en plein air* — відкрите повітря) — у живописі термін, який позначає передачу в картині всього багатства змін кольору, зумовлених дією сонячного світла і атмосфери.

ландськими і французькими графинями та іншими леді, а до понеділка – мільйони років. У вівторок ти обережно – о Господи, ще обережніше! – вестимеш машину до Дубліна, водночас няньчачись із власним тілом, наче із хворим зубом мудрості, що набрався від жінок забагато мудрості і тепер нестерпно гостро ниє від найменшого спогаду.

Я з трепетом пригадав свої перші гостини у Нори, мені тоді заледве виповнилося двадцять.

Це трапилося п'ятнадцять років тому, коли одна стара і з незапам'ятного часу причинна герцогиня, з густо припудреними чи то борошном, чи то тальком щоками та зубами баракуди змусила мене гнати мою спортивну автівку тією самою дорогою, що вела у Ґрінвуд, і при цьому репетувала мені у саме вухо, щоби перекричати негоду:

– Тобі сподобаються Норин мандрівний звіринець посеред саду! Її друзі – це звірі і єгері, тигри і кішечки, рододендрони і мухоловки. У її струмках водяться й анемічна риба, і шпарка форель. Її маєток – наче велетенський розплідник, де тварин у штучних умовах силоміць відгодовують до неймовірних розмірів: потрапиш до Нори у п'ятницю ввечері з чистою білизною, а виберешся лише в понеділок із пожмаканими і поплямленими простирадлами, і з таким відчуттям, наче ти надихнув, намалював і пережив усі Спокуси Босха, побувавши у його Чистилищі, Пеклі та на Страшному суді[1]! Поживеш у Ґрінвуді, у Нориному маєтку, – і ти почуватимешся наче за теплою щокою велетня, де тебе щогодини смоктатимуть і жуватимуть, і солодким буде цей обман. Ти пройдеш крізь цей палац, наче провіант. І коли він із тебе витисне останні соки і висмокче мозок із твоїх юних солодких костомашок, то викине наче непотріб, і нараз ти опинишся під холодним дощем, на безлюдному полустанку.

– Невже я вкритий шаром ферментів? – перекрикував я гуркіт двигуна. – Жоден

---

[1] Йдеться про творчість нідерландського живописця, одного із найвідоміших майстрів Північного Відродження Ієронімуса Босха (нід. *Hiëronymus Bosch*, 1450–1516). Босх є автором таких знаменитих алегоричних картин, як «Сім смертних гріхів», «Спокуса Святого Антонія», «Сад земних насолод», триптих «Страшний суд», «Пекло й Потоп» та ін.

будинок не в силі мене перетравити і не в змозі пересититися моїм Первородним Гріхом.

– Дурнику! – сміялася герцогиня. – Вже у неділю, щойно сонце зійде, ми зможемо помилуватися твоїм обгризеним скелетом!

На виїзді з лісу я виринув із глибин своїх спогадів і зменшив швидкість, а відтак і взагалі забрав ногу з педалі газу, тому що від довколишньої краси завмирало серце, паморочилось у голові, уповільнювався плин крові.

Там, під небом озерної блакиті, біля озера небесної синяви, пишався Норин коштовний маєток, величний палац на ймення Ґрінвуд. Він розташувався поміж найокругліших в Ірландії пагорбів, оточивши себе наймогутнішими деревами у найдрімучішому лісі Ірландії. Його вежі бозна з якою метою звели тьму років тому незнані каменярі і невідомі зодчі. Його сади вперше зацвіли п'ять століть тому, а десь так через двісті літ поміж забутих крипт і могил в результаті якогось творчого катаклізму постали нові прибудови.

Он там колишня монастирська зала, згодом перероблена у конюшню, а осьдечки – майже столітньої давності флігелі. Біля озера крізь зарості м'яти проглядаються руїни мисливського будиночка, де здичавілі коні мчали стрімголов до зеленого моря трави, де біля холодних озерець самотіють могили дівоньок, гріхи котрих були настільки переконливими, що порятунку їм доводилось шукати в смерті, у мороці забуття.

Ніби наперед вітаючи мене, сонце замерехтіло у десятках вікон. На мить засліплений, я різко загальмував, а тоді заплющив очі й облизав губи.

Я згадав свій перший візит у Ґрінвуд.

Двері відчинила сама Нора. Стоячи перед нами в чому мати народила, вона заявила:

– Ви запізнилися. Все вже закінчилося.

– Дурниці. Тримай, хлопче, це, і це також!

Стоячи просто на протязі у дверях, герцогиня трьома спритними рухами звільнилася від одягу, і тепер нагадувала бланшовану устрицю.

Я стояв приголомшений, затиснувши в руках її одяг.

– Ну ж бо, заходь, юначе, бо застудишся. – І оголена герцогиня спокійно пропливла повз вишукано вдягнутих гостей.

– Мене перемогли моєю ж зброєю! – вигукнула Нора. – І тепер, аби відігратися, я знову мушу натягти на себе одяг. А я так хотіла вас вразити!

– Не переймайтеся, – мовив я. – Бо вам це вдалося!

– Тоді пішли – допоможеш мені з одягом!

Опинившись у спальні, ми пройшли поміж її одягом, що був безладно порозкиданий по паркеті, нагадуючи озерцята запахущого мускусу.

– Потримай-но трусики, поки я в них залізу. Тебе звати Чарлз, чи не так?

– Радий знайомству... – почервонівши, почав було я, а через мить вибухнув нестримним сміхом.

– О, перепрошую! – врешті спромігся сказати я, застібаючи їй ліфчик. – Вечір лише почався, а я вже вас *одягаю*! Я...

Десь грюкнули двері. Я почав озиратися, шукаючи очима герцогиню.

– Зникла, – пробурмотів я, – дім уже її проковтнув.

І справді, я не бачив герцогиню аж до дощового ранку понеділка – зрештою, як вона і передбачала. На той час вона вже забула і моє ім'я, і моє обличчя, і мою душу.

– О Боже, – сказав я. – А це що таке, *що це таке???*

Все ще допомагаючи Норі вдягнутися, ми підійшли до дверей бібліотеки. Всередині, як у дзеркальному лабіринті, блукали гості, котрі прибули на вікенд.

– Ось там, – махнула рукою Нора, – «Міський балет Мангеттена», що спускається на лід за допомогою потоку реактивного повітря. Зліва – «Танцівники Гамбурга», що висаджуються з іншого боку. Дивовижний підбір танцюристів. Будучи суперниками, вони проте через мовний бар'єр не можуть висловити одне одному свої презирство і зневагу, хіба що їм доведеться послуговуватися засобами пантоміми. Відійди-но вбік, Чарлі. Валькірії повинні перетворитися у дів

Райну[1], а всі оті хлопці вже й і без того є райнськими дівами! Пильнуй фланг!

Нора мала рацію.

Битва почалася.

Тигрові лілії налітали одна на одну, при цьому щось швидко лепечучи. Потім, розгнівані та розпашілі, відсахнулися одна від одної і, хряскаючи дверима, розбіглися по численних кімнатах. Жах став жахітною дружбою, а «дружба» через якийсь час – перегрітою парнею безсоромної і, дякувати Богові, прихованої хоті.

А далі зі стрімкого схилу суботи-неділі лавиною кришталевих підвісок посипались письменники, художники, хореографи і поети.

На якомусь етапі мене також підхопив і змів вал утрамбованих тіл, що невмоли-

---

[1] У скандинавській міфології валькірії – нижчі жіночі божества діси, що слугують Одіну. Метою валькірій було вибрати найвидатніших героїв серед загиблих та перенести їх у Валгаллу. У німецькому фольклорі дівами Райну називають русалок, котрі намагаються заманити людей у воду. Валькірії та Діви Райну – дійові особи тетралогії німецького композитора Ріхарда Ваґнера «Перстень нібелунга» (*Der Ring des Nibelungen*), створеної у 1848–1874 рр.

мо нісся назустріч зіткненню із жорстокою реальністю понеділка.

І ось тепер, коли за плечима безліч згаяних вечірок і не менше втрачених літ, я знову стою тут.

І переді мною той самий Ґрінвуд.

Проте без музики. Без машин.

Ну привіт, подумки привітався я. А он і нова статуя біля ставка. Привіт і їй. Та це ж не статуя...

Це була сама Нора – вона сиділа самотою, з підібганими під сукню ногами, з поблідлим обличчям, і заціпеніло вдивлялася у Ґрінвуд – наче я був порожнім місцем.

– Норо?

Вона продовжувала заціпеніло дивитися на будинок, на замшілий дах, на вікна, у яких відбивалося бездонне небо. Я повернув голову і теж утупився в маєток.

Щось було не так. Може, палац просів на два фути? Чи, може, це земля просіла надовкіл нього, а він зостався самотньо стояти на холодному вітрі?

Які землетруси покосили шиби у його вікнах, що тепер вони викривляються і сліплять зблисками кожного із гостей?

Парадні двері Ґрінвуду були розчиненими навстіж, і до мене донісся подих будинку.

Ледве вловимий. Так ніби ти прокинувся вночі, відчув поряд тепле, майже непомітне дихання дружини і раптом терпнеш від страху, бо це не той аромат, бо це аромат іншої жінки! Ти намагаєшся її розбудити, викрикуєш її ім'я. Хто вона, як, звідки? А серце твоє калатає, як шалене, і ти лежиш без сну у ліжку з невідомістю.

Я підійшов ближче. У тисячах шибок побачив своє відображення, а тоді побрів через галявину і схилився перед мовчазною Норою.

І так само тисяча моїх подоб тихенько присіли поруч.

Нора, подумав я. Боже ж мій, ми знову разом.

Як під час тих перших моїх гостин у Ґрінвуді...

Потім час від часу ми з нею зустрічалися – так стикаються одне з одним люди у натовпі, чи закохані у якомусь переході, чи випадкові попутники в поїзді; і ось уже поїзд висвистує близьку зупинку, і наші сплетені руки чи притиснуті одне до одного тіла роз'єднуються, коли натовп суне до розчинених дверей, а далі – ні доторку, ні слова – нічогісінько! – на тьму-тьмущу літ.

Або ж – наче в найспекотніший полудень найдовшого літнього дня кожного Божого року ми розбігалися кожен своєю дорогою, не замислюючись над тим, чи ще колись зустрінемося знову. Але якимось чином іще одне літо минало, і сонце заходило за обрій, і ось уже Нора волочить порожнє дитяче відерце, а ось і я – із побитими колінами, і безлюдний берег, і кінець ще одному дивному сезону, і залишилися тільки ми вдвох для вітань: «Привіт, Норо!», «Привіт, Чарлзе!», а вітер міцніє, а море темніє, немовби навала восьминогів зачорнила його.

Я часто замислювався, чи ж настане такий день, коли ми довершимо наше мандрівне коло і зостанемося разом. Здається, років десь двадцять тому і випав такий момент, коли ми, наче пір'їна на кінчику мізинця, балансували на межі, і тільки тепло нашого подиху – уста навпроти уст – утримувало нашу любов у рівновазі.

Це трапилося тому, що я зустрів Нору у Венеції, де вона, відірвана від рідного краю, вдалині від Ґрінвуда, цілком могла належати комусь іншому, навіть мені.

Тоді наші вуста злилися настільки тісно, що годі було починати розмову про якісь серйозні речі. Наступного дня, розімкнувши розпухлі і покусані губи, ми навзаєм дорікали одне одному, але так і не знайшли в собі сил сказати: нехай так буде завжди, де завгодно – у квартирі чи будинку, але тільки не у Ґрінвуді, подалі від Ґрінвуда! – залишся! Можливо, це сліпуче полуденне сонце занадто висвітлило темінь наших душ... Але, найвірогідніше, вередливим дітками знову все проїлося. Або ж їх налякала в'язниця на двох. Та як би там не було, але пір'їнка, яка врівноважувалася нашим диханням з ароматом шампанського, тепер злетіла, і лише Господь знав, хто із нас перший затамував подих. Нора вигадала байку про якусь термінову телеграму і помчала у Ґрінвуд.

Зв'язок між нами урвався. Вередливі дітки навіть не листувалися. Я так і не дізнався, які замки з піску вона розвалила. А вона не довідалася, скільки мадраських сорочок[1] полиняло від любовного поту.

---

[1] Яскраві картаті сорочки із бавовни чи льону, що своєю назвою завдячують індійському місту Мадрас (тепер Ченнаї), звідки вони походять.

Я встиг одружитися. І розлучитися. І досить намандруватися.

І ось ми знову зійшлися цього дивного надвечір'я, біля знайомого озера, у беззвучному заклику, у незрушному поспіху – ніби й не було між нами стількох років.

– Норо, – я взяв її руку. Рука була холодною. – Що трапилося?

– Трапилося? – Вона розсміялася, потім замовкла і відвернулася. Тоді засміялася знову – тим силуваним сміхом, що легко може перейти у сльози.

– О любий Чарлі, думай що завгодно, навіть що ми тут збожеволіли. Що трапилося, Чарлі, що трапилося?!

Несподівано вона замовкла.

– Де ж усі слуги та гості?

– Вечірка закінчилася вчора, – сказала вона.

– Цього не може бути! Ти ніколи не обмежувалася лише п'ятничними гулянками! Тільки недільними ранками можна було побачити запаскуджену галявину, де на розкиданих абияк подушках відлежуються чортові соромітники, замотані у простирадла! Чому ж ...?

– Чому я запросила тебе лише сьогодні? Ти це хочеш сказати, Чарлі? – Нора продовжувала незмигно дивитися на палац. – Щоби подарувати тобі Ґрінвуд. Якщо, звичайно, він дозволить тобі залишитись, якщо він тебе стерпить...

– Але він мені не потрібний! – вибухнув я.

– Ідеться не про те, чи хочеш його *ти*, а про те, чи захоче тебе *він*! Бо нас усіх, Чарлі, він витурив!

– Минулої ночі?

– Минулої ночі остання велика вечірка у Ґрінвуді з тріском провалилась. Меґ прилетіла з Парижа. Аґа прислав фантастичну дівчину з Ніцци. Роджер, Персі, Евелін, Вів'єн, Джон – усі були тут. Був також і той тореадор, котрий ледь не вбив сценариста через балерину. Був і ірландський драматург, котрий, напившись до чортиків, завжди падає зі сцени. Вчора, між п'ятою та шостою вечора, крізь ці двері пройшли дев'яносто сім гостей. Але до опівночі всі вони роз'їхались.

Я пройшовся по галявині.

Так, там ще виднілися свіжі відбитки трьох десятків протекторів.

— Він не дозволив нам веселитись, — кволо поскаржилась Нора.

Я різко обернувся.

— Хто він? Будинок?

— О, музика була чудовою, але звучала якось глухо. І сміх наш відлунював якось зловісно. Розмова не клеїлась. Бісквіти застрягали в горлі. Вино стікало по підборіддях. Ніхто не міг здрімнути навіть три хвилини. Гадаєш, я обманюю? Врешті всі отримали в нагороду безе і розбіглися, а я проспала всю ніч на галявині. А знаєш, чому? Йди-но сюди і поглянь, Чарлі.

Ми підійшли до відчинених дверей Ґрінвуда.

— То що я маю дивитися?

— Все. Всі кімнати. І сам замок. Шукай розгадку. Здогадайся сам. А поки ти тисячу разів гадатимеш, я скажу тобі, чому я не можу тут більше жити і мушу звідси виїхати, і чому Ґрінвуд буде твоїм, якщо захочеш. Отож, заходь, але сам.

І я зайшов у дім, завмираючи на кожному кроці.

Я обережно скрадався величезним холом по прекрасному, чимось схожому на левову шкуру дубовому паркету. Я задивлявся на чудові обюссонівські шпалери[1]. Я розглядав старовинні мармурові грецькі медальйони[2], виставлені на зеленому оксамиті у кришталевих вітринах.

– Нічого! – гукнув я Норі, котра стояла у прохолодному надвечір'ї.

– Ні-ні, роздивляйся всюди! – озвалася вона. – Продовжуй!

Бібліотека видалася глибоким, теплим, сповненим запаху шкіри морем, де п'ять тисяч книг виблискували вишневими, лимонними та бурштиновими палітурками. Полискувало золоте тиснення, яскраво мерехтіли заголовки. Над велетенським каміном, де змогли б уміститися не лише зо дві підставки для дров, а й з десяток самих гончаків[3], висіла вишукана картина Ґейн-

---

[1] Маються на увазі шпалери, виготовлені у французькому місті Обюссон, що у департаменті Крез.

[2] Тут ідеться про медальйони як елемент прикраси – зображення (орнаментальна композиція, ліпний або різьблений рельєф, розпис, мозаїка, напис) в овальному або круглому обрамленні.

[3] Гра слів: «*firedog*» – залізна підставка для дров і залізний собака.

сборо «Дівчата і квіти»[1], котра зігрівала серця не одного покоління власників замку. Картина була наче відчиненим вікном у літній сад. Кожному, хто милувався нею, відразу ж хотілося визирнути туди, щоби надихатися ароматом цілого моря польових квіток, доторкнутися до дівчат зі шкірою кольору спілого персика, прислухатись до монотонного бриніння бджіл, що наче зшивають духмяне повітря невидимими стібками.

– Ну що там? – донісся подаленілий голос.

– Норо! – покликав я. – Йди-но сюди. Тут нічого боятися. Адже ще білий день.

– Ні, – відповів сумний голос. – Сонце вже сідає. Що ти там бачиш, Чарлі?

– Той самий хол. І ті самі гвинтові сходи. Маленьку вітальню. І жодної пилинки в повітрі. А тепер я відчиняю двері у під-

---

[1] Томас Ґейнсборо (*Thomas Gainsborough*, 1727–1788) – один із видатних портретистів Англії і всього XVIII ст. взагалі. Малював пейзажі, жанрові картини, портрети, але картина «Дівчина і квіти» у його творчому спадку відсутня. Натомість подібна тема є однією із центральних у творчості англійського художника-прерафаеліта Джона Вільяма Вотергауса (*John William Waterhouse*, 1849–1917).

вал. Тут мільйони барелів вина і купа пляшок. А ось і кухня. Норо, це ж божевілля!

– Правда ж? – поскаржився далекий голос. – Повертайся до бібліотеки. Стань у центрі кімнати. Бачиш «Дівчат і квіти» Ґейнсборо, яких ти завжди любив?

– Так, вони тут.

– Але ж це не так. Бачиш срібну флорентійську коробку для сигар?

– Так.

– Ні, не бачиш! Бачиш величезне бордове шкіряне крісло, де ви з татом якось пили херес?

– Так.

– Ні, – зітхнув голос.

– Але чому ні? Може, вже досить, Норо?

– Так, з мене цього вже досить, Чарлі. Невже ти не здогадався? Невже ти не *відчуваєш*, що сталося з Ґрінвудом?

Я нетерпляче озирнувся. Втягнув носом трохи незвичне повітря.

– Чарлі, – сказала Нора ослаблим голосом, стоячи за відчиненими вхідними дверима.

– Чотири роки тому... – майже прошепотіла вона, – ...чотири роки тому Ґрінвуд вигорів дотла.

І тоді я побіг до виходу.

Зблідла Нора стояла біля дверей.

– Він – *що?* – крикнув я.

– Вигорів вщент, – повторила вона. – Ну геть чисто. Чотири роки тому.

Щоби опинитися надворі, мені знадобилося лише три кроки. Я поглянув на стіни та вікна.

– Але ж, Норо, він стоїть! Ось він – як на долоні!

– Ні, Чарлі! Це не Ґрінвуд!

Я помацав сіре каміння та червону цеглу стін, доторкнувся до зеленого плюща, що вився по них. Провів рукою по іспанській різьбі парадових дверей, а тоді з жахом видихнув:

– Цього не може бути!

– Але це справді так, – мовила Нора. – Тут усе нове. Все – від дахового перекриття до каменю у підвалі. Нове, Чарлзе. *Нове!*

– І ці *двері?*

– ...торік надіслані з Мадрида.

– А ця бруківка?

– Видобута в кар'єрі поблизу Дубліна два роки тому. І вікна доправлені з Вотерфорда[1] цієї весни.

---

[1]   Вотерфорд (*Waterford*) – місто на півдні Ірландії.

Я знову зайшов усередину.

– А паркет?

– Виготовлений у Франції і привезений на кораблі минулої осені.

– Ну, а як щодо *шпалер*?

– Виткані під Парижем, повішані у квітні.

– Та ж усе це *таке саме*, Норо!

– Достеменно, чи не так? Я літала в Грецію, щоби замовити дублікати мармурових медальйонів. Кришталеву вітрину виготовили у Реймсі[1].

– А бібліотека?

– Кожна книга переплетена так само, з тим самим золотим тисненням, і поставлена на ті самі полиці. Лише бібліотека обійшлася мені у сто тисяч фунтів.

– Але ж воно усе таке саме, Норо, таке саме! – здивовано закричав я. – Боже ж мій – як дві краплі! Там, у бібліотеці, я помітив срібну флорентійську сигаретницю! Вона, напевно, таки вціліла у вогні?

– Ні, ні! Але я ж художниця, тому по пам'яті зробила ескіз і відвезла його у Флоренцію. В липні підробка була вже готова.

---

[1] Реймс *(Reims)* – найбільше місто французького регіону Шампань – Арденни.

– Але ж «Дівчата і квіти» Ґейнсборо...

– Придивись пильніше! Це робота Фріці, цього жахливого мазія з Монмартру[1]. Ну того, котрий просто виливає фарбу на полотна і запускав їх у вигляді повітряних зміїв у паризьке небо, щоби вітер і дощ створили замість нього красу, а він вже потім продає це за шалені гроші! Ну й Фріці! Виявилось, що він – таємний прихильник Ґейнсборо! Він би мене вбив, якби дізнався, що я тобі про це розповіла. Він намалював «Дівчат і квіти» по пам'яті: хіба ж це не *прекрасно*?

– Прекрасно, справді прекрасно, але, заради Бога, Норо, ти мене не обманюєш?

– Я б усе віддала, аби це виявилося обманом. Чи, може, ти вважаєш, що я божевільна, Чарлзе? Звісно ж, ти маєш право так думати. У що ти віриш – у добро чи зло, Чарлі? Я не вірила ні в що. І ось тепер перед тобою лише викупана у дощі стара. Мені стукнуло сорок літ, і ця сорок івка

---

[1] Монмартр *(Montmartre)* – із 1860 р. муніципальний округ Парижа, який на межі XIX – XX ст. через порівняно невисокі ціни на житло приваблював багатьох мистців – художників, літераторів, музикантів.

стукнула мене з усього маху, наче локомотив. І знаєш, яка моя думка? Цей будинок зруйнував себе *сам*!

– Він – *що*?

Вона зайшла у замок, пильно вдивляючись у кімнати, де тепер, у надвечір'ї, вже почали згущуватися тіні.

– Мені було вісімнадцять, коли на мене впало багатство. Коли мені казали: «Гріховодниця!», я відповідала: «Дурниці!». А заклики до совісті я сприймала лише як п'яну маячню. Але в ті роки бочка з дощівкою ще була порожньою. Відтоді чимало помиїв вилилося на мене, і якось я з подивом виявила, що по самі краї сповнена гріхами, і що гріх та совість *таки* існують.

Чарлі, у мені живе водночас тисяча чоловіків!

Вони простромилися в мене, і в мені знайшли свій кінець. Коли вони йшли з мого життя, я була переконана, що це їм вдалося. Але ж ні – ні! тепер я впевнена, що кожен із них залишив у моєму тілі своє жало, отруєне жало. Боже ж мій, як я любила усі ті жала! Як мені подобалося, коли мене ранили та настромляли на них! Я гадала, що час та подорожі вибавлять від усіх подряпин і синців. Але тепер я знаю, що я геть уся замацана. На мені немає жодного дюйма, де би не було відбитків чужих пальців. Я, Чарлі, схожа на дактилоскопічний архів ФБР, я вся у відбитках пальців, наче давньоєгипетський папірус в ієрогліфах. Тисячі прекрасних чоловіків завдавали мені, як я гадала, безкровних ударів, але, тепер, мій Боже, я – одна суцільна рана! Я залила кров'ю весь дім. Я окропила нею тих своїх друзів, котрі не вірили у Совість і Гріх. Вони набивалися сюди, наче у величезний вагон підземки, не відаючи про пастку. Шматки плоті пхалися одна в одну, жерли одна одну губами, купались у потах на підлозі. Агонізуюча ґвалтуюча хіть стикалася з іншою і рикошетила від стін. Замок повнився вбивцями, Чарлі, кожен – із коротким мечем, кожен із наміром убити чужу самотність, проте ніхто не знаходив спокою, тільки миттєвий перепочинок.

Навряд чи в цьому будинку був хоч один щасливець, тепер я це розумію.

Так, усі вони *виглядали* щасливими. Коли чуєш стільки сміху, коли випивка лляється рікою і в кожному ліжку по людському сандвічу – ох це біло-рожеве м'ясце, яке так би і з'їв! – то мимоволі захопишся: «Як весело! Як прегарно!»

Але все це брехня, Чарлі: і ти, і я це знаємо, а будинок упивався всією цією брехнею – брехнею як мого покоління, так і татового, та й дідусевого. Тут завжди панувало щастя, себто страх. Тут добрих двісті років убивці каліничили одне одного. Стіни відсиріли від плачів. Дверні ручки зробилися липкими. І на картині Ґейнсборо літо поступилося осені. Отож, убивці з'являлися та зникали, Чарлі, залишаючи після себе свої гріхи і спогади про них – і будинок беріг отой бруд. А коли ти наковтаєшся всілякої мерзоти, Чарлі, тебе ж неодмінно знудить, чи не так?

Моє життя – це засіб для блювоти. Мене нудить від власного минулого.

І будинок також знудило.

І ось, охоплена каяттям і відчаєм, одиниці ночі я почула, як у ліжках верхнього поверху труться старі гріхи. І від цього тертя будинок спалахнув. Спочатку вогонь хазяйнував у бібліотеці, пожираючи книги. Потім він у підвалі жлуктив вино. На той час я вже вилізла через вікно, спустившись вниз по плющу, й опинилася на газоні, де вже метушились слуги. О четвертій ранку ми влаштували перекуску на березі озера – з шампанським та галетами, що їх роздобули в сторожці воротаря. Пожежники прибули з міста о п'ятій – саме вчасно, щоби побачити, як падає дах і фонтани вогненних іскор злітають аж до неба і поблідлого місяця. Ми і їх пригостили шампанським, і всі разом продовжували спостерігати за тим, як вмирає Ґрінвуд. На світанку від дому вже нічого не залишилося.

Він просто змушений був самознищитися, чи не так, Чарлі – через усю цю нашу гидь – мою і моїх предків!

Ми стояли у холодному холі. Нарешті я ворухнувся і сказав:

– Гадаю, що так, Норо.

Ми попрямували у бібліотеку, де Нора витягла купу креслень і нотаток.

– І ось тоді, Чарлі, мене осяяла ідея відбудувати Ґрінвуд. Наново скласти докупи цей похмурий пазл. Фенікс повинен відродитися з попелу[1]. І щоб ніхто не дізнався, що замок помер від огиди. Ні ти, Чарлзе, ні жоден із моїх друзів: полишімо всіх у невіданні. Моя провина у його зруйнуванні надто велика. Але як добре бути багатим! Ти можеш купити пожежну команду за кілька пляшок шампанського, й усі містечкові газети – всього за чотири ящики джину. Новина про те, що Ґрінвуд розстелився веретищем і посипався попелом[2], так і не поширилася далі милі у радіусі. Про це я ще встигну розповісти світові. А тепер – до роботи! І я вирушила у Дублін до повіреного, у котрого тато зберігав усі креслення та плани інтер'єру. Я місяцями ниділа удвох із секретарем, намагаючись проявити у пам'яті все, що стосувалося грецьких ламп чи римського кахлю. Я заплющувала очі, щоби якомо-

---

[1] Фенікс (грец. *Φοίνιξ*) – чарівний птах, який, за уявленням стародавніх народів, відчуваючи, що надходить смерть, будував гніздо – і там його спалювало сонце. Потім птах воскресав з попелу, відроджувався молодим.

[2] Відсилання до старозаповітної «Книги Естер»: «І роздер Мордехай одежу свою, і зодягнув веретище та посипався попелом, і вийшов на середину міста, та й кричав криком сильним та гірким!» (4:1).

га точніше відтворити кожну килимову ворсинку, кожен дюйм габи, кожну ліпну настельну марничку у стилі рококо – все-все! – увесь бронзовий дріб'язок, камінні підставки для дров, вимикачі, відерка для вугілля, ба навіть дверні ручки. І коли довжелезний список із тридцяти тисяч найменувань був готовий, я доправила сюди літаком столярів із Единбурґа, покрівельників із Сієни[1], різьбярів каменю із Перуджі[2]: чотири роки вони завзято вистукували молотками, вирізували і вирізьблювали. Тим часом я тинялася по фабриці, що в передмісті Парижа, спостерігаючи за тим, як павуки тчуть для мене гобелени і килими на підлогу. Я полювала із собаками в околицях Вотерфорда, в той час як тутешні склодуви видували для мене скло.

Чарлі, я не пригадаю, чи траплялося колись в історії, щоби хтось настільки скрупульозно відтворював зруйноване. Кажуть, що минуле слід забувати, мовляв, нехай воно собі мирно спочиває! Але це не для мене, подумала я – аж ніяк! – новий Ґрінвуд

---

[1] Сієна *(Siena)* – місто в Італії у провінції Тоскана.

[2] Перуджа *(Perugia)* – місто в Італії в однойменній провінції.

здійметься на місці колишнього. Так, він виглядатиме як старий, але він матиме одну перевагу – буде насправді новим. Це так ніби почати життя з чистої сторінки. Відбудовуючи Ґрінвуд, я нарешті віднайшла спокій. Робота сама по собі була пригодою.

Коли дім було відбудовано, я наче й сама відновилася. Подумки вітаючи його з другим народженням, я з радістю вітала і саму себе: нарешті, думала я, вперше щаслива людина переступає поріг Ґрінвуда.

І ось два тижні тому все було викончене – витесаний останній камінь, покладена остання черепиця.

Я розіслала запрошення по всьому світу, і минулого вечора гості прибули – цілий прайд великосвітських левів із Нью-Йорка, від яких пахло чи то какао, чи то ріжковим деревом[1] – одним словом, пахло справжнім життям. Компанія легконогих афінських юнаків. Негритянський кордебалет із Йо-

---

[1] Ріжкове дерево *(Ceratonia siliqua L.)*, цареградський стручок, солодкий ріжок – рослина родини бобових. Дерево заввишки до 10 м з широкою кроною, вічнозеленим перистим щільним листям і дрібними квітками, зібраними в суцвіття.

ганнесбурґа. Чи то мафіозне, чи то актор-
ське тріо із Сицилії. Сімнадцять скрипаль-
ок, яких спокійно можна було віддрати,
щойно вони забули про скрипки і спіднички
заодно. Чотири чемпіони з гри в поло. Один
тенісист-профі – щоби натягнути мене, не-
наче струну. Милий поет-француз. Боже
мій, Чарлі, це мало бути шикарне відкриття
маєтку, наймення якому Фенікс. Нора Ґрін-
дон – власниця. Звідки ж мені було знати,
що будинок не захоче нас прийняти?

– А хіба дім може хотіти чи не хотіти?

– Так, коли він зовсім новий, а всі на-
довкола, без огляду на вік, значно старші.
Адже він ще немовля. А ми вже геть про-
гнилі і запліснявілі. Він – добро, а ми –
зло. Він і надалі хотів зоставатися чистим.
І тому нас прогнав.

– Як саме?

– Просто зостаючись самим собою. Він
просто був самим собою. Надовкола пану-
вала така тиша, що – ти не повіриш, Чар-
лі! – видавалося, ніби хтось помер.

Дуже скоро всі це відчули, хоч і не зізна-
валися в цьому, а просто всілися у свої
автівки і їхали геть. Оркестранти нахабно
припинили свою гру і також роз'їхалися

на десяти лімузинах. А вслід за ними маєток покинули останні гості – об'їзною дорогою повз озеро, наче на нічний пікнік, а насправді – хто в аеропорт, хто в порт, хто в Ґолуей, мовчки, зіщулившись від холоду. Будинок ніби вимер, навіть слуги покотилися на велосипедах, я зосталася в домі сама як палець. Остання вечірка закінчилась, так і не розпочавшись, тому що просто не могла розпочатися. Я вже казала, що проспала всю ніч на галявині, наодинці зі своїми старими думками, і ось тоді я зрозуміла, що дійшла свого кінця, що я перегоріла на попіл, а з попелу не збудуєш нічого. Натомість сповночілий будинок був неначе щойно явлене на світ прекрасне пташеня – прекрасне у власній самодостатності. Йому було ненависне навіть моє дихання. Я дійшла до свого краю. А в нього все тільки починалося.

Нора закінчила свою оповідь.

Ми довго сиділи мовчки, аж поки сутінки, що спочатку зазирали через віконні шиби, не заповзли у кімнати. Вітер здійняв брижі на озері.

– Це не може бути правдою, – нарешті озвався я. – Звісно ж, ти *можеш* тут залишитися!

– Тоді переконайся особисто, щоби надалі зі мною не сперечався. Спробуймо переночувати у будинку.

– Спробуймо?

– Навряд чи ми протримаємося тут до світанку. Засмажимо яєчню, вип'ємо вина і рано вкладемося спати. Але не розстеляй ліжко і не роздягайся, тому що невдовзі, я впевнена, одяг тобі знадобиться.

Ми вечеряли майже мовчки. Пили вино. Слухали, як бронзовий годинник у новому домі б'є новий час.

О десятій Нора відіслала мене у відведену мені спальню.

– Не бійся! – гукнула вона зі сходів. – Будинок не зробить нам нічого поганого. Він просто боїться, що *ми* йому зашкодимо. Я почитаю в бібліотеці. Коли будеш готовий забиратися звідси – не має значення, о котрій годині, – просто зайди за мною.

– Я спатиму як убитий, – відповів я.

– Та дай Бог! – зронила Нора.

Я пішов у спальню, вліг в нове ліжко і лежав у темряві та палив. Страху не було, але й сну не було. Я просто лежав і чекав, що ж тут може трапитися – якщо взагалі щось трапиться.

Опівночі я ще не спав.

Як не спав і о першій.

О третій я продовжував лежати із широко розплющеними очима.

Будинок німував – ні скрипу, ні подиху, ні шепоту. Він, як і я, вичікував, підлаштовуючи своє дихання під моє.

О пів на четверту ранку двері спальні повільно прочинилися. Так ніби пітьма ворухнулася у пітьмі. І тільки подих протягу на руках та обличчі.

Я повільно припіднявся у ліжку.

Минуло п'ять хвилин. Серце билося повільніше ніж зазвичай.

І тоді я почув, як десь унизу відчинилися парадні двері.

І знову ні скрипу, ні шереху. Лише клацання і сильніший протяг.

Я підвівся і вийшов на сходи. Звідти я побачив те, що й очікував: парадні двері справді були відчинені. І місячне світло заливало новий паркет і виблискувало на новому дідовому годиннику, що знай собі вицокував свіжо змазаним механізмом.

Я спустився вниз і вийшов надвір.

– А ось *нарешті* і ти, – сказала Нора, стоячи біля моєї автівки.

Я підійшов до неї.

– Ти нічого не чув, – мовила вона. – І водночас щось таки чув, чи не так?

– Так.

– Тепер ти готовий їхати, Чарлзе?

Я знову поглянув на будинок.

– Майже.

– Тепер ти знаєш, що всьому кінець, правда? І що вже близько світанок нового дня? Прислухайся, як моє серце заледве переганяє мою гнилу кров і наскільки замшіла моя темна душа; ти ж бо не раз чув биття мого серця під своїм тілом і знаєш, яка я вже стара. Як знаєш і те, скільки в моїй душі темниць і катівень, мертвих вечорів і блакитних французьких сутінків. Тому....

Нора поглянула на будинок.

– Вчора, о другій ночі, коли я вже лежала в ліжку, раптом почула, як повільно відчинилися вхідні двері. Здалося, наче замок всією масою наліг на двері, щоби засув піддався і двері плавно прочинилися. Я вийшла на сходи. Глянула вниз. Там, у холі, розлилося річкою місячне світло. Будинок наче говорив: «Забирайся звідси, ось тобі новий шлях, що світиться кремом і молоком, тож іди геть зі своєю темрявою. Ти вагітна. У твоєму лоні переношений затхлий привид. Він нізащо не народиться. Але оскільки ти від нього ніколи не вибавишся, одного дня він спричинить твою смерть. Тож на що ти чекаєш?»

Чарлзе, я боялася спуститися вниз і закрити двері. Я знала, що все це правда, як знала і те, що більше ніколи тут не засну. Отож, я вийшла з дому.

В мене є ще одне гріховодне кубельце в Женеві. Там я і житиму. Але ти молодший і чистіший, Чарлі. Я би хотіла, щоб цей маєток став твоїм.

— Не такий я вже й молодий.

— Молодший за мене.

— І не надто чистий. Та й мене, Норо, він також не хоче терпіти, бо он двері моєї кімнати щойно *також* розчинилися!

— О, Чарлі, — ледь чутно зітхнула Нора і торкнулася моєї щоки. — О Чарлі, який жаль!

— Не треба. Поїдемо разом!

Нора відчинила двері автівки.

– Дозволь мені кермувати. Я просто мушу гнати аж до самого Дубліна. Ти не проти?

– Ні. А як бути із твоїми речами?

– Все, що у будинку, нехай йому і залишиться. Куди ти?

Я зупинився:

– Хотів зачинити вхідні двері.

– Не треба, – промовила Нора. – Нехай залишаються відчиненими.

– Але... хтось може увійти!

Нора тихо розсміялася.

– Так. Але лише хороші люди. Отож, усе гаразд, чи не так?

Я трохи подумав і кивнув.

– Так!

Я повернувся до автівки, все ще зволікаючи з від'їздом. Захмарилося. Почало сніжити. Великі білі лагідні сніжинки падали із підсвіченого місяцем неба – такі ж легковагі і безневинні, як ангельське лепетання.

Ми сіли в автівку. Хряснули двері. Нора завела двигун.

– Готовий? – перепитала Нора.

– Готовий.

– Чарлі...? – сказала Нора. – Коли ми приїдемо в Дублін, ти зможеш *поспати* зі мною... декілька днів? Не в тому сенсі... Мені просто необхідно, щоби хтось був поряд. Добре?

– Добре.

– Як би я хотіла... – почала вона, і її очі при цьому наповнилися сльозами. – Боже ж мій, як би я хотіла згоріти, а тоді відродитися знову. Згоріти так, щоби знову стати рівнею цьому дому, а тоді поселитися в ньому і жити там довіку, наче звичайна, пропахла вершками і ягодами молочарка. Але який, до дідькової матері, сенс у таких розмовах?

– Їдьмо, Норо, – м'яко сказав я.

Автівка рушила. Ми промчали повз озеро, і тільки гравій похрускував під шинами. А відтак звернули у гори, проминули густий засніжений ліс, і на останньому підйомі Норині сльози висохли. Вона ні разу не озирнулася. Ми мчали зі швидкістю сімдесят миль крізь дедалі густішу пелену пітьми назустріч темному небокраю, назустріч холодному кам'яному місту, і всю дорогу, ні на мить не відпускаючи, я тримав її за руку.

Жінки

Це виглядало так, ніби в зеленій кімнаті раптом хтось увімкнув світло.

Океан спалахнув. З-під води, мов туман, що ним дихає море осіннього ранку, на поверхню піднімалося біле сяйво. З горла якоїсь захованої на морському дні ущелини почали вириватися бульбашки повітря.

Це було щось живе, щось палахке, наче блискавка в зелених морських небесах, щось одвічне і прекрасне, і це щось неспішно піднімалося з морських глибин. Мушля, клапоть бозна-чого, бульбашка, водорость, проблиск, шепіт, плюскіт. Підвішані над безоднею, ледь колихались схожі на мозок і наче вкриті памороззю кущасті корали, жовті очка-намистини морської капусти та довжелезні пасма морської трави. Воно росло з кожним припливом і відпливом, росло впродовж віків, збираючи і накопичуючи геть усе, що траплялось – і найменшу піщинку, і чорнило восьминогів, і весь морський дріб'язок.

До сьогодні – це було щось свідоме самого себе.

Це була розумна зеленосяйна сутність посеред осіннього моря. Не маючи очей, вона бачила, не маючи вух, вона чула, не маючи тіла, вона відчувала. Вона постала із моря. І поставши з моря, вона могла бути тільки жінкою.

Зовні вона зовсім не була схожа на чоловіка чи жінку. Але вона була догідлива, підступна і таємнича, як і кожна жінка. Вона й рухалася плавно і граційно, як і кожна жінка. І в ній проглядалося все лукавство честолюбної жінки.

Крізь неї пропливали темні води і на своєму шляху до заток змішувалися з нетутешньою пам'яттю, що зринала у вигляді карнавальних ковпаків, дудок, серпантину, конфеті. Води проходили крізь той сяючий огром зеленого волосся, наче вітер крізь крону вікодавнього дерева. Тут були помаранчева шкірка, серветки, папірці, яєчна шкаралупа, недогоріле цурпалля з опівнічних пляжних багать – увесь непотріб тих довгоногих похмурих людей, котрі самотньо бредуть по пісках континентальних островів, людей із цегляних міст, людей зникомих, котрих з ревом понесуть по бетонних хайвеях металеві демони.

У мерехтінні та шумовинні сутність плавно виплила у ранкову прохолоду.

У мерехтінні та шумовинні плавно випливло у ранкову прохолоду її зелене волосся.

Вона довго долала темні морські глибини і тепер спочивала на хвилях. І дослухалася до узбережжя.

Там був чоловік.

Засмаглий до чорноти, із міцними ногами і таким самим тілом.

Кожного дня він заходив у море, купався і плавав. Але сьогодні він ще не заходив у воду. Поряд з ним знаходилася жінка у чорному купальнику. Зазвичай вона лежала біля нього на піску, щось тихенько щебечучи і сміючись. Інколи вони трималися за руки. Інколи слухали якусь маленьку коробку, з якої линула музика.

Зеленосяйна сутність тихо погойдувалась на хвилях. Був кінець сезону. Вересень. Все зачинялося.

«Тепер він коли-завгодно може поїхати і вже ніколи не повернутися. Сьогодні він мусить зайти в воду».

Вони лежали на піску під палючим сонцем. З радіоприймача линула тиха музика. Лежачи із заплющеними очима, жінка у чорному купальнику раптом здригнулася.

Чоловік, що лежав поряд, підклавши під голову свою м'язисту ліву руку, здавалося, всотував сонце всім обличчям, вдихав його ротом і ніздрями.

– Щось трапилося? – не піднімаючи голови, запитав він.

– Поганий сон, – сказала жінка у чорному купальнику.

– Сон серед білого дня?

– Хіба *тобі* ніколи нічого не сниться вдень?

– Мені *ніколи* нічого не сниться. Мені ніколи нічого в житті не снилося.

Вона лежала, нервово стискаючи та розтискаючи пальці.

– Боже, це був жахливий сон.

– Про що?

– Я не знаю, – сказала вона, так ніби і справді цього не знала. Її сон був настільки жахливим, що вона його забула. Тепер, лежачи із заплющеними очима, намагалася його згадати.

– Він був про мене? – потягуючись, ліниво запитав він.

– Ні, – відповіла вона.

– Про мене, – сказав він, посміхаючись самому собі. – Я був з іншою жінкою, ось у чому справа.

– Ні.

– І все-таки я гадаю, що це було саме так, – сказав він. – Я був з іншою жінкою. Ти нас побачила. Розпочався скандал, і як наслідок мене хтось застрелив чи щось подібне.

Вона мимоволі здригнулася.

– Не говори так.

– Тепер поміркуємо, – сказав він. – Що то була за жінка? Джентльмени віддають перевагу блондинкам, хіба ні?

– Будь ласка, не жартуй, – сказала вона. – Мені недобре.

Він розплющив очі.

– Невже цей сон так на тебе вплинув?

Вона кивнула.

– Коли мені сниться щось страшне посеред дня, це завжди мене дуже пригнічує.

– Пробач, – він узяв її за руку. – Може, принести тобі чогось?

– Ні.

– Морозиво у ріжку? Ескімо? Колу?

– Ти дуже милий, але не треба. Зі мною все добре. Просто щось змінилося за останні чотири дні. Все не так, як було раніше, влітку. Щось трапилося.

– Але не між нами? – спитав він.

– О ні, звичайно, ні, – швидко відповіла вона. – Але хіба в тебе не з'являється інколи відчуття, наче щось у довколишній місцевості змінилося? Як от, наприклад, причал чи карусель, чи щось інше. Навіть хот-доги цього тижня інші на смак.

– Що ти маєш на увазі?

– Вони начебто пахнуть старістю. Мені важко це пояснити, але я втратила апетит, і вже хочу, щоби ця відпустка закінчилася. Справді, найбільше, чого я зараз хочу, це поїхати додому.

– Завтра – наш останній день тут. Ти знаєш, що для мене означає цей зайвий тиждень відпустки.

– Я знаю, – зітхнула вона. – Якби ж тільки це місце не видавалося зараз настільки дивним і настільки іншим. І нічого не можу із собою вдіяти. Але раптом у мене з'явилося бажання просто підвестися і втекти.

– Це все через твій сон? Через мене, мою блондинку і через те, що мене раптом вбили?

– Припини, – сказала вона. – Не говори так про смерть! – Вона лежала на піску дуже близько біля нього. – Якби я тільки знала, що це було!

Він обійняв її:

– Я захищу тебе.

– Я боюся не за себе, а за тебе, – прошепотіла вона йому у вухо. – У мене було таке відчуття, що ти втомився від мене і пішов.

– Я би не зробив цього. Я люблю тебе.

– Я дурноголова, – вона напружено засміялася. – Боже, яка ж я дурноголова!

Небо із сонцем застигло над ними наче купол.

– Знаєш, – замислено промовив він, – здається, я також починаю тебе розуміти. Це місце змінилося. Щось *справді* змінилося.

– Я рада, що ти теж це відчуваєш.

Заплющивши очі і впиваючись сонцем, він із ледве вловимою посмішкою похитав головою і тихо повторив:

– Ми обоє божевільні. Обоє божевільні. Обоє.

Море м'яко викотило на берег три хвилі.

Було по обіді. Сонце війнуло по небу жаром. Виблискуючи білими вітрилами, в гавані на хвилях погойдувалися яхти. Вітер доніс запах смаженого м'яса і підгорілої цибулі. Пісок зашурхотів і ворухнувся, наче відображення у гігантському, плинному дзеркалі.

Поряд тихенько награвало радіо. Їхні тіла на білому піску видавалися чорними стрілками годинника. Вони лежали непорушно. Тільки повіки ледь помітно тремтіли і вуха нашорошено вслухалися. Час від часу хтось із них облизував язиком пересохлі губи. Ледь помітні краплі поту проступали на чиємусь чолі, щоби водномить зникнути під палючими променями сонця.

Не розплющуючи очей, він підняв голову, вслухаючись у спеку.

Тихо грало радіо.

На якусь мить він опустив голову.

Через мить вона відчула, що він знову припіднявся. Жінка привідкрила одне око – спершись на лікоть, він розглядав причал, небо, воду і пісок.

– Що сталося? – запитала вона.

– Нічого, – відповів він, знову влягаючись.

– Щось сталося, – сказала вона.

– Мені здалося, ніби я щось почув.

– Це радіо.

– Ні, не радіо. Щось інше.

– Якесь *інше* радіо?

Він не відповів. Вона відчувала, як він знову і знову напружує руку і хоче піднятися.

– Прокляття! – сказав він. – Ось знову.

Обоє лежали і вслухалися.

– Я нічого не чую...

– Т-с-с! Заради Бога! – вигукнув він.

Хвилі розбивалися об берег, наче німі дзеркала, розсипаючись на безліч дзвінких шматочків плинного скла.

– Хтось співає.

– Що?

– Можу заприсягнутися, що я чув, як хтось співає.

– Нісенітниця.

– Ні, послухай.

Якийсь час вони знову вслухалися.

– Я нічого не чую, – сказала вона крижаним тоном.

Він підвівся. Надовкіл не було ні душі. Тільки порожнє небо, порожній причал, порожній пляж та порожні палатки з хот-доґами. Тільки сторожка тиша. І тільки вітер стелився біля вух, вітер причепурював його із сонячної сторони, пригладжуючи волосинки на руках і ногах.

Він зробив крок до моря.

– Не роби цього! – вигукнула вона.

Чоловік якось дивно поглянув на неї, так наче її там зовсім не було. Він все ще вслухався.

Вона додала радіо гучності. Звідти загриміли музика, звуки ритму, якісь слова: «...*я знайшов крихітку на мільйон доларів...*»[1]

Він невдоволено скривився і різко прикрив долонею обличчя:

– Вимкни!

– Ні, мені подобається! – вона ще додала гучності. Клацаючи пальцями і силкуючись посміхатися, жінка почала рухатися під музику, не потрапляючи в ритм.

Була друга година.

---

[1] Рядок із популярної американської пісні «*I Found a Million Dollar Baby (in a Five and Ten Cent Store)*» (музика Гаррі Воррена, текст Морт Діксон і Біллі Ровза). Вперше прозвучала у виконанні Фанні Брайс у травні 1931 р. у бродвейському мюзиклі Біллі Ровза «*Quilt*». Відтоді побутує у багатьох версіях.

Сонце плавило воду. Ветхий причал важко зітхав від спеки. У розпеченому небі не в змозі поворухнутися застигли птахи. Крізь зелене течиво надовкола причалу пробивалося сонце, вибілюючи нерухоме шумовиння, що дрейфувало у прибережних брижах.

Біла піна, схожі на мозок і наче вкриті памороззю кущасті корали, очка-намистини морської капусти, припливне порохно...

Засмаглий чоловік продовжував лежати на піску. Побіля нього – жінка у чорному купальнику.

Над водою легеньким туманцем тихо стелилася музика. Це була шепітлива музика припливів і промайнулих років, солі і мандрів, звичних і втішних дивовиж. Схожа на шерхіт хвиль на узбережжі, на шемрання дощу, на погойдування морської трави у морських безоднях. Так звучить спів загубленої у часі мушлі. Так у забутих трюмах затонулих кораблів натужно зітхає море. Так висвистує вітер у висхлому черепі, викинутому на гарячий пісок.

Але радіо, що лежало на покривалі, грало гучніше.

Зеленосяйна сутність, наче втомлена жінка, легко занурилась у воду і зникла з очей. «Ще кілька годин і все. Вони можуть поїхати у будь-який момент. Якби він хоча б на мить зайшов у воду, тільки на мить». Схожа на клапоть туману у морі, сутність беззвучно ворухнулася. Вона уявляла його обличчя і його тіло тут, глибоко під водою. Уявляла, як його хапає прихована підводна течія, як вона тягне його на дно, як він тоне – так само, як тонули вони всі, – як він нестямно жестикулює, як його затягує все глибше і глибше.

Ось вода висотує тепло з його тіла, а наче вкритий памороззю кораловий мозок і хмарка коштовних піщинок – гарячий подих із його розтулених губ.

Хвилі перекотили ці розмиті і мінливі думки на мілини, прогріті пообіднім сонцем, як у ванній.

«Він не повинен піти. Якщо він зараз піде, то вже не повернеться».

«Зараз, – холодні кущасті корали дрейфували, дрейфували. – Зараз, – клич пробивався крізь спекотні простори раннього пообіддя. – Зайди у воду. Зараз, – нашіптувала музика. – Зараз».

Жінка у чорному купальнику налаштовувала хвилю на радіоприймачі.

– Увага! – репетувало радіо. – Сьогодні! Вже! Ви можете купити нову автівку у...

– Господи! – Чоловік потягнувся рукою і стишив звук. – Обов'язково так голосно?!

– Мені подобається гучна музика, – сказала жінка у чорному купальнику, озираючись через плече на море.

Була третя година. Небо потопало у сонці.

Весь спітнілий, він підвівся.

– Піду скупаюся, – сказав він.

– Може, спершу принесеш мені хот-доґ?

– Краще зажди, поки я скупаюсь.

– Будь ласка, – вона прохально випнула губи, – *зараз*.

– І більше нічого?

– Ні. Але принеси мені *три*.

– Три? Боже, який апетит! – він побіг до маленького кафе неподалік.

Жінка почекала, поки він відбіжить подалі. Тоді вимкнула радіо і довго лежала, вслухаючись. Безгоміння. Вона вглядалася у воду, аж поки від сонячного ряботіння не закололо в очах.

Море втишилося. Лише вдалині на лагідних хвильках мерехтіли тисячі сонць. Мружачись, вона зі злістю поглядала на воду.

Перестрибуючи з ноги на ногу, повернувся чоловік.

– Прокляття! Пісок такий гарячий! Аж ноги обпікає! – Він упав на покривало. – Ось бери!

Вона взяла три хот-доґи і мовчки з'їла один із них. Два інших простягнула йому:

– Доїж, будь ласка. Бо мої очі ще би їли, та рот вже не може.

Він мовчки взявся за хот-доґи.

– Наступного разу, – сказав він, дожовуючи, – не замовляй більше, ніж ти можеш з'їсти. Жахливе марнотратство.

– Ось, – сказала вона, розкручуючи термос, – ти, напевно, хочеш пити. Допий наш лимонад.

– Дякую. – Він допив. Потім плеснув в долоні і сказав: – Ну, тепер я у воду. – Він з нетерпінням поглянув на вилискуюче море.

– Зажди-но, – сказала вона, щойно пригадавши. – А може, ти би купив мені ще пляшечку лосьйону для засмаги? У мене закінчився.

– А хіба у твоїй сумочці немає?

– Я використала весь.

– Могла би сказати мені про це, коли я ходив за хот-доґами, – пробурчав чоловік. – Ну та Бог із ним.

Він побіг, підстрибуючи на бігу.

Коли чоловік зник із очей, вона витягнула зі своєї сумочки наполовину повну пляшечку з лосьйоном, розкрутила ковпачок і вилила рідину. Зашпортуючи її піском, вона позирала на море і посміхалася. Потім піднялася, підійшла до самої води і довго вглядалася у ледь помітне ряботиння.

«Ти не зможеш його забрати, – думала вона. – Я не знаю, хто ти чи що ти, але він мій, і ти не зможеш його забрати. Я не розумію, що відбувається, справді, не розумію. Я знаю тільки те, що сьогодні о сьомій вечора ми сядемо у поїзд. І завтра нас тут уже не буде. Отож, залишайся і жди. Океан, море – чи як там тебе. Але сьогодні, але тут цьому не бути. Як би ти не старалася, ти мені не рівня».

Жінка підняла камінець і жбурнула його в море.

– Ось, тримай! – кричала вона. – Ти!

Чоловік стояв за її спиною.

– Ой, – вона аж відсахнулася.

– Що це з тобою? Чому ти стоїш тут і щось бурмочеш?

– Справді? – вона сама здивувалася. – А де лосьйон для засмаги? Помастиш мені спину?

Тоненьким жовтим шнурочком наливши їй на спину лосьйону, він почав втирати його у її золотаву шкіру. Лукаво примруживши очі, вона час від часу позирала на воду і, киваючи головою, наче примовляла: «Ну що, бачиш? Ха-ха!» Вона муркотіла, наче кішка.

– Ось, – він віддав їй пляшечку.

Коли він вже був по пояс у воді, вона закричала:

– Куди ти? Повернися!

Він оглянувся на неї так, ніби вона була для нього зовсім чужою:

– Заради Бога! Що не так?!

– Ти щойно поїв – я не дозволю тобі зайти в воду зараз, щоб тебе схопили судоми.

– Байки старих домогосподарок, – відповів він із насмішкою.

– Навіть якщо й так, повернися і посидь на піску якусь годинку, перш ніж іти в воду, чуєш? Я не хочу, щоби ти потонув.

– О Господи... – невдоволено зітхнув він.

– Ходімо, – жінка повернулася, і він, оглядаючись на море, попрямував за нею.

Третя година. Четверта.

О четвертій десять погода змінилася. Лежачи на піску, жінка у чорному купальнику помітила цю близьку зміну. Хмаритися почало ще від третьої години. І ось тепер якось несподівано з моря посунув туман. Похолоднішало. Бозна-звідки з'явився вітер. Небо на очах затягло темними хмарами.

– Збирається на дощ, – сказала вона.

Він сидів, схрестивши руки на грудях, і дивився на неї.

– Здається, ти дуже з цього задоволена, – зауважив він. – Це наш останній день тут, а ти радієш хмарам.

– На вечір прогнозують зливи, і на завтра також, – повідомила вона. – Тому, можливо, нам краще поїхати звідси вже сьогодні?

– Давай залишимося – а раптом розпогодиться. У будь-якому разі, мені потрібен ще хоч один день для купання, – сказав він. – Я сьогодні ще навіть не був у воді.

– Ми так гарно провели час – за розмовами та хот-доґами.

– Так, – відповів він, не підводячи погляду.

Туман лягав на пісок м'якими пасмами.

– Ну от! – сказала вона. – Мені на ніс впала крапля дощу! – Вона розсміялася. Її очі знову заблистіли і пожвавішали. Обличчя світилося тріумфом. – Добрий старий дощ.

– Чому ти така задоволена? Ти як біла ворона.

– Давай рухайся! Дощ! – вигукувала вона. – Допоможи мені зібрати покривала. Треба бігти!

Він повільно зібрав покривала, замислившись про щось своє.

– Навіть не скупався востаннє, от дідько, я всього лише хотів один раз пірнути. – Він всміхнувся до неї. – Я лише на хвилинку!

– Ні! – Вона зблідла. – Ти застудишся – і мені тоді прийдеться за тобою доглядати!

– Ну добре, добре. – Він знову повернувся до неї.

Почало накрапати.

Щось мугикаючи собі під ніс, жінка швидким кроком рушила до готелю. Він ішов позаду.

– Зажди! – крикнув він.

Вона зупинилась, не повертаючи голови. І почула його голос – вже здалеку.

– Там хтось у воді! – кричав він. – Хтось тоне!

Вона боялася поворухнутися, чуючи лише, як він поспішає до моря.

– Зачекай тут! – кричав він. – Я зараз повернуся! Хтось тоне! Здається, це жінка!

– Поклич рятувальників!

– Вже пізно! Їх немає!

Він біг вниз до узбережжя, до моря, до хвиль.

– Повернися! – кричала вона. – У воді нікого немає! Не треба, прошу тебе, не треба!

– Не хвилюйся, я швидко! – кричав він їй. – Вона тоне, он там, бачиш?

Берег огорнув туман. Линув дощ. Поміж хвилями раз у раз спалахувало біле сяйво. Він біг. Покинувши все пляжне причандалля, жінка у чорному купальнику поспішила за ним. З її очей лилися сльози.

– Не треба! – Вона простягала до нього руки.

Він стрибнув у темну хвилю, що саме накотилася з моря.

Жінка у чорному купальнику залишилася чекати під дощем.

О шостій годині сонце сіло десь за чорними хмарами. Дощ м'яко лопотів по воді, наче десь далеко вибивали дріб барабани.

Сяюча сутність заворушилася.

Її невловимі форми – шумовиння, водорості, що були схожі на довгі пасма дивовижного зеленого волосся – виблискували, погойдуючись на хвилях. А під нею, на самому дні, лежав чоловік.

«Такі нетривкі». Шумовиння накипало на хвилях і розлiталося геть. Мозкові звивини наче вкритого памороззю кущастого коралу про щось замислилися: «Чоловіки. Вони такі нетривкі... Ламаються, наче ляльки. Вони ні для чого не придатні. Лише хвилина під водою – і вони безсиліють, нічого не бачать надовкола, судомно смикаються і посіпують ногами, а тоді несподівано завмирають і просто лежать. Тихенько лежать. Так дивно. І варт було вичікувати стільки днів, щоби так розчаруватися?! Що з ним тепер робити? Он він – голова звисає, рот відкритий, повіки опускаються, очі осклілі, шкіра поблідла. Прокидайся, дурнику! Прокидайся!»

Вода омивала його.

Чоловік вільно висів у воді, роззявивши рота.

Фосфоренція, довгі зелені пасма зникли.

Його було звільнено. Хвиля принесла його назад до німотного берега. До дружини, котра зачекалася на нього під холодним дощем.

Дощ невпинно поливав чорні води.

Під важко навислим сірим небом у сутінках закричала жінка, і її крик рознісся далеко навкруги.

«О, – міріади прадавніх піщинок мляво ворухнулися у воді, – хіба це не схоже на жінку? *Їй* він *також* тепер не потрібен!»

Була сьома година. Лило як із відра. Споночіло і похолоднішало. Готелі на узбережжі мусіли ввімкнути опалення.

Мить у сонячнім промінні

Одного спекотного дня наприкінці жовтня вони приїхали в готель *«Де лас Флорес»*. У внутрішньому дворику готелю палахкотіли червоні, жовті та білі квіти, схожі на вогонь, що освітлював їхню маленьку кімнатчину. Чоловік – високий, чорнявий, блідий – виглядав так, ніби всі ці десять тисяч миль їхав у сні. Він пройшов через вимощений плиткою внутрішній дворик, несучи в руках кілька простирадел, зі змученим зітханням гепнувся на вузьке ліжко в номері та заплющив очі. Поки він лежав, його дружина, молода золотоволоса жінка віку двадцяти чотирьох літ, в окулярах з роговою оправою, посміхаючись адміністратору готелю містеру Ґонсалесу, снувала між кімнатою і машиною.

Сперш вона притягла дві валізи, потім друкарську машинку. Подякувала містеру Ґонсалесу, рішуче відмовившись від його допомоги. Згодом притягнула величезний пакунок з мексиканськими масками, що їх прикупила в озерному містечку Пацкуаро, і знову побігла до автівки за

273

меншими валізами та сумками; не забула при цьому і за запасну шину, яку боялася залишити в машині, щоби місцеві жителі не поцупили. Паленіючи від напруження, вона тихо наспівувала, замикаючи автівку і перевіряючи, чи всі вікна закриті, а потім попрямувала назад у кімнату, де її чоловік, заплющивши очі, лежав на одному із ліжок.

— О Боже, — не розплющуючи очей, пробурмотів він, — ну й ліжко, хай йому грець. Помацай. Я ж тобі казав, проси з м'якими матрацами. — Він втомлено ляснув по ліжку. — Тверде, мов камінь.

— Я не вмію говорити по-іспанськи, — відказала спантеличена дружина. — Треба було самому говорити із власником.

— Слухай, — мовив він, повернувши голову і привідкривши сірі очі, — я цілу дорогу був за кермом. А ти просто сиділа і дивилася у вікно. Ми ж домовлялися: усі витрати, готелі, бензин, мастила і так далі ти береш на себе. Це вже другий готель, де нам трапляються жорсткі ліжка.

— Вибач, — сказала вона, починаючи нервувати.

– Можу я хоча б ночами спати нормально?

– Я вже вибачилась.

– Ти навіть не додумалася *помацати* ці ліжка?

– Вони здалися мені цілком нормальними.

– Ні, ти все-таки помацай.

Він ляснув по ліжку долонею і ткнув її в бік.

Жінка повернулась до свого ліжка і сіла, перевіряючи.

– Нормальний матрац.

– Отож бо й воно, що ні.

– Ну, може, мій м'який.

Він втомлено перекинувся і простягнув руку, щоби помацати інше ліжко.

– Можеш спати на ньому, якщо хочеш, – запропонувала вона, видавлюючи посмішку.

– Воно теж жорстке, – зітхнув він, знову відкинувшись на ліжко і заплющивши очі.

Обидвоє замовкли. В кімнаті повіяло холодом, хоча за вікном серед буйної зелені полум'яніли квіти, а небо світилося чудовою блакиттю. Нарешті жінка встала, схопила друкарську машинку, чемодан і попрямувала до дверей.

– Куди ти йдеш? – спитав він.

– До автівки, – мовила вона. – Поїдемо шукати інший готель.

– О Господи! Сядь, ми переночуємо тут, а завтра поїдемо далі.

Вона поглянула на всі ці коробки, ящики, валізи, одяг, запаску і опустила друкарську машинку на підлогу.

– До дідька! – раптом вереснула вона. – Забирай мій матрац. Я буду спати на пружинах.

Він промовчав.

– Бери мій матрац та й по всьому! – повторила та. – На, тримай!

Вона скинула ковдру й рвонула матрац.

– А що, на двох зручніше, – серйозно сказав він, розплющуючи очі.

– Господи, та забирай обидва, я можу спати й на цвяхах! Тільки перестань скиглити.

– Обійдуся. – Він відвернувся. – Це непорядно.

– Взагалі непорядно здіймати галас через якийсь матрац. Боже, не такий вже він жорсткий. Якщо втомився, то заснеш й на такому. Скільки можна бурчати, Джозефе?

– Не заводься, – відказав той. – Краще сходи довідайся про вулкан Парикутин[1]!

– Зараз піду. – Вона все ще стояла із розпашілим лицем.

– Дізнайся, скільки коштує проїзд на таксі і підйом на конях в гори до вулкана, не забудь подивитися на небо: якщо воно блакитне, отже, сьогодні виверження не буде. Дивись, щоби тебе не обдурили.

– Якось дам собі раду.

Вона вийшла, зачинивши за собою двері. У коридорі стояв сеньйор Ґонсалес. Він хотів дізнатися, чи все у них добре.

* * *

Вона йшла повз міські вітрини, вдихаючи солодкуватий запах гарячого попелу. Небо над містом було блакитне, тільки на півночі (а, може, на заході чи на сході, вона точно не знала) величезна чорна хма-

---

[1] Парикутин (ісп. *Paricutín*) – наймолодший мексиканський вулкан, що знаходиться у центральній частині країни у штаті Мічоакан. Перше виверження відбулося 20 лютого 1943 р. біля села Парикутин, звідки і назва вулкана.

ра піднімалася зі страхітного вогнедишного вулкана. Дивлячись на нього, вона відчула у тілі легке тремтіння. Потім на вулиці помітила опецькуватого таксиста і почала торгуватися. Ціна із шістдесяти песо, незважаючи на похмуре розчарування, що проглядалося на обличчі кривозубого товстуна, швидко впала до тридцяти семи. Отже, він має під'їхати завтра о третій годині пополудні, зрозуміло? Тоді вони встигнуть минути запорошені сірим снігом рівнини, покриті вулканічним попелом, де на милі навколо панувала пилова зима, і прибути до вулкана до заходу сонця. Чи правильно він її зрозумів?

– *Si, senora, esta es miuy claro, si!*[1]

– *Bueno*[2].

Жінка сказала йому номер своєї кімнати в готелі і попрощалася.

Вона блукала по місту сама, заходячи в крамнички, відкривала маленькі лакові шкатулочки і вдихала пряний аромат камфорного дерева, кедра і кориці. Вона захоплено спостерігала, як ремісники бритвочками, що вилискували на сонці, вирізу-

---

[1] Так, сеньйоро, все зрозуміло. (*ісп.*)

[2] Добре. (*ісп.*)

ють неймовірні квіти, а потім заливають ці візерунки червоною і синьою фарбами. Місто несло її, наче тихоплинна, неспішна ріка, жінка поринула в нього з головою і йшла, сама того не помічаючи, з усміхом на обличчі.

Раптом жінка глянула на годинник. Минуло півгодини, відколи вона вийшла з готелю. Її обличчя спохмурніло. Вона було пробігла кілька кроків, а відтак, знизавши плечима, пішла не поспішаючи, як і раніше.

Жінка йшла прохолодними готельними коридорами, викладеними керамічною плиткою, і вслухалася у солодкоголосі пташині руляди, що доносилися із клітки під сріблястим канделябром на глинобитній стіні, а за небесно-блакитним роялем сиділа дівчина з м'яким і довгим темним волоссям, граючи ноктюрн Шопена.

Жінка поглянула на вікна кімнати. Штори опущені. Була третя година дня, неспекотного дня. У кінці готельного патіо продавали прохолоджувальні напої, і вона купила чотири пляшки кока-коли. Посміхаючись, жінка відчинила двері їхньої кімнати.

– Швидше, звичайно, ти не могла – пробурчав він, відвертаючись до стіни.

– Ми виїжджаємо завтра о третій дня, – сказала вона.

– А ціна?

Жінка посміхнулася йому у спину, тримаючи в руках холодні пляшки.

– Всього тридцять сім песо.

– Вистачило би двадцяти. Нема чого цим мексиканцям наживатися на нас.

– Я багатша за них; і якщо хто *заслуговує* бути обдуреними, так це ми.

– До чого тут це? Просто вони *люблять* торгуватися.

– Коли я з ними торгуюся, то почуваюся скнарою.

– У путівнику написано, що вони спеціально називають подвійну ціну і чекають, що ти виторгуєш половину.

– Не варто зчиняти галас через долар.

– Долар є долар.

– Я сама заплачу цей долар, – промовила вона. – Я принесла холодні напої. Хочеш?

– Що там у тебе? – він підвівся і сів на ліжку.

– Кока-кола.

– Ти ж знаєш, я не люблю кока-колу, віднеси дві пляшки назад і візьми апельсиновий сік.

– Будь ласка! – сказала вона, стоячи на місці.

– Будь ласка, – повторив він, дивлячись на неї. – Як там вулкан, димить?

– Димить.

– Ти питала?

– Ні, я подивилася на небо. Все в диму.

– Треба було запитати.

– Так небо ось-ось вибухне від диму.

– А як нам дізнатися, що виверження буде саме завтра?

– Ніяк. Якщо виверження не буде, відкладемо поїздку.

– Я теж так гадаю. – Він знову ліг.

Вона принесла дві пляшки апельсинового соку.

– Щось він не холодний, – буркнув чоловік, зробивши кілька ковтків.

Вони повечеряли у патіо: біфштекс, зелений горошок, порція іспанського рису, трохи вина і пряні персики на десерт.

Витерши серветкою рот, він промовив:

– Хотів тобі сказати. Я перевірив записи того, що заборгував тобі за останні шість днів, поки ми їхали від Мехіко. Ти казала, що я винен тобі сто двадцять п'ять песо, тобто приблизно двадцять п'ять американських доларів, правильно?

– Так.

– Я все підрахував, і в мене вийшло двадцять два.

– Гадаю, ти помиляєшся, – заперечила вона, продовжуючи копирсати ложечкою персик.

– Я перевіряв двічі.

– Я теж.

– Гадаю, ти порахувала невірно.

– Можливо. – Вона різко звелася на ноги, з гуркотом відсуваючи стілець. – Ходімо перевіримо.

У номері під увімкненою лампою лежав відкритий записник. Вони почали перевіряти рахунки разом.

– Бачиш, – спокійно сказав він. – У тебе три долари зайвих. Як таке могло статися?

– Так вийшло. Вибач.

– Бухгалтер з тебе нікудишній.

– Я стараюся.

– Погано стараєшся. Я був переконаний, що в тебе є хоч крапля відповідальності.

– Я дуже стараюся.

– Ти забула перевірити, чи достатньо повітря у шинах, ти вибрала номер із жорсткими ліжками, ти постійно все губиш, в Акапулько запропастила ключ від багажника, закинула кудись манометр від насоса, і до того ж не вмієш робити підрахунки. А я мушу весь цей час вести машину...

– Знаю, знаю, ти цілими днями сидиш за кермом і втомився, у Мехіко підхопив ларингіт і боїшся, що зараз він знову дасться взнаки, тобі б не хотілося, щоби він дав ускладнення на серце, тому найменше, що я можу для тебе зробити – це тримати свій ніс в чистоті, а рахунки в порядку. Я все це знаю напам'ять. Але я лише письменниця і можу помилятися.

– Таким робом ти ніколи не станеш успішною письменницею, – сказав він. – Додавання – це ж так просто.

– Я зробила це ненавмисне! – крикнула вона, відкинувши олівець. – Дідько! *Краще* б я обдурила тебе навмисне. Зараз я багато про що жалкую. Жалкую, що загубила манометр ненавмисно, у будь-якому разі, мені було би приємно знати, що я зробила це тобі на зло. Жалкую, що не спеціально вибрала ці ліжка через жорсткі матраци, от би я посміялася сьогодні вночі, думаючи, як жорстко тобі на них спиться; жалкую, що не зробила *цього* навмисно. А тепер мені прикро, що я не зумисне підтасувала цифри. Я би посміялася над цим від душі.

— Та заспокойся вже, — сказав він їй, наче дитині.

— Побий мене грім, якщо я мовчатиму.

— Скільки грошей у тебе залишилося?

Засунувши тремтячі пальці в гаманець, вона вийняла всі свої гроші. Коли він перерахував, виявилося, що зникло п'ять доларів.

— Ти не тільки нікудишній рахівник, а ще й обкрадаєш мене. Пропали ще п'ять доларів. Куди вони ділися?

— Не знаю. Напевно, я забула записати до витрат, а якщо й записала, то забула вказати, на що їх витратила. Господи, я не хочу знову перераховувати весь цей список. Краще заплачу недостачу зі своїх грошей. Візьми свої п'ять доларів! А тепер підемо прогуляємося на свіже повітря, тут так душно.

Вона рвучко відчинила двері, тремтячи від гніву, який абсолютно не відповідав ситуації. Її трясло, кидало то в жар, то в холод, вона знала, що її щоки горять, а очі блищать, а коли сеньйор Ґонсалес вклонився і побажав їм приємного вечора, у відповідь їй довелося кисло усміхнутися.

— Тримай, — сказав чоловік, простягаючи їй ключ від номера. — Тільки, ради Бога, не згуби.

На *zocalo*[1], що потопала у зелені, грав оркестр. Він свистів, сурмив, гудів і ревів на прикрашеній бронзовими завитками естраді. Площа рясніла різношерстим людом і буйством кольорів: чоловіки та юнаки ступали в одну сторону по рожево-блакитній брук*вці, а жінки і дівчата — в іншу, підморгуючи одна одній темними, наче маслини, очима; чоловіки, тримаючись під руки, то зближалися з ними, то розходилися, про щось перемовляючись. Жінки і дівчата, немов квіти, танцювали, сплітаючись у вінки, сповнювали все надовкіл солодким ароматом, що розносився літнім нічним вітерцем над остиглими візерунками бру-

---

[1] площа. (*ісп.*)

ківки, і шепотіли услід носіям прохолод-
жувальних напоїв, тамалю[1] й енчілад[2].

Оркестр заграв «Янкі-дудл»[3] для білявої
жінки в окулярах з роговою оправою, яка,
широко посміхаючись, повернулася до сво-
го чоловіка. Потім, коли прозвучали «La

---

[1] Тама́ле (англ. *tamale*, ісп. *tamal*) – мексиканська
страва; млинець з кукурудзяної муки, загорну-
тий у кукурудзяне листя і приготований на парі.
Може містити начинку з м'ясного фаршу, сирів,
фруктів чи овочів, часто з перцем чілі.

[2] Енчілада (ісп. *enchilada*) – традиційна страва
мексиканської кухні у формі тонкої тортильи із
кукурядзяної муки, в яку загорнута начинка (за-
звичай – із курячого м'яса).

[3] «Янкі-дудл» (*«Yanki Doodle»*) – національна
пісня у США, на даний час трактована у патрі-
отичному сенсі, хоча виникла як гумористична.
«Янкі-дудл» – це водночас і гімн штату Коннек-
тикут. Тривіальна мелодія цієї пісні була начебто
відома в Англії за часів правління Карла I (з 1616
по 1649) під назвою «Nankey-Doodle» і її співали
королівські кавалеристи, насміхаючись із Кром-
веля. Під час колоніальної війни із французами
у червні 1755 р. пісня була перенесена англій-
ським військом у Північну Америку. Вважають,
що новий текст пісні, написав полковий лікар
Річард Шакберґ *(Richard Shuckburgh)* і в ньому
звучало насмішкувате ставлення британських
офіцерів до місцевих новобранців.

Cumparsita» і «La Paloma Azul»[1], вона відчула, як на душі у неї потепліло, і почала тихенько наспівувати.

– Ти поводишся як туристка, – дорікнув їй чоловік.

– Я просто насолоджуюся.

– Не будь дурепою.

Повз них, човгаючи, пройшов торговець срібними дрібничками.

– *Senor?*

Поки оркестр грав, Джозеф оглянув товар і вибрав дуже витончений, розкішний браслет.

– Скільки?

---

[1] «La Cumparsita» («Маленький парад») – музичний твір, написаний у 1916 р. 22-річним Херардо Матос Родрігесом, уругвайським музикантом. «Кумпарсіта» є одним із найвідоміших та найпопулярніших танго всіх часів. Спочатку це була мелодія без слів, а пізніше аргентинський письменник і музикант Паскуаль Контурсі (*Pascual Contursi*, 1888–1932) написав слова, і це стало найпопулярнішою версією пісні. Пісня починається зі слів: «Маленький парад безкінечних страждань...». За указом президента з 2 лютого 1998 р. «Кумпарсіта» оголошена народним та культурним гімном Уругваю. *La Paloma Azul* («Голуба голубка») – мексиканська народна пісня.

– *Veinte pesos, senor*[1].

– Ого! – з посмішкою промовив Джозеф і сказав по-іспанськи: – Я дам тобі за нього п'ять песо.

– П'ять песо?! Я помру з голоду.

– Не торгуйся з ним, – втрутилася дружина.

– Не втручайся, – посміхаючись, сказав чоловік. – П'ять песо, сеньйор, – повторив він торговцю.

– Ні, ні. Остання ціна – десять песо.

– Ну, добре, я даю вам шість, і ні песо більше.

Торговець з переляку розгубився, зам'явся, а Джозеф поклав браслет на червону сап'янову розноску і відвернувся:

– Я не буду брати. На все добре!

– *Senor!* Шість песо, і він ваш!

Чоловік розсміявся.

– Дай йому шість песо, люба.

Заціпенілими руками вона взяла гаманець і простягнула торговцю кілька банкнот. Торговець пішов.

– Сподіваюся, ти задоволений? – спитала вона.

---

[1] Двадцять песо, сеньйоре. (*ісп.*)

– Задоволений? – посміхаючись, він підкинув браслет над блідою долонею. – Аякже, я купив браслет за долар і двадцять п'ять центів, а в Штатах він коштує тридцять доларів!

– Мушу зізнатися, що я дала йому десять песо.

– Що?! – усмішка зникла з його лиця.

– Разом з банкнотами по одному песо я дала одну банкноту в п'ять песо. Не хвилюйся. Я поверну їх із власних грошей. Ці п'ять песо не ввійдуть в рахунок, який я подам тобі наприкінці тижня.

Він промовчав. Опустивши браслет у кишеню, подивився на оркестр, який тягнув останні акорди «Ay, Jalisco»[1], а потім додав:

– Ти дурепа. Дозволяєш цим людям виманювати у себе гроші.

---

[1] Пісня *«¡Ay Jalisco, no te rajes!»* («Ей, Халіско, не падай духом!») належить до традиційних мексиканських пісень, створених у стилі ранчерос; її основна тема – «роман» між штатом Халіско – «нареченим» і «нареченою» – Ґвадалахарою. Пісня була написана у 1941 р. (автор слів – Мануель Есперон, композитор – Ернесто Кортасар-старший).

Вона відійшла від нього, не мовивши ні слова. А на душі відчула полегшення і почала насолоджуватися музикою.

– Я втомився, піду в номер, – сказав чоловік.

– Ми проїхали всього сотню миль від Пацкуаро.

– Щось у мене знову дере в горлі. Ходімо.

Вони пішли в готель, залишаючи позаду звуки музики та людей, які продовжували прогулюватися, перешіптуватися і сміятися. Оркестр заграв «Пісню тореадора»[1]. Барабани вистукували, наче у літню ніч величезні втомлені серця. У повітрі відчувався аромат папайї, запах непрохідних зелених джунглів та підземних джерел.

– Я проведу тебе в номер, а сама повернуся сюди, – сказала вона. – Мені хочеться послухати музику.

– Не будь такою наївною.

---

[1] Правильніше, «Марш тореадора» із опери «Кармен» (фр. *Carmen*), написаної французьким композитором Жоржем Бізе (Georges Bizet, 1836–1875), лібрето Анрі Мельяка та Людовіка Галеві за однойменною новелою Проспера Меріме. Опера вперше була поставлена в Парижі у театрі Опера Комік 3 березня 1875 р.

– Але мені подобається. Хай йому чорт! Мені подобається ця музика. У ній немає фальші, вона справжня. Така ж справжня, як все, що народжується в цьому світі, ось чому вона мені подобається.

– Я би не хотів, щоб ти швендяла по місту сама, в той час коли мені зле. Несправедливо, якщо ти побачиш щось цікаве, а я ні.

Вони повернулися в готель, але музику, як і раніше, було добре чути.

– Якщо хочеш гуляти сама, то й подорожуй сама і в Штати повертайся сама, – сказав Джозеф. – Де ключ?

– Напевно, загубила.

Вони зайшли в номер і роздягнулися. Чоловік сів на край ліжка, дивлячись на нічне патіо. Потім хитнув головою, потер очі і зітхнув.

– Я втомився. Сьогодні у мене був жахливий день.

Він подивився на дружину, котра сиділа поруч, і поклав руку їй на плече.

– Вибач. Я так дратуюся, коли веду машину, та й іспанською ми розмовляємо абияк. До вечора мої нерви вже не витримують.

– Так, – відповіла вона.

Раптом він підсунувся до неї. Міцно обійнявши її і пригорнувши до себе, він поклав голову їй на плече. Заплющивши очі, чоловік пристрасно почав нашіптувати їй на вухо:

– Ти ж знаєш, ми *повинні* бути разом. Що би не трапилося, які би труднощі не випали на нашу долю, ми *завжди* будемо разом. Я дуже-дуже тебе кохаю, ти знаєш. Даруй, якщо тобі зі мною важко. Нам треба це пережити.

Її погляд був непорушно спрямований через його плече на порожню стіну, яка в ту мить видавалася схожою на її життя – безмежною порожнечею, у якій годі за щось зачепитися. Вона не знала, що казати, що зробити. Раніше вона би розтанула.

Але тепер трапилося те, що трапляється з металом, який занадто часто розжарювали і перековували задля надання форми. Він перестав розжарюватися, перестав прибирати форму, ставши таким собі тягарем. Так і вона тепер – непотрібний тягар, який механічно рухається в його руках:

слухає його і водночас не чує, розуміє і не розуміє, відповідає і не відповідає.

– Так, ми завжди будемо разом, – заворушилися її губи. – Ми кохаємо один одного.

Її губи промовляли те, що потрібно було промовити, але душа зосередилася у тому її погляді, що все глибше врізався у порожнечу стіни.

– Так. – Вона обіймала і не обіймала його. – Так.

У кімнаті стемніло. За дверима у коридорі лунали чиїсь кроки: хтось, можливо, мигцем поглянув на їхні зачинені двері, а може, почув їхній гарячкуватий шепіт, схожий на крапотіння води з погано закрученого крана чи з продірявленої каналізаційної труби, а може, на шелестіння книжкових сторінок під самотньою ввімкненою лампою. Нехай собі шепочуться за дверима: ніхто в світі, проходячи по мощених плиткою коридорах, не прислухається до шепоту.

– Є речі, про які знаємо тільки ми вдвох.

Його дихання було свіжим. Раптом їй стало невимовно жаль його, себе і цілого світу. Кожен у цьому світі нестерпно самотній. Джозеф був схожий на людину, котра обіймала руками статую. Її тіло наче застигло, і лише душа тремтіла, немов невагомий тьмавий димок.

– Є речі, про які пам'ятаємо лише ми, – продовжував він, – і якщо хтось із нас піде, то забере з собою половину спогадів. Тому ми повинні бути разом, бо тоді якщо один щось забуде, другий нагадає.

«Нагадає про що?» – запитала вона себе. В пам'яті миттєво зринули один за одним епізоди з їхнього спільного життя, які він напевно вже забув: пізній вечір на пляжі п'ять років тому, один із перших чудових вечорів під тентом, коли вони потайки торкалися один одного; або дні, проведені у Санленді, коли вони вдвох до самих сутінків валялися, засмагаючи, на піску. Або як бродили по закинутих срібних рудниках, і ще тисячі спогадів, які змінювалися, миттєво оживляючи інші!

Він знову міцно притиснув її до ліжка.

– Ти знаєш, як мені самотньо? Знаєш, як самотньо, коли я втомлююся, а ти починаєш сваритися, сперечатися?

Він чекав на відповідь, але жінка мовчала. Вона відчула, як його повіки лоскочуть їй шию, і крізь туман забуття пригадала, як він уперше полоскотав віями у неї за вухом. «Око-павучок, – сказала вона тоді і засміялася. – Так наче у моєму вусі замешкує маленький павучок». І ось тепер цей забутий павучок, немовби шаленець, дереться по її шиї. У його голосі було щось таке, від чого здалося, ніби вона сидить в поїзді, дивиться у вікно, а він у той час стоїть на платформі і благає: «Не їдь». Вона ж перелякано кричить у відповідь: «Це ж *ти* сидиш у вагоні! Ти! Я *нікуди* не їду!..»

Трохи спантеличена, вона відкинулася на ліжко. Вперше за два тижні він до неї доторкнувся. В цьому дотику була така відвертість, поспішність, що вона розуміла: будь-яке слово може знову відштовхнути його надовго.

Вона лягла, не сказавши нічого.

Трохи згодом дружина почула, як він підвівся, зітхнув, пішов до свого ліжка і мовчки натягнув на себе ковдру. Врешті вона теж вмостилася зручніше і лежала, слухаючи, як у гнітючій задушливій темряві вицокує годинник.

– Господи, – прошепотіла вона, – всього пів на дев'яту.

– Спи, – сказав він.

Вона лежала в темряві на своєму ліжку, обливаючись потом, оголена, а здалеку ледь чутно неслися звуки оркестру, такі знадливі, що щеміло серце і завмирала душа. Їй хотілося тинятися серед цих засмаглих танцюючих людей, співати разом із ними, вдихати жовтневе повітря, напоєне солодким запахом диму, в цьому маленькому містечку, загубленому в мексиканських тропіках за тисячу тисяч миль від цивілізації, слухати дивовижну музику, пританцьовувати і наспівувати упівголоса. Однак вона лежала на ліжку з розплющеними очима. Наступної години оркестр зіграв «La Golondrina», «Маримбу», «Los Viejitos», «Michoacan la Verde», «Баркаролу» і «Luna Lunera»[1].

О третій ранку вона прокинулася і вже не могла заснути; лежала, відчуваючи, як до кімнати вливається прохолода глибокої ночі. Слухаючи дихання чоловіка, вона від-

---

[1] Популярні у Мексиці пісні й оркестрові твори.

чула, як весь світ відходить кудись далеко... Жінка думала про довгий переїзд від Лос-Анджелеса до техаського Ларедо, схожий на сріблясто-білий спекотний кошмар. Потім його змінив солодкий сон Мексики, розквітлої червоно-жовто-синьо-пурпуровими фарбами, які повінню захлиснули їхню автівку, що завертілась у вирі кольорів, запахів тропічних лісів і пустельних міст. Вона згадувала крихітні містечка, крамнички, людей, осликів і всі їхні сварки, які інколи ледь не закінчувалися бійкою. Вона згадала всі п'ять років свого заміжжя. Довгі-довгі п'ять років. За весь цей час не було жодного дня, коли б вони не бачилися; не було жодного дня, коли б вона зустрічалася одна зі своїми друзями; він завжди був поруч: спостерігав і критикував. Жодного разу він не дозволив їй відлучитися більше, ніж на годину, не зажадавши від неї пояснень. Іноді, почуваючись втіленням зла, вона крадькома, нікому не сказавши, йшла в кіно на нічний сеанс, глибоко вдихала повітря свободи і спостерігала, як люди, набагато реальніші, ніж вона, рухалися на екрані. І ось через п'ять років вони тут. Вона окинула поглядом його силует. «Тисяча вісімсот двадцять п'ять днів з тобою, чоловіче мій, – подумала вона. – Кілька годин за друкарською машинкою, а потім весь день і всю ніч з тобою. І так щодня. Я почуваюся, як той замурований у підземеллі чоловік з оповідання По "Барильце амонтильядо"[1]: кричу, а мене ніхто не чує».

За дверима почулися кроки і чийсь стук.

– Сеньйоро, – покликав тихий голос по-іспанськи. – Третя година.

«О Господи», – подумала жінка.

– Тс-с-с! – прошипіла вона, підійшовши до дверей.

Але чоловік вже прокинувся.

– Що там таке?

Вона прочинила двері.

– Ви прийшли невчасно, – сказала вона водію таксі, котрий стояв у темряві.

– Третя година, *сеньйоро*.

– Ні, ні, – прошепотіла вона з перекошеним від розпачу лицем. – Я мала на увазі завтра після полудня.

---

[1] За сюжетом оповідання «Барильце амонтильядо» (*«The Cask of Amontillado»*) американського письменника Едґара По (*Edgar Poe*, 1809–1849), вперше опублікованому у 1846 р., оповідач розповідає про те, як він підступно помстився своєму приятелеві, замурувавши його у стіну.

– У чому річ? – перепитав чоловік, вмикаючи світло. – Боже, третя година ночі. Що цьому дурневі потрібно?

Дружина повернулася до нього і, заплющуючи очі, сказала:

– Він приїхав, щоби відвезти нас до Парикутина.

– Господи, то ти, виявляється, по-іспанськи взагалі не тямиш!

– Ідіть, – сказала вона таксисту.

– Але ж я спеціально вставав так рано, – жалівся таксист.

Чоловік вилаявся і підвівся з ліжка.

– Тепер я все одно не зможу заснути. Скажи цьому ідіоту, що ми вдягнемося і через десять хвилин поїдемо з ним. О Боже!

Вона сказала, як звелів чоловік, і таксист, сховавшись у темряві, пішов на вулицю; прохолодне місячне сяйво мерехтіло на полірованих боках його таксі.

– Ти *недотепа*, – накинувся на неї чоловік, натягуючи дві пари штанів, дві футболки, спортивну куртку і ще, поверх усього, вовняний светр. – Боже, це вже точно доб'є моє горло. Якщо я знову підхоплю ларингіт...

– Лягай спати, дідько би його взяв.

— Я все одно не засну.

— Ми спали шість годин, а ти ще вдень поспав принаймні три години, цілком достатньо.

— Ти зіпсувала всю поїздку, — кричав він, натягуючи два светри і дві пари шкарпеток. — У горах холодно, вдягайся тепліше, і хутчій.

Він нап'яв на себе куртку і теплий шарф, і в цій купі одягу став схожий на величезний пелех.

— Дай мені таблетки. Де вода?

— Повертайся в ліжко, — сказала вона. — Я не хочу, щоби ти захворів і знову почав скиглити.

Вона відшукала ліки і налила води.

— Могла би хоч правильно сказати йому час.

— Замовкни, — вона взяла склянку.

— Це ще один із твоїх тупоголових промахів.

Вона виплеснула воду йому в обличчя.

— Дай мені спокій, бодай би тебе чорти вхопили, іди геть. Я ж ненавмисне!

— Ах ти! — скрикнув він. З його обличчя капала вода. Він зірвав з себе куртку. — Ти мене заморозиш, я застуджуся!

– Мені начхати, дай мені спокій!

Вона підняла свої кулачки; її спаленіле обличчя спотворилося від люті, вона була схожа на звіра, який потрапив у лабіринт і безнастанно шукає вихід із цього хаосу, але його постійно обдурюють, повертають назад, знову вказують невірний шлях, спокушають, нашіптують, обманюють, заводять все далі й далі, і врешті він знову натикається на глуху стіну.

– Опусти руки! – крикнув він.

– Я вб'ю тебе, клянуся, вб'ю! – репетувала вона зі спотвореним, страшним обличчям. – Дай мені спокій! Я зі шкіри лізу, а ти тут зі своїм ліжком, іспанською, не тою годиною, ти думаєш, я не *розумію*, що помиляюся? Гадаєш, я не знаю, що *винна?*

– Я застуджуся, я застуджуся.

Він втупився в мокру підлогу. Потім сів, з його обличчя стікала вода.

– Ось, витрись! – Вона шпурнула йому рушник.

Він почав відчайдушно тремтіти.

– Мені холодно!

– Щоб ти застудився і вмер, тільки дай мені спокій!

– Мені холодно, мені холодно, – повторював він, вицокуючи зубами. Тремтячими руками він витер обличчя. – Я знову захворію.

– Зніми цю куртку! Вона ж мокра!

Через деякий час він перестав тремтіти і підвівся, щоби зняти з себе промоклу куртку. Дружина простягнула йому шкіряний піджак.

– Ходімо, нас чекають.

Він знову почав труситися.

– Я нікуди не піду, чорти би тебе забрали, – сказав він, сідаючи. – Тепер ти винна мені п'ятдесят доларів.

– За що?

– Згадай, що ти обіцяла.

І вона згадала... В Каліфорнії, у перший день їхньої подорожі, вони посварилися через якусь дурницю. І вперше в житті вона підняла руку, щоби вдарити його, але тоді з жахом опустила її і глянула на зрадницьку долоню.

– Ти хотіла мене вдарити! – закричав він.

– Так, – відповіла вона.

– Що ж, – сказав він спокійно, – наступного разу, якщо встругнеш щось подібне, віддаси п'ятдесят доларів зі своєї кишені.

Таким було їхнє життя, сповнене дріб'язкових сварок, викупів і шантажу. Вона платила за всі свої помилки – випадкові і навмисні. Долар тут, долар там. Якщо з її вини був зіпсований вечір, вона оплачувала вечерю з того, що було відкладено на одяг. Якщо вона критикувала щойно переглянуту п'єсу, яка йому сподобалася, він розлючувався, і вона, щоби його заспокоїти, платила за театральні квитки. Так тривало рік за роком, і чим далі, тим гірше. Якщо вона насмілювалася висловити зауваження до купленої ними книги, яка їй не сподобалася, а йому припала до душі, тут же вибухав скандал, а іноді це були невеликі сутички, що тривали днями, і зрештою їй доводилося купувати йому іншу книгу та якісь дрібниці, щоби втихомирити бурю. Господи!

– П'ятдесят доларів. Ти обіцяла, якщо справа дійде до істерик і рукоприкладства.

– Це була лише вода. Я ж тебе не вдарила. Гаразд, замовкни, я заплачу тобі ці гроші, я заплачу скільки завгодно, тільки не нервуй мене, і це того варте. Це варте і п'ятисот доларів, навіть більше. Я заплачу.

Вона відвернулася. «Якщо людина довго хворіє, якщо вона *єдина* дитина в сім'ї, *єдиний* хлопчик, то вона стає такою, як він, мій чоловік, – розмірковувала вона. – Потім йому виповнюється тридцять п'ять років, а він все ще не вирішив, ким стане в житті – гончарем, соціальним працівником чи бізнесменом. А його дружина, навпаки, завжди знала, ким хоче стати – письменницею. Мабуть, життя з такою жінкою, котра знає, чого хоче від життя і як зробити кар'єру, страшенно дратує його. А коли її розповіді – не всі, лише деякі – нарешті були продані, їхнє подружнє життя затріщало по швах. Як щиро він переконував її в тому, що вона неправа, а він правий, що вона ще дитина, яка не може відповідати за свої вчинки і даремно розтринькує гроші. Гроші мали стати зброєю, щоби запанувати над нею. Коли вона дратувалася, то змушена була віддавати частину свого дорогоцінного заробітку, який діставався їй нелегкою працею».

– Знаєш що, – промовила вона вголос, – відтоді, як моє оповідання опублікували в журналі, ти почав частіше сваритися, а я більше платити грошей.

– Що ти маєш на увазі? – поцікавився він.

Їй здавалося, що це справді так. Відколи журнал купив її оповідання, він почав застосовувати особливу логіку для провокування всіляких ситуацій, логіку, проти якої вона була безсила. Дискутувати з ним було неможливо. Зрештою все зводилося до того, що вона опинялася у глухому куті, пояснення вичерпані, виправдання вичерпані, гордість розтоптана вщент. Залишався лише напад.

Вона могла дати йому ляпас або щось розбити, а потім платила, і він залишався переможцем. Він відбирав у неї єдину мету, визнання її успіху, принаймні він так вважав. Але, як не дивно, вона ніколи не скаржилася, їй було байдуже, що він забирає її гроші. Якщо гроші могли помирити, якщо вони робили його щасливим, якщо він гадав, що цим змушує її страждати, хай буде так. У нього перебільшене уявлення про цінність грошей; втрата або витрата грошей завдавала йому болю, тому він думав, що його дружина страждатиме так само. «Мені не шкода, – думала вона. – Я би віддала йому всі гроші, адже пишу зовсім не заради них, я пишу, щоби сказати те, що хочу сказати, йому цього не зрозуміти».

Він заспокоївся.

– То ти заплатиш?

– Так. – Вона поспіхом одягала штани і куртку. – Насправді, я давно хотіла тобі сказати. Відтепер я буду віддавати тобі всі гроші. Немає необхідності тримати наші прибутки окремо. Завтра я віддам тобі все.

– Я цього не просив, – спохопився він.

– Я наполягаю. Тепер усі гроші будуть у тебе.

«Зараз, – думала вона, – я обеззброюю тебе. Відбираю у тебе зброю. Тепер ти не зможеш тягнути з мене гроші по одній жалюгідній монетці, цент за центом. Доведеться вигадати інший спосіб, щоби допекти мені».

– Я... – почав він.

– Не будемо більше про це говорити. Вони всі твої.

– Я просто хотів провчити тебе. У тебе важкий характер, – сказав він. – Я думав, ти будеш тримати себе в руках, якщо знатимеш, що за це треба платити.

– Ох, звичайно, я *живу* тільки заради грошей, – уїдливо мовила вона.

– Мені не потрібні гроші.

– Гаразд, годі вже.

Втомившись від цих розмов, вона відчинила двері і прислухалась. Сусіди нічого не чули, а якщо й чули, то не звернули уваги. Фари таксі, що очікувало їх, освітлювали дворик перед готелем.

Вони вийшли з номера у прохолодну місячну ніч. Вперше за багато літ вона йшла попереду.

В ту ніч Парикутин був схожий на золоту річку, далеку, дзюркотливу річку розплавленої руди, що стікає у мертве лавове море, до чорного вулканічного берега. Час від часу, якщо затамувати подих і втишити скажений стукіт серця, можна було почути, як лава зіштовхує з гори каміння, яке котиться, перевертається і ледь чутно гуркоче. Над кратером виднілося червоне сяйво, а зсередини беззвучно здіймалися світло-коричневі і сірі хмари, залиті рожевим світлом.

Вони стояли вдвох на протилежному схилі на пронизливому холоді, залишивши коней позаду. Недалеко від них, у дерев'яному будиночку, вчені-вулканологи запалювали гасові лампи, готували вечерю, заварювали міцну каву і перешіптувалися, щоби не стривожити ясне, вибухонебезпечне нічне небо. Вони були далеко-далеко від усього іншого світу.

Виїхавши з Уруапана, вони тряслися в таксі, наче гральні кості у чашці, по застиглих у місячній дрімоті, сніжно-попелястих пагорбах, через пустельні села, під холодними ясними зорями, намагаючись розгледіти все найкраще. Вони під'їхали до багаття, що горіло ніби на морському дні. Навколо багаття сиділи поважні чоловіки, смагляві хлопці і компанія із семи американців – лише чоловіки, всі в шортах для їзди верхи. Вони голосно перемовлялися під тихим небом. Привели коней, осідлали. Вони вирушили через річку лави. Жінка заговорила з іншими американцями, і ті відповіли, потім почали перекидатися жартами. Через деякий час чоловік помчав вперед.

І ось вони стояли вдвох, дивлячись, як лава згладжує чорний конус вершини.

Він уперто мовчав.

– Ну, що знову не так? – поцікавилася вона.

Він дивився прямо перед собою, в його очах миготіли відблиски лави.

– Ти могла би помчати зі мною. Я гадав, ми приїхали у Мексику, щоби бути разом. А ти плещеш язиком із цими клятими техасцями.

– Мені було дуже самотньо. Ми два місяці не бачили жодного американця. Мені подобаються мексиканські дні, а ночі – ні. Я просто хотіла з кимось поговорити.

– Ти хотіла розповісти їм, що ти письменниця.

– Неправда.

– Ти всім говориш, що ти письменниця, розповідаєш, яка ти талановита, як тобі вдалося продати одне зі своїх оповідань у товстий журнал, і так у тебе з'явилися гроші, щоби приїхати сюди, у Мексику.

– Один із них запитав, чим я займаюся, то я й сказала. Так, чорт візьми, я пишаюся своєю роботою. Я десять років чекала, поки хоч щось продам.

Він довго розглядав свою дружину, освітлену полум'ям вулкана, і нарешті сказав:

– Знаєш, сьогодні перед поїздкою я згадав про твою дідькову друкарську машинку і заледве не кинув її в річку.

– Ти не зробив цього?!

– Ні, я замкнув її в машині. Вона мені вже наче кістка у горлі, і те, як ти псуєш нашу поїздку. Ти ж не зі мною, ти сама по собі, для тебе існує тільки одне: ти і твоя клята машинка, ти і Мексика, ти і твої враження, ти і твоє натхнення, ти і твоє нервове сприйняття, ти і твоя самотність. Я знав, що і нині так буде, я був упевнений у цьому, як у першому пришесті Христа! Мені набридло, що після кожної нашої екскурсії ти біжиш галопом, щоби засісти за цю машинку і стукати по клавішах. І вдень, і вночі – одне і те ж. Ми приїхали сюди відпочивати!

– Я вже тиждень не торкаюся до машинки, бо вона тебе дратує.

– От і не торкайся до неї ще тиждень або місяць, поки ми не повернемося додому. Твоє прокляте натхнення може почекати!

«Навіщо я сказала йому, що віддам всі свої гроші? – подумала вона. – Навіщо я відібрала в нього зброю, яка не давала йому змоги добратися до мого справжнього життя – до моєї роботи, до машинки. А тепер я сама скинула захисну пелену грошей, він почав шукати нову зброю і знайшов вірний спосіб – *машинку*. О Господи!»

Раптом її накрила хвиля гніву, і вона почала відштовхувати його від себе, без жодної люті. Один, два, три рази. Вона не робила йому боляче. Це був просто відштовхувальний жест. Їй хотілося вдарити його, а, може, навіть, скинути вниз зі скелі, але натомість вона тричі штовхнула його, щоби показати свою неприязнь, і це означало, що розмову закінчено. Опісля вони стояли окремо, за їхніми спинами тихо перебирали копитами коні, нічне повітря ставало холоднішим, при кожному видиху з рота виривалися білі хмаринки пари, а в хатині вчених на блакитному газовому пальнику закипала кава, її розкішні пахощі пронизували освітлені місяцем вершини.

Через годину, коли перші неясні промінчики сонця торкнулися холодного неба на сході, вони сіли на коней і вирушили через танучу млу до мертвого міста і похованої під лавою церкви. Проїжджаючи через застиглий потік, вона думала: «Чому його кінь не спіткнеться, чому не скине його на ці гострі уламки каміння, чому?»

311

Але нічого такого не сталося. Вони помчали далі. З-за обрію виглянуло багряне сонце.

Наступного дня вони спали до першої години. Одягнувшись, дружина з півгодини сиділа на ліжку, чекаючи, коли проснеться чоловік, нарешті він заворушився і повернувся до неї – неголений, блідий від утоми.

– Мене болить горло, – були його перші слова.

Вона мовчала.

– Не треба було лити на мене воду, – продовжував він.

Вона підвелася, підійшла до дверей і вхопилася за кулясту ручку.

– Я хочу, щоб ти залишилася, – сказав він. – Ми залишимося тут, в Уруапані, ще на три-чотири дні.

Нарешті вона промовила:

– Я гадала, ми поїдемо далі, у Ґвадалахару.

– Не будь туристкою. Ти зіпсувала нам поїздку до вулкана. Я хочу відправитися туди ще раз завтра або післязавтра. Хочу подивитися на небо.

Вона вийшла і глянула вгору. Небо було чистим й блакитним. Повернувшись, вона сказала:

– Вулкан втишується, іноді на цілий тиждень. Ми не можемо дозволити собі чекати тиждень, поки він знову почне вивергатися.

– Можемо. Ми почекаємо. Ти заплатиш за таксі туди й назад, зробиш усе як годиться й отримаєш від цього задоволення.

– Ти вважаєш, тепер ми зможемо отримати від цього задоволення? – запитала вона.

– Якщо це буде остання наша поїздка, ми отримаємо від неї задоволення.

– Ти наполягаєш?

– Почекаємо, поки небо знову затягнеться димом, і повернемося на гору.

– Піду куплю газету. – Вона зачинила двері і вийшла в місто.

Вона йшла по свіжовимитих вулицях, заглядала у блискучі вітрини, з насолодою вдихала дивовижно чисте повітря, і все було би чудово, якби не дивне тремтіння десь у грудях. Нарешті, намагаючись угамувати гуркотливу порожнечу всередині, вона підійшла до водія, котрий стояв біля таксі.

— Сеньйор, — звернулася вона.

— Так? — відгукнувся водій.

Вона відчула, як її серце завмерло. Потім знову забилося, і вона продовжила:

— За скільки ви довезете мене до Морелії[1]?

— Дев'яносто песо, сеньйоро.

— Я зможу сісти там на поїзд?

— Ви можете сісти на поїзд тут, сеньйоро.

— Вірно, але з деяких причин я не можу його тут *чекати*.

— Тоді я відвезу вас в Морелію.

— Ходімо зі мною, мені треба ще дещо зробити.

Таксі залишилося чекати навпроти готелю *«Де лас Флорес»*. Жінка увійшла туди сама, ще раз оглянула мальовничий дворик, обсаджений квітами, прислухалася до звуків дивного блакитного рояля, на якому грала дівчина; цього разу це була «Місячна соната»[2], вдихнула пронизливе, кришталево

---

[1]   Морелія – столиця та найбільше місто мексиканського штату Мічоакан.

[2]   Всесвітньо відома Соната для фортепіано № 14 (ор.27 № 2), знана також як «Місячна соната» (нім. *Mondscheinsonate*), була написана німецьким композитором Людвігом ван Бетховеном в 1800–1801 рр. Назву «Місячна» запропонував у 1832 р., вже після смерті автора, поет Людвіг Рельштаб.

чисте повітря і, заплющивши очі, опустила руки, похитавши головою. Вона простягнула руку до дверей і тихенько їх відчинила.

«Чому саме сьогодні? – спитала вона себе. – Чому не в інший день за останні п'ять років. Чому я чекала, навіщо зволікала? Тому що... Тисячі тому що... Тому що завжди сподіваєшся, що все знову піде так, як у перший рік після весілля. Тому що бували моменти, тепер вже набагато рідше, коли він поводився бездоганно цілими днями, навіть тижнями, коли нам було добре удвох і світ розквітав зеленими і яскраво-блакитними фарбами. Бували митті, як учора, коли він скидав свою броню, оголюючи свій страх, жалюгідну самотність й говорив: «Я кохаю тебе, ти мені потрібна, не покидай мене ніколи, мені без тебе страшно». Бо іноді їм було добре виплакатися навзаєм, помиритися, а опісля неодмінно проводити дні і ночі в злагоді. Тому що він був гарний. Тому що вона багато років жила одна, поки не зустрілася з ним. Тому що їй не хотілося знову залишитися самотньою, але тепер вона знала: краще бути самотньою, ніж жити так, бо вчора він знищив її друкарську машинку – не фізично, ні, але словом і думкою. Так само він міг би схопити її саму і скинути з моста в річку.

Вона не відчувала своєї руки на ручці дверей. Так наче електричний розряд на десять тисяч вольт паралізував її тіло. Не відчувала ніг на плитках підлоги. На обличчі не залишилося емоцій, усі думки щезли.

Він спав, повернувшись до неї спиною. У кімнаті панували зелені сутінки. Швидко й безшумно вона накинула пальто і перевірила в гаманці гроші. Тепер одяг та друкарська машинка не мали для неї жодного значення. Стали порожнім звуком. Все навколо, неначе величезний водоспад, летіло у прозору безодню. Ні шуму, ні струсу – лише світлі води, що ринуть з однієї порожнечі в іншу, а далі в нескінченну безодню.

Вона стояла біля ліжка і дивилася на сплячого чоловіка: знайоме чорне волосся на потилиці, сонний профіль. Раптом він ворухнувся і запитав крізь сон:

– Що?

– Нічого, – відповіла вона. – Нічого, зовсім нічого.

Вона вийшла з кімнати, зачинивши двері.

Таксі з ревом помчало в місто, на неймовірній швидкості виїхало на шосе, рожево-блакитні стіни будинків зникали за ними, люди відскакували вбік, зустрічні машини дивом уникали зіткнення, і ось позаду залишалося місто, готель, чоловік і... Все! Мотор таксі затих.

«О ні, ні, – подумала Мері, – Господи, тільки не це».

– Зараз заведеться, повинен завестися.

Таксист вискочив з автівки, люто глянувши на небо, шарпонув капот і зазирнув у залізне нутро авто, так немов збирався вирвати його своїми скорченими руками; на його обличчі застигла щонайніжніша посмішка невимовного гніву. Він повернувся до Мері і знизав плечима, придушивши лють і змирившись із Божою волею.

– Я проведу вас до автобусної зупинки, – запропонував він.

«Ні, – сказали її очі. – Ні, – ледь не шепнули губи... – Джозеф прокинеться, побіжить мене шукати, знайде на зупинці і потягне назад. Ні!»

– Я віднесу ваш багаж, сеньйоро, – сказав таксист і вже було поніс валізи, але довелося повернутися, тому що Мері нерухомо сиділа на місці, весь час промовляючи: «Ні, ні, ні». Таксист допоміг їй вийти з машини і показав, куди треба йти.

Автобус стояв на площі, в нього сідали індіанці: одні заходили мовчки, з якоюсь величною повільністю, інші галасували, наче пташина зграя, штовхаючи перед собою клунки, дітей, кошики з курчатами і поросят. Водій був одягнений у форму, яка років двадцять не прасувалася і не пралася; висунувшись у вікно, він кричав і жартував з людьми, які оточили автобус, в той час як Мері увійшла в салон, сповнений димом від згорілого мастила, запахом бензину і масла, мокрих курей, мокрих дітей, спітнілих чоловіків і жінок, запахом старої оббивки, протертої до дірок, і масткої шкіри. Вона пробралася в кінець салону, відчуваючи, як її разом із валізами проводжають цікаві погляди, і подумала: «Їду, нарешті я їду, я вільна, я більше ніколи в житті його не побачу, я вільна, я вільна».

Вона ледь не розсміялася.

Автобус рушив, пасажири почали розгойдуватися і трястися, голосно сміючись та розмовляючи. За вікном вихором закружляв мексиканський пейзаж, немов солодкий сон, який ще не вирішив, зникнути йому чи залишитись, разом з ним щезала зелень, місто і готель *«Де лас Флорес»* з відкритим патіо, де на порозі відчинених дверей – засунувши руки в кишені – стояв Джозеф, дивлячись на небо і на клуби вулканічного диму; він не звертав уваги ні на автобус, ні на неї, котра сиділа там і їхала від нього геть. Ось він уже зовсім далеко, його постать стрімко зменшувалася, ніби беззвучно падаючи в глибоку шахту, без жодного крику. Тепер, коли у Мері з'явилося бажання помахати йому рукою, він виглядав завбільшки як хлопчур, потім як дитина, немовля, і все малів і малів... Автобус з гуркотом звернув за ріг, хтось у передньому ряду заграв на гітарі, Мері продовжувала вдивлятися назад, немов прагнучи поглядом проникнути крізь стіни, дерева і відстані, щоби бодай разок побачити того чоловіка, котрий спокійно вдивляється в небесну блакить.

Врешті у неї почала боліти шия, вона повернулася вперед, схрестила руки на грудях і почала міркувати, чого домоглася своєю втечею. Раптом перед нею з'явились картини нового життя, які щомиті змінювали одна одну, з такою самою швидкістю, як і повороти і віражі шосе, що вели її до самісінького краю урвища, і кожен вигин дороги, як і роки, виростав попереду зненацька. Якийсь час їй було просто добре сидіти, сперши голову на спинку крісла, споглядаючи тишу. Нічого не знати, ні про що не думати, нічого не відчувати, наче померти на мить, принаймні на годину – очі заплющені, серце затихло, тіло холодне – і чекати, коли життя знайде тебе і воскресить.

Нехай автобус везе її до поїзда, поїзд – до літака, літак – до міста, а місто приведе до друзів, а потім вона, немов камінчик, що потрапив у бетономішалку, закрутиться у вирі міського життя, попливе за течією і застигне у будь-якій зручній ніші.

Автобус нісся вперед крізь солодке полуденне повітря, між обпаленими левовими шкурами гір, повз солодкі, наче вино, і світлі, ніби вермут, річки, через кам'яні мости, під акведуками, по старовинних трубах яких, немов свіжий вітер, бігла вода, повз церкви, крізь хмари пилюки, і раптом, зовсім несподівано для себе, Мері подумала: «Мільйони миль... Джозеф залишився позаду за мільйони миль, і я ніколи більше його не побачу». Ця думка засіла в її голові і затягнула небо чорнильною тьмою. «Ніколи, ніколи, до самої смерті і навіть після смерті я не побачу його ні на годину, ні на мить, ні на секунду, ніколи не побачу».

Її пальці почали затерпати. Вона відчула, як заціпеніння пробирається вгору, до зап'ясть, до передпліччя, до плечей, серця і піднімається далі, по шиї, до голови. Вона застигла, наче перетворившись у форму з голок, льоду, шипів і оглушливого лункого ніщо. Її губи видавалися сухими пелюстинами, а повіки стали на тисячу фунтів важчими, ніж залізо, здавалося, що кожний сантиметр її тіла викутий із заліза, сталі, міді та платини. Її тіло важило десять тонн, кожна частинка була неймовірно важкою, і під цією неймовірною вагою відчайдушно боролося за життя пригнічене серце, тремтячи і вириваючись, як обезголовлена курка.

А під вапняно-сталевою бронею її тіла, десь глибоко всередині, засіли страх і крик, оточені стінами, а ззовні хтось, закінчивши свою працю, поплескав кельмою по кам'яній кладці, а найбезглуздішим було те, що вона побачила, як її власна рука, тримаючи кельму, укладає останню цеглину, замішує густий розчин і міцно вмуровує все це у побудовану нею ж тюрму.

Її рот зробився немов бавовняним. Очі горіли чорним, наче воронове крило, вогнем, свистіли хижі крила, голова налилася страхом і важким свинцем, в той час коли рот наче хтось заткнув незримим кляпом із гарячої бавовни, так що голова, здавалось, провалюється між неймовірно товстими, хоч цього і неможливо було побачити, руками. Її руки були немовби свинцеві стовпи, немовби мішки з цементом, що гепнули на безживні коліна; її вуха були немовби водопровідні крани, в яких гуляли холодні вітри, а навкруги, нічого не помічаючи, не дивлячись на неї, сиділи пасажири автобуса, що мчав на величезній, космічній швидкості через міста і поля, пагорби і пшеничні лани, з кожною хвилиною відносячи її за мільйони, десятки мільйонів років від звичного життя.

«Тільки не закричи, – думала вона. – Ні! Ні!»

У голові надзвичайно паморочилося, кров відхлинула від голови, а сам автобус, як і її руки та спідниця, налилися темною синявою, ще трохи і Мері впала би на підлогу, під здивовані вигуки отетерілих пасажирів. Але вона низько-низько нахилила голову і глибоко вдихнула повітря, сповнене запахів курей, поту, шкіри, вуглекислого газу, ладану і самотньої смерті, втягнула його через мідні ніздрі і болючу горлянку всередину легенів, які палали, так ніби вона проковтнула неонову лампу. Джозефе, Джозефе, Джозефе, Джозефе...

«Я не можу без нього жити, – подумала вона. – Я брехала сама собі. Він потрібний мені, Боже, я...»

– Зупиніть автобус! Зупиніть!

Через її крик автобус різко загальмував, всіх кинуло вперед. Якимось чином вона продерлася через дітей, гавкотню собак, навмання розчищаючи дорогу важенними руками; почувши тріск розірваного на собі плаття, знову закричала, две-

323

рі відчинилися, водій розгублено дивився на жінку, яка просувалася до нього, страшенно хитаючись; вона впала на гравій, порвавши колготки, і лежала так, поки хтось не схилився над нею. Потім Мері блювала на дорогу, звичайне нездужання; хтось виніс із автобуса її валізи, а вона, захлинаючись від ридання, пояснювала їм, що їй треба туди, – показуючи рукою назад, у бік міста, що залишилося за мільйони років, за мільйони миль звідси. Водій похитав головою. Напівлежачи на землі, вона обхопила руками свою валізу й ридала, автобус стояв поруч, під палючими променями сонця, і тоді вона махнула водію: їдьте, їдьте далі; що ви всі видивилися на мене, не турбуйтеся, я повернуся назад попуткою, залиште мене тут, їдьте. Нарешті двері автобуса склалися гармошкою, мідні лиця-маски індіанців помчали далі. Незабаром подаленілий автобус назовсім зник із її свідомості... Мері ще кілька хвилин лежала на валізі і плакала, вона вже не відчувала колишньої тяжкості і нудоти, але її шалено схвильоване серце тремтіло, її почало морозити, ніби вона щойно вийшла з ополонки.

Коли вона підвелася, то поволі, дрібними кроками, перетягла валізу на протилежний бік шосе і, похитуючись, почала зупиняти попутні машини: шість із них зі свистом промчали мимо, і лише сьома зупинилася. Розкішна автівка з Мехіко, за кермом якої сидів статечний мексиканець.

– Ви їдете в Уруапан? – ввічливо запитав він, не відводячи погляду від її очей.

– Так, – нарешті спромоглася вона, – в Уруапан.

Вона їхала в машині, подумки розмовляючи з собою:

«Що означає – бути божевільною?»

«Не знаю».

«А що таке божевілля?»

«Гадки не маю».

«А хто знає? Може, цей холод був початком?»

«Ні».

«А тяжкість, може, це перший симптом?»

«Замовкни».

«Божевільні ж кричать?»

«Я не хотіла кричати».

«Але це сталося. Спершу була тяжкість, тиша і порожнеча. Цей жахливий вакуум, ця пустота, тиша, самотність, ця відірваність від життя, замкнутість, небажання дивитися на світ, вступати з ним у контакт. І не кажи, що в цьому немає зародку божевілля».

«Є».

«Ти була готова кинутися з урвища».

«Я зупинила автобус на краю урвища».

«А якби ти не зупинила автобус? Він приїхав би в якесь маленьке містечко або в Мехіко, водій повернувся би до тебе і сказав через порожній салон: "Гей, сеньйоро, приїхали". Мовчання. "Сеньйоро, виходьте". Тиша. "Сеньйоро?" Твій погляд спрямований у порожнечу. "Сеньйоро!" Бездумний погляд, націлений за обрії життя, і в ньому – пустка, неймовірна пустка. "Сеньйоро!" Жодної реакції. "Сеньйоро!" Ледь вловиме дихання. А ти сидиш і не можеш, не можеш підвестися, не можеш підвестися, не можеш підвестися.

Ти навіть не чуєш. "Сеньйоро!" – кричатиме він, тормосячи тебе за руку, а ти й не відчуєш. Викличуть поліцію, але це буде за межею твого сприйняття, за межами твого погляду, твого слуху, твого дотику. Ти навіть не почуєш стуку важких чобіт. "Сеньйоро, вам слід покинути автобус". Ти не чуєш. "Сеньйоро, як вас звати?" Твої губи стиснуті. "Сеньйоро, пройдіть з нами". Ти сидиш, неначе кам'яний бовван. "Давайте подивимося її паспорт". Вони риються у твоєму гаманці, який лежить на непорушних колінах. "Сеньйора Мері Еліот з Каліфорнії. Сеньйоро Еліот?" Твій непорушний погляд спрямований у порожнє небо. "Звідки ви приїхали? Де ваш чоловік?" Я ніколи не була заміжня. "Куди ви прямуєте?" Нікуди. "Тут сказано, що вона народилася в Іллінойсі". Я ніде не народилася. "Сеньйоро, сеньйоро". Вони змушені тягти тебе з автобуса, наче камінь. Ти ні з ким не хочеш розмовляти. Ні, ні, ні з ким... "Мері, це я, Джозеф". Ні, занадто пізно. "Мері!" Занадто пізно. "Ти не впізнаєш мене?" Занадто пізно, Джозефе. Ні, Джозефе, ні, надто пізно, занадто пізно».

«Так би й сталося, вірно?»

«Так», – затремтіла вона.

«Якби ти не зупинила автобус, тяжкість давила б на тебе сильніше й сильніше, вірно? Тиша би згущувалася і згущувалася, перетворюючи тебе на порожнечу, порожнечу, порожнечу».

«Так».

– Сеньйоро, – мексиканець перервав внутрішній діалог. – Сьогодні чудовий день, чи не так?

– Так, – відповіла вона йому і водночас своїм думкам.

Літній мексиканець довіз її до готелю, допоміг вийти з автівки, зняв капелюха і вклонився.

Не дивлячись на нього, вона кивнула у відповідь, мовивши якісь слова подяки. Немов у тумані, вона зайшла в готель, і знову з валізою в руках опинилася в кімнаті, з якої пішла тисячу років тому. Чоловік все ще був тут.

Він лежав у вечірньому сутінковому світлі, повернувшись до неї спиною, і, здавалося, за весь той час, поки її не було, він жодного разу не поворухнувся. Він навіть не знав, що вона покинула його, побувала на краю землі і знову повернулася. Він навіть не знав...

Жінка стояла, дивлячись на його шию, на темні кучеряві волосинки у вирізі сорочки, схожі на попіл, що впав із неба.

Під палючим сонячним промінням вона попрямувала у вимощений плиткою дворик. У бамбуковій клітці шурхотів птах. А в невидимій темній прохолоді дівчина грала на роялі вальс.

Вона неясно бачила, як два метелики, покружлявши і пометавшись туди-сюди, сіли на кущ біля її руки і злилися воєдино. Вона відчувала, як її погляд невідривно стежить за цими двома яскравими золотаво-жовтими створіннями на зеленому листку, їхні розпливчасті крила билися все ближче та повільніше. Її губи ворушилися, а рука бездумно гойдалася, наче маятник.

Вона дивилася, як її руки ковзнули в повітрі, схопили двох метеликів, стискуючи їх все міцніше, міцніше, ще міцніше. З горла рвався крик, але вона придушила його. Міцніше, міцніше, ще міцніше.

Рука розтиснулася сама. На блискучу плитку патіо висипалися дві жменьки яскравого порошку. Вона поглянула вниз, на ці жалюгідні рештки, а потім підвела очі.

Дівчина, котра грала на роялі, стояла посеред садка, дивлячись на неї переляканими очима.

Жінка простягнула до неї руку, бажаючи якось скоротити відстань, щось сказати, пояснити, вибачитися перед дівчиною, перед цим місцем, перед світом, перед усіма на світі. Але дівчина втекла.

Небо вкрилося димом, що здіймався вгору, а потім повертав на південь, у напрямку Мехіко.

Вона стерла пилок із затерплих пальців і, дивлячись у задимлене небо, сказала через плече, не відаючи, чи чув у номері її чоловік:

— Знаєш... сьогодні треба з'їздити до вулкана. Схоже, буде виверження. Б'юся об заклад, вогню там буде багатенько.

«Так, — подумала вона, — і цей вогонь заполонить все небо, і падатиме надовкола, й обійме нас — міцно, палко, тривко, а потім відпустить, і ми станемо попелом, і вітер понесе нас, вогненний попіл, на південь...»

— Ти чуєш мене?

Вона зупинилася біля ліжка, замахнувшись кулачком, але так і не вдарила його по обличчю.

Шмаркач МакҐіллахі

У 1953 році я провів шість місяців у Дубліні, працюючи над сценарієм. Відтоді я там більше не бував.

Тепер, п'ятнадцятьма роками пізніше, я добирався туди спочатку пароплавом, потім – поїздом, і нарешті, таксі. І ось я знову тут, перед «Роял Гайберніан»[1], і ми, вийшовши із таксі, прямуємо сходинками до парадного входу, коли це зненацька жебрачка із криком тицяє нам в обличчя свою замурзану дитину:

– Згляньтеся на нас, заради Бога! Співчуття – це все, що нам потрібно! Чи є у вас хоч дрібка співчуття?

Щось таке проглядалося на моєму обличчі, тому, обмацавши кишені у пошуках грошей, я витяг якийсь дріб'язок і вже ладен був його віддати, коли це мимоволі тихо чи то скрикнув, чи то вигукнув. Монети вислизнули з моїх рук.

Бо в цю мить дитина подивилася на мене, а я – на неї.

---

[1] Див. примітку до оповідання «Нав'язливий привид новизни».

Її відразу ж прибрали з моїх очей. Жінка нахилилася, щоби позбирати гроші, перелякано поглядаючи на мене.

– Що трапилося? – Дружина потягла мене у хол, але я був настільки приголомшений, що, підійшовши до столика адміністратора, забув власне ім'я.

– Що з тобою? Що *трапилось?*

– Ти бачила дитину?

– Тієї жебрачки?

– Це *та сама.*

– *Що* та сама?

– Та сама дитина, – сказав я, і все в мені задерев'яніло, – котру нам тицяли в обличчя п'ятнадцять років тому!

– Не може бути!

– Може, – я підійшов до дверей вестибюля і визирнув назовні.

Але вулиця була безлюдною. Жінка і її зловісний згорток зникли, побігши на якусь іншу вулицю, до іншого готелю, до інших прибувальців чи вибувальців.

Я зачинив двері і підійшов до чергового готелю.

– Ну і..? – бовкнув я.

Відтак, згадавши врешті своє прізвище, таки зареєструвався.

Проте дитя не давало мені спокою. Тобто не давав спокою спогад про нього.

Спогад про давні роки і дні, сховані за дощами і туманами, про матір та її маленьку дитину, про замурзане крихітне личко тої дитини і крик тої матері, що радше нагадував скрегіт гальм, на котрі натиснули, аби не чути осуду.

Інколи, серед ночі, я вкотре наслухав її заплачки, коли у препаскудну ірландську погоду вона спускалася зі скелястого узбережжя туди, де море з його припливами та відпливами одвіку не відає про спокій, як після цього не відав про спокій і я.

І дитя тут також було.

Дружина вряди-годи ловила мене на тому, що за чаєм я витаю думками бозна-де чи після вечері замріявся над горнятком кави по-ірландськи, і питала:

– Знову *це?*

– Так.

– Але ж це безглуздя.

– Так, це безглуздя, я знаю.

– Ти завжди насміхався із метафізики, астрології й хіромантії.

– Це генетичне.

— Ти зіпсуєш собі всю відпустку, — дружина передала мені абрикосовий пиріг і налила ще чаю. — Оце вперше ми подорожуємо, не обтяжені ні сценаріями, ні романами. Але сьогодні вранці в Голуеї ти весь час озирався – так ніби вона все ще дріботіла за нами зі своєю точною копією.

— Справді так було?

— Ти ж знаєш, що так і було. Ти кажеш, що то генетика? Доволі логічне, як на мене, пояснення. Тобто ти припускаєш, що саме ця жінка жебрала тоді, п'ятнадцять років тому, поблизу нашого готелю. Що ж, хай буде так, але в неї вдома п'ятнадцять діточок, і кожне з них на дюйм менше за наступне, і всі вони на одне лице – наче мішки з картоплею. В багатьох сім'ях так буває. Орава дітей, котрі вдалися у тата, і гурма дітей – викапана мама, а між ними жодної подібності. Так, ця дитина справді схожа на ту, котру ми бачили надцять років тому. Але ж і ти схожий на свого брата, чи не так, хоча між вами і дванадцять років різниці?

— Продовжуй! — попрохав я. — Так я почуваюся значно краще.

Але це було неправдою.

Я виходив і нишпорив по вулицях Дубліна.

О, я сам собі в цьому не зізнавався, у жодному разі. Однак я шукав.

Від Трініті-коледжу догори по О'Коннелл-стріт і – навпаки, аж до парку Сант-Стівенс Ґрін, я вдавав, що в неуявному захопленні від місцевої архітектури, хоча насправді шукав лише її з її моторошним сповитком. Хто лише хапав мене за поли – банджоїсти, чечітники, псалмоспівці, тенори, котрі видавали замість співу якесь булькання, і баритони, котрі згадували втрачене кохання чи надгробну плиту на могилі своєї мами, проте ніде не було видно моєї «здобичі».

Врешті-решт я звернувся до швейцара «Роял Гайберніан».

– Майку, – почав я.

– Слухаю, сер, – відповів той.

– Та жінка, котра вешталася тут, на сходах...

– Та, що з немовлям?

– Ви її знаєте?

– Чи знаю я її! Господи Ісусе, та мені ще й тридцяти не стукнуло, коли вона почала отруювати моє життя, а тепер ось, гляньте, я вже геть посивів!

— Невже вона жебракувала *всі ці роки?*

— І нині, і прісно!

— Її звати...

— Здається, Моллі... МакҐіллахі. Саме так. Вона МакҐіллахі. Перепрошую, сер, але чому ви питаєте?

— Чи *дивилися* ви на її немовля, Майку?

Його аж пересмикнуло, так ніби в ніс вдарив сморід.

— Багато років тому я полишив подібні спроби. Ці жебрачки тримають своїх дітей в жахливому стані, сер, дивно, як ті ще не хворіють на бубонну чуму. Вони їх не підітруть, не вимиють, і навіть дрантя не поміняють. Охайність вадить жебракам. Що смердючіше, то краще — отаке їхнє гасло, еге ж?

— Саме так, Майку, і все ж таки невже ви жодного разу не приглянулися до того немовляти?

— Я кохаюся в естетиці, тому завжди відводжу погляд від такого. І тут я вам нічим не можу зарадити, сер. Пробачте.

— Уже пробачив, Майку. — Я дав йому два шилінги. — А чи не бачили ви їх на днях?

— А й справді... дайте-но мені пригадати... Вони не з'являлись тут з... — він почав рахувати на пальцях, а тоді з подивом сказав: — Та вже майже десять днів! Такого раніше ніколи не було! Десять днів!

— Десять, — повторив я, роблячи свій власний підрахунок. — Тобто з того дня, відколи я вперше з'явився в готелі.

— Ви хочете сказати, що...?

— Так, саме це.

І я спустився по сходах, сам не знаючи, чому я так сказав і що мав на увазі.

Було очевидно, що вона від мене ховається.

Я й на хвильку не повірив, що вона чи її дитина захворіли.

Наша зустріч перед готелем і викресані іскри, коли ми з немовлям зненацька зустрілися поглядами, сполохали її, наче лисицю, і змусили ховатися бозна-де — в якомусь іншому провулку, на іншій вулиці, в іншому місті.

Я відчув її небажання зустрітися зі мною. І нехай вона була лисицею, зате я з кожним днем ставав усе кращим гончаком.

Я взяв собі за звичку прогулюватись у різний час у найнесподіваніших місцях.

Я міг зненацька вистрибнути з автобуса у Болсбріджі і вештатися там в тумані, або ж доїхати на таксі до Кілкока і нишпорити у пабах. Я навіть колінкував у церкві декана Свіфта[1] і чув відлуння його гуїгнгнмоподібного голосу[2], відразу ж нашорошуючись від найменшого дитячого пхикання.

Це було справжнє божевілля – оте безглузде переслідування. І попри те я продовжував чухати кляту сверблячу болячку. Та якось, пізно ввечері, коли потоки дощу

---

[1] Мається на увазі Катедральний собор Святого Патрика, або Собор Діви Марії та Святого Патрика *(Árd Eaglais Naomh Pádraig)* – англіканська базиліка, головний храм протестанської Церкви Ірландії у Дубліні та усієї Ірландії, до найуславленіших деканів якої належить автор знаменитих «Мандрів Гуллівера» Джонатан Свіфт *(Jonathan Swift*, 1667–1745). Дж. Свіфт деканував у Соборі із 1713 по 1727 рр. Там він і похований у центральному нефі.

[2] Тобто голосу, схожого на кінське іржання. Гуїгнгнми (англ. *houyhnhnm*) – вигадані коні, наділені розумом, схожим на людський. Країна гуїгнгнмів змальована у IV частині роману Дж. Свіфта «Мандри Гуллівера». Автор пише, що слово «гуїгнгнм» у мові гуїгнгнмів означає «кінь», а за своєю етимологією – «вінець творіння».

зі швидкістю мільйон краплин на секунду стікали з мого капелюха, проклавши собі рівчаки на його крисах; коли я не брів, а плив, завдяки дивовижній і неуявній випадковості це й сталося...

Отож, вийшовши з кінотеатру, де крутили старий фільм 30-го року із Воллесом Бірі[1] і жуючи шоколадку «Кедбері», я завернув за ріг...

І тут ця жінка знову тицьнула мені під ніс свій сповиток і крикнула знайоме:

– Якщо в вас є хоч трохи милосердя...

Враз вона зупинилася. І різко розвернулася. І побігла геть.

Бо за мить *усе* збагнула. І дитина в неї на руках, немовля із збудженим крихітним личком та жвавими тямущими очима, також впізнало мене! Обидва видобули із себе щось на кшталт нажаханого крику.

Боже ж мій, як швидко могла бігати ця жінка!

---

[1] Воллес Фіцджеральд Бірі (*Wallace Fitzgerald Beery*, 1885–1949) – американський актор, лауреат премії «Оскар». За свою кар'єру, яка тривала близько 40 років, знявся майже у 250 фільмах. Пік його слави припадає саме на 30-і рр. минулого століття.

Вона встигла пробігти цілий квартал, поки я спромігся крикнути:

— Тримайте крадійку!

Нічого кращого у цей час я придумати не міг. Бо дитина була загадкою, яку я будь-що хотів розгадати, а жінка втікала разом із цією загадкою. Тому я і поважав її за крадійку.

Отож, я кинувся за нею навздогін, кричучи:

— Стій! На поміч! Гей *ви*, там!

Перші півмилі ми пробігли з розривом у сто ярдів. Далі помчали мостами над Ліффі[1] і аж до Ґрафтон-стріт, а коли я заскочив у парк Сант-Стівенс Ґрін, то виявив... що там нікого не було!

Наче крізь землю провалилася.

«Хіба що, — подумав я, уважно роззираючись надовкола, — вона шмигнула у паб «Чотири Провінції».

І саме туди я й зайшов.

Це була непогана здогадка.

І я тихо причинив за собою двері.

Там, за стійкою бару, знайома жебрачка замовила для себе пінту «Ґіннесу» і шкля-

---

[1] Ліффі – ріка в Ірландії, що протікає через центр Дубліна.

ночку джину, щоби мало що смоктати щасливе немовля.

Я трохи заспокоївся, відтак зайняв місце за стійкою і зробив замовлення:

– Джин «Бомбей», будь ласка!

Зачувши мій голос, дитина здригнулася і, порснувши джином, зайшлася кашлем.

Жінка повернула її і поплескала по спинці. Почервоніле личко немовляти повернулося до мене: заплющені очі, широко відкритий рот. Нарешті напад кашлю минувся, обличчя трохи посвітліло, і тоді я сказав:

– Послухай, малюче!

Тиша. У барі затамували подих.

– Ти забув поголитися, – закінчив я фразу.

Маля почало вовтузитися на руках у матері і якось дивно жалісливо пхинькати, проте я швидко це припинив:

– Не бійся. Я не з поліції.

Жінка розслабилася – неначе її м'язи усі нараз перетворилися на желе.

– Спусти мене на землю, – мовило немовля.

Вона послухалася.

– І налий мені джину.

Вона подала йому склянку із джином.

– Ходімо у зал, там нам ніхто не заважатиме.

Маля попрямувало в зал, однією рукою притримуючи пелюшки, а в іншій стискуючи склянку з джином, з якоюсь навіть гідністю. Як воно і припускало, тут не було ні душі. Немовля без моєї допомоги видерлося на крісло за столом і допило свій джин.

– Господи, мені би не завадило хильнути ще! – пропищало воно.

Поки мама пішла ще за однією порцією для нього, я всівся поруч, і ми тривалий час лише мовчки вдивлялися один в одного.

– То що ти про все це думаєш? – озвався він нарешті.

– Не знаю. Потрібен час, щоб осмислити все це, – мовив я. – А тоді або вибухнути сміхом, або зайтися плачем.

– Краще вже сміх. Не люблю сліз.

Він довірливо простягнув мені руку. Я потиснув її.

– Мене звати МакҐіллахі. Більше знаний як Шмаркач МакҐіллахі. Або ж просто – Шмаркач.

– Шмаркач, – повторив я і й собі відрекомендувався: – Сміт.

Він міцно схопив мою руку своїми крихітними пальчиками.

– Сміт? Та це не прізвище, а щось на кшталт – почув і забув. А от моє, Шмаркач, сягає глибини у десять тисяч льє! Як, запитаєш ти, ведеться мені тут? А як ведеться тобі – такому стрункому, поставному, пановитому. Ну та хай там, ось твоє пійло – таке саме, як моє. Пий і слухай.

Жінка повернулася з двома повними склянками. Я випив, поглянув на неї і запитав:

– Ви – його мама?

– Вона мені сестра, – промовив малюк. – Наша мама давно вже подалася до праотців і найближчих тисячу років зароблятиме там по півпенні на день, а надалі взагалі ні пенса милостині і мільйони студених весен!

– То це твоя сестра? – напевно, у моєму голосі бринів сумнів, бо жінка швидко від нас відвернулася і взялася пити своє пиво.

– Ти б сам ніколи не здогадався, чи не так? Вона з вигляду в десять разів старша від мене. Але кого не зістарять Зими, того зістарять Злидні. Зими та Злидні –

343

от і весь секрет. Навіть порцеляна тріскає від такої погоди. А моя сестра була настільки прекрасна – як найтоншої роботи порцеляна, яку літо випалювало у своїй печі. – Він лагідно штовхнув її ліктем. – І ось тепер вона мені за маму – всі тридцять років.

– І ви всі ці тридцять років були...?

– Біля парадного під'їзду «Роял Гайберніан»! І навіть довше! І наша мама, і тато, і *його* тато, і всі родичі! Того дня, коли я щойно народився і мене лише сповили, я вже опинився на вулиці, а мама циганить «Христа ради», а світ надовкола глухий, німий і сліпий, і кам'яний, і замогильний. Тридцять літ із сестрою, десять літ з мамою – ось скільки часу Шмаркач МакҐіллахі бере участь у цьому реаліті-шоу!

– Сорок? – вигукнув я, і щоби якось дійти до тями, допив свій джин. – Тобі справді сорок? І всі ці роки... але як?

– Як це я ухитрився відхопити таку роботу? – перепитав малюк. – Таку роботу не вибирають, для такої роботи, як то мовиться, треба *народитися*. Дев'ять годин у нічний час, жодних тобі неділь, жодних табельних годин, жодних зарплат – лише пилинки і ворсинки з кишень багатих гультяїв.

– Але я все-таки не розумію, – сказав я, натякаючи жестами на його зріст, будову і колір обличчя.

– Я й сам ніколи цього не розумів, – сказав Шмаркач МакҐіллахі. – Можливо, я на біду народився ліліпутом? Чи в моєму рості винуватий збій у якихось залозах? А, можливо, хтось розпорядився від гріха подалі, щоби я залишався кордуплем?

– Навряд чи...

– Гадаєте, ні? А ось послухайте. Тисячі разів, і тисячу тисяч разів я чув, як мій батько, повертаючись із старцювання, тицяв пальцем у мою ліжечко і, вказуючи на мене, промовляв: «Шмаркачу: що би там не було, але ти не рости, і хай не росте жоден твій м'яз, жодна волосина! Світ навколо тебе – це справді прегарна штука. Чуєш мене, шмаркачу? Довкола тебе Дублін, а там уся Ірландія, а далі – і цілісінька Англія. Але це – не для тебе, тобі не варто рости; отож, слухай-но, шмаркачу, ми зупинимо твій ріст правдою, істиною, пророцтвами та ворожбою, ти в нас джин попиватимеш

345

та іспанські сигарети куритимеш, аж поки не станеш справжнісінькою ірландською шинкою – рожевою, солодкавою і маленькою, *маленькою* – ти чуєш мене, шмаркачу? Я тебе не хотів. Але якщо вже з'явився на світ, то лежи тихіше від миші, не ходи, а плазуй, не говори, а скавули, не працюй, а байдикуй, а коли світ виявиться надто великим для тебе, шмаркачу, то скажи йому все, що ти про нього думаєш: *нацюняй* у пелюшки. Ось, шмаркачу, тобі на вечерю самогонка – дудли її! Чотири вершники Апокаліпсису[1] чекають на нас біля річки Ліффі. Хочеш їх повидіти? Чіпляйся за мене! Вперед!»

І ми відправлялися у вечірнє турне: тато нашкварював на банджо, а я сидів коло його ніг із мисочкою на простибіг, або ж він відбивав чечітку, тримаючи однією рукою мене під пахвою, а другою – банджо,

---

[1]   Термін, що описує чотирьох персонажів з шостої глави «Одкровення Іоанна Богослова», останньої з книг Нового Заповіту. Вчені досі розходяться в думках, що саме уособлює кожен з вершників, проте їх часто іменують Завойовник (Чума, Хвороба, Мор), Війна, Голод і Смерть (Мор). Бог закликає їх і наділяє силою сіяти святий хаос і руйнування у світі.

і витискаючи із нас обидвох немилосердні звуки.

Пізно вночі повертаємося додому і лежимо всі четверо в одному ліжку, наче купа підгнилої картоплі, залишена із призабутих голодних часів.

А інколи серед ночі, не знаючи, до чого вчепитись, мій тато вискочить з ліжка і вибіжить надвір у холодриґу та й давай погрожувати небесам кулаками, пам'ятаю це все, я пам'ятаю. Я на власні очі бачив, на власні вуха чув, як він погрожує самому Господові. Мовляв, ти тільки попадись мені в руки, то тільки пір'я полетить, і бороду повисмикую, і згасне світло, і величний театр Буття закриється навіки! Ти чуєш, Боже, німа тварюко, з одвічними дощовими хмарами, повернутими до мене своїми чорними сраками, чи тобі наплювати?

І наче зачувши його, плакало небо, і так само плакала моя мама всю ніч, усю ніч.

І був ранок, і я знову – на вулицю, але вже з нею, і цього разу я *в неї* на руках, і так від неї до нього, від нього до неї, день за днем, і були мамині жалі за тими мільйонами життів, котрих забрав голод п'ятдесят першого, і було татове прощання з чотирма мільйонами тих, котрі відпливли у Бостон[1]...

Однієї ночі тато також зник. Можливо, він, як і всі інші, відплив на якомусь божевільному кораблі, щоб забути нас. Я прощаю його. Бідолаха геть збожеволів від голоду і схибнувся на тому, щоби дати нам те, чого не міг...

Отож, коли моя мати просто розтанула у власних сльозах, розчинилася, якщо можна так висловитись, наче цукровий святий, зникла ще до того, як звіявся вранішній туман, і сира земля прийняла її, і моя сестра, дванадцятилітня дитина, за одну ніч стала дорослою, ну а я, я, як же я? Я виріс мізинчиком. Як бачите, для кожного з нас віддавна були розписані ролі. Я ж бо змалку готувався до власного ви-

---

[1] Великий голод в Ірландії (ірл. *An Gorta Mór*, англ. *Great Famine*, відомий також як Ірландський картопляний голод) відбувся в Ірландії в 1845–1849 рр. Голод був викликаний деструктивною економічною політикою Великобританії і спровокований епідемією одного із різновидів фітопатогенного картопляного гриба. В результаті голоду загинуло від 500 тис. до 1,5 млн людей. Значно збільшилася еміграція (з 1846 по 1851 рр. виїхали 1,5 млн людей), особливо в США, що стала постійною межею історичного розвитку Ірландії.

ходу, бо клянуся, знав, що моя роль – роль трагіка!

Всі порядні дублінські торботряси кричали про це. Ще коли мені було заледве дев'ять днів від народження, кожен з них захопливо твердив: «Ото буде канюка із канюк!»

І потім, коли мені стукало двадцять чи тридцять днів, і мама стояла зі мною під дощем біля «Еббі-сієтр»[1], то актори й режисери, котрі проходили мимо, почувши мої гельські заплачки, казали, що мені неодмінно слід учитися на актора. Отож, сцена тільки й чекала, коли я виросту, але я так і не виріс. А Шекспір не писав ролей для шмаркачів. Хіба що Пак[2] – оце, либонь, і все. Так минуло сорок днів, п'ятдесят днів від мого народження, і моє лицедійство настільки розпекло всіх до чорного жару, що старцюги наввипередки канючили, щоби їм визичили мою плоть, душу і голос – там на годинку, сям на годинку. Якось одна

---

[1] Йдеться про Театр Абатства (англ. *Abbey Theatre*) – національний ірландський театр, заснований у 1904 р., знаходиться в Дубліні.

[2] Пак – ельф, домовик-пустун із п'єси Вільяма Шекспіра «Сон літньої ночі».

стара леді, коли хворіла і була прикута до ліжка, навіть поборгувала мене на цілих півдня. І всі, хто орендував мене, не могли мною нахвалитися. «Боже ж ти мій, – лопотали вони, – та він своїм криком висмокче грошву навіть зі скарбони у самого Папи!»

А котрогось недільного ранку біля Собору, запримітивши дорогі ризи і розкішний плащ одного американського кардинала, я влаштував такий концерт, що вразив його у самісіньке серце. І сказав він тоді таке: «Цей крик – наче перший крик новонародженого Ісуса, та вчувається в ньому і верескотня Люцифера, котрого вигнали з небес і вкинули просто в киплячу пекельну смолу!

Саме так і сказав про мене шановний кардинал. Христос і Диявол в одній подобі; гріх і праведність, що злітають із одних вуст водночас, а *ви* могли би втнути таке?

– Ніколи, – чесно зізнався я.

– Чи візьмімо інший трафунок, пізніше, через купу літ, із тим навіженим американським кінщиком, котрий за білими китами ганявся. Коли він вперше мене побачив, то лише мимохідь позирнув... і підморгнув! А потім витяг банкноту у фунт стерлінгів і не віддав сестрі – о ні! – а взяв мою запаршивілу руку, тицьнув гроші у мою долоню, стиснув, знову підморгнув і пішов собі геть.

Пізніше я бачив його фотографію в газеті, коли він вбиває страхітним гарпуном Білого Кита, наче ненормальний якийсь. І скільки разів потім ми би на нього не натикалися, я завжди відчував, що він бачить мене наскрізь, але все одно я ніколи не підморгував йому навзаєм. У мене була німа роль. І він завжди притримував для мене свій фунт, і пишався тим, що я не здаюся і вдаю, що не знаю, що він все знає.

З усіх тих тисяч, котрі пройшли повз нас біля готелю, він був єдиним, хто дивився мені прямо в очі, ну і ще ти. Усі інші були надто сором'язливими, щоби ще й дивитися на тих, кому подають.

Так от до чого я веду: і той режисер, і актори з «Еббі-сіетр», і кардинали, і геть усі жебраки, котрі в один голос твердили, що я справжнісінький талант і навіть геній – *усе це разом* і запаморочило мені голову.

Додайте до цього ще й дзвін, що постійно відлунював у моїх вухах з часів великого голоду, і що не день – то чийсь похорон, то марші безробітних на вулицях, ну, тепер дотямили? Битий дощами і народними бурями, та ще й надивившись усякої всячини, я просто *змушений* був впасти, скотитися вниз, чи не так?

Якщо тримати дитину впроголодь, то годі сподіватися, що з неї будуть люди. Чи нині дива все-таки трапляються?

Отож, набачившись усілякого паскудства, хіба міг я вирости вільним у цьому світі обману та гріха, де панують природна і неприродна людина? Ні і ще раз ні! Мені потрібна була якась затишна місцина в цьому жорстокому світі, а що я був цього позбавлений, і назад, у материнське лоно, шляху не було, то я просто згорнувся калачиком, щоб захиститися від дощу і негоди. Я хизувався своїм стражданням.

І знаєш – я виграв.

«Так, шмаркачу, – подумав я. – Ти справді виграв».

– Ось і вся моя історія, – промовив малюк, сидячи на стільці у безлюдному барі.

І вперше від початку своєї розповіді глянув на мене.

І жінка, що доводилася йому сестрою, а насправді виглядала як його посивіла мама, також, зрештою, зважилася здійняти очі на мене.

– Зажди, – сказав я, – а чи дублінці знають про це?

– Деякі знають. І навіть заздрять мені. А інші ненавидять – бо ті лиха і випробування, що насилає на них Господь, мене майже завжди оминають.

– А поліція?

– А хто їм скаже?

Запала тривала тиша.

За вікнами періщив дощ.

Пронизливо, наче душі у пеклі, скрипіли дверні петлі, коли хтось заходив чи виходив.

Тиша.

– Не я, – спромігся я.

– Слава тобі, Господи...

І сльози скотилися по щоках сестри.

І сльози скотилися по замурзаному личку маляти.

Вони не приховували сліз і не намагалися їх втерти, і врешті ті й самі висохли, і ми допили свій джин і ще хвильку посиділи, а потім я сказав:

– Найкращий готель у місті – це «Роял Гайберніан», чи не так? Я маю на увазі – для прошаків?

– Так, – підтвердили вони.

– І саме через страх зустрітися зі мною ви так довго уникали найприбутковішого місця?

– Так.

– Вечір щойно почався, – додав я, – опівночі буде навала багатіїв із Шеннона[1] – саме прибуде літак.

І я підвівся.

– Якщо дозволите, я проведу вас.

– Календар зі святими переповнений, – сказала жінка, – але ми спробуємо якось втиснути туди і вас.

Потім я провів цю жінку МакҐіллахі з її крихіткою крізь пелену дощу назад, до «Роял Гайберніан», і всю дорогу ми говорили про юрму, що десь опівночі прибуде з аеропорту, заклопотана тим, щоби встигнути хильнути віскі, а заодно і зареєструватися в готелі – прекрасний час для старцювання, з його холодним дощем і всіма іншими плюсами, і цей час ніяк не можна пропустити.

---

[1] Шеннон (ірл. *Aerfort na Sionainne*) – один із основних аеропортів Ірландії, розташований у графстві Клер за 24 км на південь від міста Енніс.

Частину шляху я ніс малого на руках, бо жінка виглядала вкрай змученою, але коли ми побачили готель, я віддав їй немовля, сказавши:

– Це *вперше* вас...

– Викрив турист? Так, – промовив малюк. – У вас око, наче у видри, сер.

– Я письменник.

– А бодай мене! – вигукнув він. – Мені слід було здогадатися! Але ж ви не...

– Я не напишу жодного слова про вас: принаймні у найближчі п'ятнадцять років.

– Нічичирк?

– Нічичирк.

Ми були за якусь сотню метрів від готелю.

– Отут я вже мушу заткнутися, – промовив Шмаркач, лежачи на руках у своєї немолодої сестри і стискаючи крихітні кулачки, підпилий, але свіженький, немов огірочок, із м'ятною цукеркою у роті, щоби перебити запах джину, окастий і розкудланий, загорнутий у брудне лахміття. – В нас із Моллі правило – жодних розмов під час роботи. Тримайте мою руку!

Я схопив крихітний кулачок, маленькі пальчики. Наче торкнувся щупалець актинії.

– Благослови вас Господь! – сказав він.

– І нехай Господь вас береже, – відповів я.

– Ще якийсь рік, і ми призбираємо достатньо грошей, щоби купити квитки на корабель до Нью-Йорка.

– Цілком, – підтвердила сестра.

– І вже не потрібно буде жебракувати, і не потрібно буде бути чорномазим немовлям і верещати під дощем ночами, і ми знайдемо якусь пристойну роботу просто неба, чи не так? І ви поставите за нас свічку?

– Вважайте, що я вже її запалив, – пообіцяв я і потиснув йому руку.

– То йдіть уже.

– Йду! – сказав я.

І швидко пройшов до входу у готель, куди вже з'їжджалися таксі з пасажирами з нічного авіарейсу.

За спиною я почув тупотіння жінки й, озирнувшись, побачив, як вона високо здіймає руки і простягає під дощ Святу дитину.

– Будьте милосердними... – скрикнула вона. – Зжальтеся...

І було чути, як дзеленчать монети у мисочці, і як жалібно скавулить дитина, і як прибувають все нові і нові автівки, і як жінка плаксиво кричить «милосердя», «дякую!», «співчуття...», і «Благослови вас Господь!», і «Хвала Господові!» – і я витер сльози з власних очей, і сам я чувся вісімнадцяти дюймів на зріст, і коли ледве видряпався сходами готелю, то впав у ліжко, і всю ніч холодний дощ голосно вистукував у шиби, а вже на світанку, прокинувшись і визирнувши з вікна, я побачив, що вулиця перед готелем порожня і лише хвища продовжує навісніти.

КОСА

Містичне оповідання «Коса» («The Scythe») було опубліковане в липні 1943 р. у журналі «Вірд тейлс» (Weird Tales), з'являлося на сторінках збірок «Dark Carnival» [Темний карнавал] (1947), «The October Country» [Жовтнева країна] (1955), а також інших численних як авторських антологій, так і книг інших редакторів: Пітера Гейнінґа («Legends for the Dark» [Легенди для темної пори дня], 1968 і «Summoned from the Tomb» [Покликані з могили], 1973), Джона Фостера («Stories of Terror» [Оповідання жаху], 1982), Айзека Азімова («Tales of the Occult» [Потаємні оповіді], 1989) та Гелен Крессвелл («Mystery Stories» [Загадкові історії], 1998).

Українською перекладено вперше.

ТУМАННИЙ ГОРН

Оповідання «Туманний горн» («The Fog Horn») було написане навесні 1949 р. і вперше опубліковане знаменитим індіанаполіським щодвамісячним часописом літературно-публіцистичного спрямування «Сетердей івнінґ пост» (The Saturday Evening Post) – у червні 1951 р. Через два роки воно ввійшло до знакової збірки «Сонце – яблука злотаві» (The Golden Apples of the Sun, 1953). Цікаво, що в журналі оповідання друкувалося під своїм оригінальним заголовком – «Чудовисько з глибини 20 000 сажнів» (The Beast from 20.000 Fathoms), а в передруку 1981 р. тим самим часописом називалося «Угору з безодні» (Up from the Deep).

У 1953 р. за мотивами цього бредберівського оповідання франко-канадський режисер родом із Харкова Ежен Лур'є (1903–1991) зняв фільм «Чудовисько з глибини 20 000 сажнів».

Рукопис оповідання і кількох його редакцій зберігається в т. зв. Колекції Донна Олбрайта, що в жовтні 2013 р. була передана на зберігання до Центру досліджень Рея Бредбері при Гуманітарному факультеті Університету штату Індіана.

Українською перекладено вперше.

СИЛОВА УСТАНОВКА

Оповідання «Силова установка» («Powerhouse») було написане влітку 1945 року, а образ «силової установки» був напряму (аж до зелених шибок!) навіяний електростанцією, що знаходилася неподалік помешкання Рея Бредбері в каліфорнійському містечку Вініс і на яку виходило єдине віконце гаража, що правив письменнику за студію.

Оповідання не одразу пощастило продати видавцеві, аж поки за півроку порівняно маловідомий журнал «для працюючих жінок» «Чарм» не дав згоди на публікацію, що мала місце у березні 1948 року і принесла письменнику третю премію щорічної нагороди для авторів короткої прози імені О. Генрі. Згодом увійшло до збірок «Сонце – яблука злотаві» (The Golden Apples of the Sun, 1953), «Вінтажний Бредбері» (The Vintage Bradbury, 1965), «Двічі по двадцять два» (Twice Twenty-two, 1966), «К – означає космос» (S Is for Space, 1966) та інших.

Українською перекладено вперше.

БАНКА

Перша публікація фантастичного оповідання «Банка» («The Jar») відбулася на сторінках бульварного фантастичного журналу «Вірд тейлс» (Weird Tales) у листопаді 1944 р. Було включене згодом до авторських оригінальних та ретроспективних збірок «Dark Carnival» [Темний карнавал] (1947), згодом історія передруковувалася в антологіях «The October Country» [Жовтнева країна] (1955), «The Stories of Ray Bradbury» [Оповідання Рея Бредбері] (1980). Потрапило до складу антологій «The Sleeping and the Dead» [Поснулі і мертві] (1947, редактор – Оґаст Дерлет), «Fear and Trembling: Shivery Stories» [Страх і дрож: лячні історії] (1948, редактор – Альфред Гічкок), «Suddenly» [Зненацька] (1965, редактор – Марвін Аллен Карп та Ірвінґ Сеттел), «Dr. Caligari's Black Book» [Чорна книга доктора Калігарі] (1968, редактор – Пітер Гейнінґ) і «The Century's Best Horror Fiction 1901–1950» [Найкраща література жахливого 1901–1950 рр.] (редактор – Джон Пілан).

Українською перекладено вперше.

ПРИСМЕРКОВИЙ ПЛЯЖ

Фантастичне оповідання «Присмерковий пляж» («The Shoreline at Sunset») уперше з'явилося друком в журналі «Меґазін оф фентезі енд сайєнс фікшн» (The Magazine of Fantasy and Science Fiction) у березні 1959 р. Того ж року під альтернативним заголовком «The Sunset Harp» [Присмеркова арфа] публікувалося в бульварному щомісячнику «Арґосі» (Argosy). Ввійшло до авторських збірників «Medicine for Melancholy» [Медикаменти від меланхолії] (1959), «The Day It Rained Forever» [День, коли постійно дощило] (1959), «Twice Twenty-two» [Двічі по двадцять два] (1966), омнібусів «The Stories of Ray Bradbury» [Оповідання Рея Бредбері] (1980), «Classic Stories 2» [Класичні оповідання 2] (1990), а також міжавторських антологій «The 5th Annual of the Year's Best S-F» [П'ятий щорічник кращої НФ] (1960) та «The Best of Sci-Fi 5» [Найкраща НФ – 5] (1966, редактор обох – Джудіт Меррілл).

Українською перекладено вперше.

МАРЕННЯ В ГАРЯЧЦІ

В основу горор-оповідання «Марення в гарячці» («Fever Dream») покладено мікрооповідання («поезію в прозі» за визначенням бредберізнавців Джонатана Еллера та Вільяма Тупонса) «Wilber and His Germ» [Вілбер та його мікроб] (1941), вперше опубліковане в часописі «Скріпт» (Script) у травні 1941 р. Згодом, у вересні 1948 р., історія, значно опрацьована та розширена, була надрукована на сторінках відомого серед любителів фантастики журналу жанрової літератури (фентезі і жахів) «Вірд тейлс» (Weird Tales). Також було відоме під заголовком «Creation: The Moment of Touch» [Сотворіння. Мить доторку]. Оповідання ввійшло до збірників «Medicine for Melancholy» [Медикаменти від меланхолії] (1959), «The Day It Rained Forever» [День, коли постійно дощило] (1959), «The Vintage Bradbury» [Вінтажний Бредбері] (1965), «Twice Twenty-two» [Двічі по двадцять два] (1966), «To Sing Strange Songs» [Співати дивні пісні] (1979), омнібусів «The Stories of Ray Bradbury» [Оповідання Рея Бредбері]

(1980), «Classic Stories 2» [Класичні оповідання 2] (1990), а також міжавторських антологій «Beyond the Curtain of Dark» [За завісою темряви] (1966, редактор – Пітер Гейнінг), «Tales of the Uncanny» [Химерні історії] (1968) та «Bloch and Bradbury» [Блох і Бредбері] (1969, редактор обох – Курт Зінгер), «Whispers from Beyond» [Шепіт із потойбіччя] (1972), «The Ghost's Companion» [Товариш привиду] (1975, редактор – Пітер Гейнінг), «Tales from Beyond the Grave» [Загробні історії] (1982), «Horrifying and Hideous Hauntings» [Потворна поторóч] (1986, редактори – Гелен та Френклін Гоуки), «Bruce Coville's Shapeshifters» [Перевертні Брюса Ковілла] (1999) і «Don't Turn Out the Light» [Не вимикайте світла] (2005, редактор – Стівен Джоунс).

Українською перекладено вперше.

ТАК ПОМЕРЛА РЯБУШИНСЬКА

Фантастичне оповідання «Так померла Рябушинська» («And So Died Riabouchinska»), також відоме в деяких публікаціях під заголовком «The Golden Box» [Золота коробка], за твердженням відомих бредберізнавців Джонатана Еллера та Вільяма Тупонса, належить до умовного підциклу оповідань про маріонеток та манекенів, що свого часу еволюціонували з маловідомої горор-історії «The Trunk Lady» [Дама з валізи] (1944). Уперше було замислене автором як сценарій для радіоп'єси в 40-х рр. XX ст., що дебютувала в програмі компанії Сі-бі-ес у листопаді 1947 р. У червні-липні 1953 р. оповідання, що було написане на основі сценарію, з'явилося на сторінках детективного журналу «Сейнт» (The Saint

Detective Magazine), а також ввійшло до оригінальної збірки Рея Бредбері «The Machineries of Joy» [Машинерія радості] (1964) та пізнішого омнібуса «The Stories of Ray Bradbury» [Оповідання Рея Бредбері] (1980). Оповідання також було екранізовано для телепроектів «Альфред Гічкок представляє» (Alfred Hitchcock Presents, 1956) та «Кіно від Рея Бредбері» (The Ray Bradbury Theater, 1988).

Образ головної героїні, вірогідно, навіяний постаттю відомої в 30-40-х рр. балерини Тетяни Рябушинської (1917–2000), учениці Матільди Кшесінської, яка виступала в «Російському балеті Монте-Карло» (Франція), а у воєнні та повоєнні часи – в Нью-йоркському театрі балету, на різноманітних сценах Бродвею та інших театрів Європи та Америки.

Українською перекладено вперше.

ХЛОПЦІ, ВИРОЩУЙТЕ ВЕЛЕТЕНСЬКІ ГРИБИ У ПІДВАЛІ!

Оповідання «Хлопці, вирощуйте велетенські гриби у підвалі!» («Boys! Raise Giant Mushrooms in Your Cellar!»), що належить фантастичному піджанру «вторгнення з космосу», фактично з'явилося як результат глибокої літературної обробки оригінального сценарію серії «Special Delivery» [Спецдоставка] для телесеріалу каналу Сі-бі-ес «Альфред Гічкок представляє» (Alfred Hitchcock Presents), що вийшла в ефір у листопаді 1959 р. Саме оповідання вперше було надруковане в бульварному фантастичному журналі «Ґелаксі» (Galaxy) у жовтні 1962 р. Входило до збірок «S Is for Space» [К – означає «космос»] (1966), ретроспективної антології «Classic Stories 2» [Класичні оповідання 2] (під заголовком «Come Into My Cellar» / «Спустіться в мій підвал»), а також у класичній редакції – до збірників «The Machineries of Joy» [Машинерія радості] (1964), «To Sing Strange Songs» [Співати дивних пісень] (1979), «The Stories of Ray Bradbury» [Оповідання Рея Бребері] (1980) і «A Medicine for Melancholy and Other Stories» [Медикаменти від меланхолії та інші оповідання] (1998). Публікувалося у міжавторських антологіях «17 X Infinity» [17 X безкінечність] (1963, редактор – Гроффф Конклін), «The Seventh Galaxy Reader» [Сьомий альманах журналу «Гелаксі»] (1964, редактор – Фредерік Пол), «Nightmare Garden» [Кошмарний сад] (1976, редактор – Вік Гідалія), «Bruce Coville's Book of Spine Tinglers II» [Книга страшилок від Брюса Ковілла – 2] (1997, редактор – Брюс Ковілл) і «Dangerous Vegetables» [Небезпечні овочі] (1998).

Оповідання було повторно адаптоване для телеекрана («Кіно від Рея Бредбері» [Ray Bradbury Theater], 1989) та коміксів (1992).

Українською перекладено вперше.

НАВ'ЯЗЛИВИЙ ПРИВИД НОВИЗНИ

Містичне оповідання «Нав'язливий привид новизни» («The Haunting of the New») було написане у 1963 р. і належить до т. зв. «Ірландського циклу» історій. Перша публікація під заголовком «Hauntings» [Одержимість] відбулася на сторінках британської редакції глянцевого часопису «Вог» (Vogue) у жовтні 1969 р. Ввійшло до оригінальної збірки «I Sing the Body Electric!» [Я співаю про тіло електричне!] (1969) та омнібуса «The Stories of Ray

Bradbury» [Оповідання Рея Бредбері] (1980), а також антології «The Nightmare Reader» [Кошмарна читанка] (1973, редактор – Пітер Гейнінг).

У дещо відредагованому варіанті оповідання ввійшло до роману Рея Бредбері «Green Shadows, White Whale» [Зелені тіні, білий кит] (1992), навіяного подорожжю автора до Ірландії в 1953–1954 рр. Твір було адаптовано для телеекрана («Кіно від Рея Бредбері» / The Ray Bradbury Theater, 1989).

Українською перекладено вперше.

ЖІНКИ

Містичне оповідання «Жінки» («The Women») вперше було опубліковане у жовтні 1948 р. в бульварному журналі «Феймос фантастік містеріз» (Famous Fantastic Mysteries). Ввійшло до оригінальної збірки «I Sing the Body Electric!» [Я співаю про тіло електричне!] (1969) та омнібуса «The Stories of Ray Bradbury» [Оповідання Рея Бредбері] (1980). З'являлося на сторінках жанрових антологій «The Fiend in You» [Демон у тобі] (1962, редактор – Чарлз Бомон), «Sea-Cursed» [Прокляті морем] (1994, редактори – Лайям Мак-Дональд, Стефан Дземянович і Мартін Грінберг) та «Splash!: Great Writing about Swimming» [Хлюп! Великі історії про плавання] (1996, редактор – Лорел Блоссом).

Українською перекладено вперше.

МИТЬ У СОНЯЧНІМ ПРОМІННІ

Реалістичне оповідання «Мить у сонячнім промінні» («Interval in Sunlight») вперше було опубліковане на сторінках часопису «Есквайр» (Esquire) у березні 1954, згодом виходило в складі антологій «Long After Midnight» [Далеко за північ] (1976) і «The Stories of Ray Bradbury» [Оповідання Рея Бредбері] (1980). Було написане приблизно в 1950 / 1953 р. Разом із своїм продовженням, оповіданням «The Next in Line», є фрагментом так і не написаного «мексиканського» роману, що, за спостереженнями Джозефа Еллера та Вільяма Тупонса, міг мати назву «The Volcano» [Вулкан], «Quiet Under the Sun» [Тихе осоння] або ж «Nothing But Night» [І тільки ніч].

Українською перекладено вперше.

ШМАРКАЧ МАКҐІЛЛАХІ

Фантастичне оповідання «Шмаркач МакҐіллахі» («McGillahee's Brat») входить до т. зв. циклу ірландських оповідань, написаних під час і за результатами вражень від поїздки Рея Бредбері до Ірландії в 1953–1954 рр. Уперше було опубліковане на сторінках газети «Айріш пресс» (The Irish Press) у березні 1970 р. Також виходило друком у фантастичному журналі «Меґазін оф фентезі енд сайєнс фікшн» (The Magazine of Fantasy and Science Fiction) у січні 1972 р., в антології Террі Карра «Into the Unknown» [У невідомість] та авторській збірці «The Stories of Ray Bradbury» [Оповідання Рея Бредбері] (1980). У дещо відредагованому варіанті оповідання ввійшло до навіяного названою вище подорожжю роману Рея Бредбері «Green Shadows, White Whale» [Зелені тіні, білий кит] (1992).

Українською перекладено вперше.

Зміст

made to stick

Літературно-художнє видання

Серію «Маєстат слова»
засновано 2004 року

triggers

БРЕДБЕРІ Рей

Marshal

УСМІШКА
Оповідання

Переклад з англійської

Головний редактор *Богдан Будний*
Літературний редактор *Борис Щавурський*
Редактор *Ольга Радчук*

шлях

Обкладинка *Олега Кіналя*
Комп'ютерна верстка *Лілії Рейко*

митуя

Підписано до друку 10.01.2016.
Формат 62х76/32
Папір офсетний. Гарнітура CentSchbook.
Умовн. друк. арк. 11,5.
Умовн. фарбо-відб. 11,5. Зам. 352/01

женщины которые

Видавництво «Навчальна книга — Богдан»
Свідоцтво про внесення суб'єкта видавничої справи
до Державного реєстру видавців,
виготівників і розповсюджувачів

любят
слишком
сильно

видавничої продукції
ДК № 4221 від 07.12.2011 р.

Навчальна книга — Богдан, просп. С. Бандери, 34а,
м. Тернопіль, 46002
Навчальна книга — Богдан, а/с 529,
м. Тернопіль, 46008
тел./факс (0352)52-06-07; 52-19-66; 52-05-48
office@bohdan-books.com
www.bohdan-books.com

Надруковано на ПП «Юнісофт»
вул. Морозова, 13б, м. Харків, 61036
Свідоцтво серія ДК №3461 від 14.04.2009 р.